U0918250

政法随笔

一个70后的法治情怀

王学堂 著

吉林文史出版社

图书在版编目（CIP）数据

政法随笔：一个 70 后的法治情怀 / 王学堂著 . —
长春：吉林文史出版社，2021.1
ISBN 978-7-5472-7600-6

Ⅰ . ①政… Ⅱ . ①王… Ⅲ . ①随笔 - 作品集 - 中国 -
当代 Ⅳ . ① I267.1

中国版本图书馆 CIP 数据核字（2021）第 021908 号

政法随笔：一个 70 后的法治情怀
ZHENGFA SUIBI：YIGE 70HOU DE FAZHI QINGHUAI

著　　者 / 王学堂
策划编辑 / 范继义
责任编辑 / 王明智
封面设计 / 人文在线
出版发行 / 吉林文史出版社
地　　址 / 长春市福祉大路出版集团 A 座　　邮　　编 / 130118
网　　址 / www.jlws.com.cn
电　　话 / 0431-81629375
印　　刷 / 天津雅泽印刷有限公司
开　　本 / 710mm × 1000mm　　16 开
字　　数 / 249 千
印　　张 / 17.5
版　　次 / 2021 年 3 月第 1 版　　2021 年 3 月第 1 次印刷
书　　号 / ISBN 978-7-5472-7600-6
定　　价 / 68.00 元

我的法律是怎样炼不成的？（自序）

> 人的一生应该这样度过：当他回首往事的时候，他不因虚度年华而悔恨，也不因碌碌无为而羞愧；当他临死的时候，他能够说："我整个的生命和全部的精力，都已经献给了世界上最壮丽的事业——为人类的解放而进行的斗争。"

于我们这一代人而言，苏联作家奥斯特洛夫斯基所作的《钢铁是怎样炼成的》中的这段话耳熟能详，经常想起。正如李白的诗句"小时不识月，呼作白玉盘"那样，小时候读到这段话一点儿感觉也没有，因为死亡离我们很远，而每天消磨时光就是为了早日长大成人，对未来我们总是充满期待。白驹过隙，转眼间当年的那个小毛孩已经步入了知天命之年。当年我们为头发长得快、理发麻烦、花费多而抱怨"发如韭，剪复生"，今天的我们大都双鬓如霜。这自然与年龄的增长有关，更与我们所从事的职业有关。2015年时任全国人大委员长张德江在广州召开的全国地方立法研讨会上曾动情地指出："在全国人大常委会办公区，法工委的同志很好辨认——不是光头就是白发！"委员长于是感慨，"对于立法（法律）人，要高看一眼，厚待三分"。"黑头发进来，白头发出去；有头发进来，光头发出去"，这句流行在我们法律人圈子的自嘲很能说明问题，白发（少发）正是我们努力付出和工作的见证。

风流总被雨打风吹去。尽管是“奔五”的年龄了，但而立之年没有立，不惑之年处处惑，天命之时不信命。身边不时传来同龄者中途偷偷“掉队”（早逝）的消息，让人后背不禁一阵阵发紧，正是“常恐秋节至，焜黄华叶衰。百川东到海，何时复西归”。人生刚刚过半，似乎还不到总结一生的时候，毕竟国人追求盖棺定论。

> 周公恐惧流言日，王莽谦恭未篡时。向使当初身便死，一生真伪复谁知？（白居易《放言五首·其三》）

但我们这一代人确实也到了回首往事的年龄，而且似乎越来越喜欢陷入沉思。以前是为梦想而活，现在为回忆而活。2020年庚子春的一场疫情席卷全球，疫情正在改变世界，我们都在亲历历史。疫情超出了绝大多数人的认知范围，甚至颠覆了绝大多数人的认知，因为我们从来没有经历过这样的事情。“三观不合，终将渐行渐远”的朋友圈，撕裂现象严重。似乎处于“漠不关心”地步的我，心里比任何时候都清楚，这正是人生变老的标志啊！

经常反问自己，于我，一个法律人，我的“法律钢铁”炼成了吗？或许算炼成了，那是在外人眼中。

我有一份相对稳定的公务员工作，而且在一个小小的单位担任着一定的领导职务，有时出席会议还能被称为领导，尽管位置不一定醒目，有时还有代表领导（单位）做讲话的机会，有时文章还会出现在报纸上，名字出现在电视上，充满沧桑的声音出现在广播里。特别是自媒体时代，由于运营着个人微信公众号，也算“十年一觉法治梦，赢得‘学堂’薄幸名”。因为地方立法的需要，成为法制委委员，于是又配给了市人大代表身份（法制委委员必须首先是人大代表）。更为幸运的是，竟然还有两个官方的全国荣誉：因多年不断的普法坚守，2015年被中宣部、司法部评为“全国法治宣传教育模范个人”；因努力从事基层政府行政复议工作 12 年，2019 年获“全国新时代司法为民好榜样”荣誉称号。常说荣誉只代表着过去，我只能说“过去”待我不薄，我珍惜这过去的一切。

我有一个相对理想的工作环境。上学所习的专业是法律，毕业后的工作一直在法律岗位，个人的爱好和兴趣也是法律，这三者能够集于一身，算得上人生不可多得的幸运。

我有一份相对安稳的收入。尽管与那些从事律师、经商的同学相比，我的收入根本不值一提，但毕竟旱涝保收，“付出与收获”性价比相对还可以，因为回顾过往，我们知道许多时候努力了不一定必然有收获，“付出就有回报”只是一种理想状态。就像种地的父辈们“庄稼不收年年种”一样，“不行春风，哪得秋雨”，我们对未来总是充满着憧憬，总是不轻言放弃。我对钱没有概念，直到现在也不能分辨钱的真伪，好在有了现代支付工具替代。更重要的是，金钱在现代社会的重要性人皆共知，但于我而言，更重要的是人生价值的实现。

我还是一名法律的普及者和宣传者。由于经年累月的自我宣传，给我带来了一些虚名，也算“网上有名、报上有文、电视里有影、广播里有声”，一些人见面，或是礼貌或是敬称“久仰大名”。我曾经以为别人尊重我，是因为我很优秀。慢慢地我明白了，别人尊重我，是因为别人很优秀。但人家的谦虚，也能满足我一时的虚荣。

路回首，我深知你看到的只是我的外表，你看不到因为“法律钢铁”没有炼成的我内心的焦虑，或者说我最终没能百炼成钢。我浪费了许多宝贵的时光，可惜当时不知珍惜，回首已是半百身；我在诸多选择中判断失误，有些失误甚至是致命性的，危害影响我达多年之久；我的人生道路或可另有选择，但由于自己的目光短浅，由于自己的优柔寡断，更因为自己的性格缺陷，至今仍在忏悔中。

今天的我，就是大家看到的这个样子。有人喜欢有人讽，也同风雨也同愁。

我知道自己是一个普通得不能再普通的人。我有一个普通的家庭，有一份能养家糊口的工作，有着过日子、讨生活的最普通的理想。但写作为我的庸常生活增添了亮色，为我打开了一扇求知的窗户，使我接触到了外面一个不熟悉、精彩的大世界。

我学历不高、法学基础不强，写不出有价值的论文；我的文学功底欠缺、艺术细胞缺少，也不能写出感性的美文；我的工作经历简单，且混迹于俗世间，更不能对人生、对生活有深刻的理解或感悟。

但这么多年了，我一直在坚持着，从未懈怠。我在写：

一个农村孩子成长为城里人的艰辛与痛苦（尽管与农民、农民工相比是九牛一毛）；

一个普通大学生成长为法律人的历练与成长（尽管法律是一门实践性科学，更多的是靠自我的总结和实践摸索）；

一个法科学生从学校走向社会的一段思想历程（尽管因为职业相对稳定，并没有四处漂泊之苦）；

一个基层法官从农村法庭到县城再到一个市区法院、后到政府法制办职员的人生经历（尽管因为始终不渝地执着于一个专业，也没有人生的大起大落）；

一个信法为真、“倚”法自大的法律人在律政江湖中的喜怒哀乐（尽管由于职业相对单一，没有惊心动魄的人生起伏故事）；

一个儿子、一个丈夫、一个父亲、一个朋友对家庭、亲情、友情的眷恋与追求（尽管因为为人呆板，也没有惊天动地之情愫）；

一个以法律为“饭碗”的人，为了肚皮与脸面，在一个个没有亮点的日子里慢慢变老的人生旅程。

……

正是这些平凡而琐碎的点点滴滴，伴随着我前半生的时光；也正是这些身边发生的平凡而琐碎的事情，无时无刻不在我的心底沉淀。它们促使我思考生活、感悟成长、珍爱生命。这些都成为我写作的素材，一步步筑成我人生的印迹。2009 年 6 月，我的法律博客文集《无法不谈：一个法律人的行与思》由海洋出版社出版发行。其后是《离婚为什么》（知识产权出版社，2011 年 7 月版）和《工伤，伤不起：工伤法律维权自助教程》（清华大学出版社，2014 年 8 月）相继出版。蹉跎三年，《律师学堂故事汇》（经济日报出版社，2017 年 4 月）面世。再之后，我的个人自传体散文集《围着老家转圈》（线装书局，2018 年 8 月）付梓印刷。2019 年因为国家机构改革，工作了 12 年的老单位被重组了。是年 10 月，记录 2007—2018 年间我工作、生活的经历与感悟，记录一代基层政府法制人的所思所想、所作所为的自传体工作笔记《历练：基层政府法律人成长日志》由中国法制出版社出版发行。这些作品是人生的一段段历程，于我而言，更是一次次坚守和选择。

我的法律为什么没有炼成呢？借着自己 30 年的法学经历，26 年的法律人职场生涯，以及自己就职于法官、政府法制机构、（公职）律师、普法人等不同职业所接触到法律圈子的人和事，想给自己也给后学诸君（包括学习法律的儿子）说一说法律人的成长之路。而道路起始的地方，就是我的母校西北政法。

我不是在传道，也不是在为自己树碑，只是想告诉诸位读者，我的大学四年选择哪些是正确的，哪些是错误的，正确的选择应该是怎么样的。电影《大话西游》里有一段经典台词：“曾经有一份真诚的爱情摆在我的面前，但是我没有珍惜。等到了失去的时候才后悔莫及，尘世间最痛苦的事莫过于此。如果上天可以给我一个机会再来一次的话，我会对你说三个字‘我爱你’。如果非要给这份爱加上一个期限，我希望是一万年！”如果让我重新再上一次大学，我一定会倍加珍惜青春时光，一定会有不同的人生选择，但怎奈“花有重开日，人无再少年”。

围绕着“法律是怎样炼不成的”这一主题，写我的四年大学生活，分析内在的因由，或许这正是本书的不同之处。因为我深知，“试玉要烧三日满，辨材须待七年期”，让我们共同把法律修炼下去。

是为序。

王学堂

于岭南佛山恒福居

二〇二〇年九月五日

时值入学二十九周年

目　录
CONTENTS

政法大院

为什么选择了西北政法？…… 3
西北政法四年给了我什么？…… 13
围着政法转圈儿…… 21
30 年前一个农村孩子的西行记事 …… 30
古都政法里的那七个小子…… 44
410 隔壁是水房 …… 58

西北学人

那只永远的蝴蝶…… 69
法理，法理，我爱你…… 77
但愿冤狱不再有…… 84
我和宪法同成长…… 94
大学专业是经济法…… 100
老师教给我的法律故事…… 109
我爱背法条…… 118
毕业论文研究不可抗力…… 126

政法有我

有位老师家中自费购买复印机…… 133
青州老乡赵金科老师…… 143
当年我曾建议撤销仲裁机构…… 151
女孩的心思你别猜…… 160
中国名吃“西工大包子”…… 167
西北政法的宿舍有空调吗？…… 175
影响我一生的法律书…… 181

西北情结

西北政法算不上好学校…… 193
我不是个好学生…… 199
愿生命化作那朵莲花…… 205
路遥先生活到今天也才 70 岁…… 216
叫一声“母亲”泪流满面…… 223
30 年随风荡去…… 230
法律于我而言…… 236
曾经年少爱淘书…… 243
法官，法律人的职业首选…… 249
人去楼空，人生渺渺在其中…… 260
世人谓我恋长安，其实只恋长安某（后记）…… 266

政法大院

壹

为什么选择了西北政法?

问：学堂先生，您入读（西北政法）30年了，还仍然对法律充满着理想和痴爱，是不是自小就树立了为中国法治建设而奋斗终生的志向?

答：是的。1979年我开始读小学时正值改革开放之初，社会变革，人心思定，万象更新，法治的春天降临中华大地。特别是1980年8月，中国改革开放的总设计师邓小平在会见意大利记者法拉奇时，专门分析了避免“文化大革命”悲剧重演的制度方法。他说：“我们过去的一些制度，实际上受了封建主义的影响，包括个人迷信、家长制或家长作风，甚至包括干部职务终身制。我们正在研究避免重复这种现象，准备从改革体制着手。我们这个国家有几千年封建社会的历史，缺乏社会主义的民主和社会主义的法制。我们要认真建立社会主义的民主制度和社会主义法制，只有这样，才能解决问题。”(《邓小平文选》第二卷）此后，邓小平还在不同场合、从不同角度反复批判人治思想，不断强调要“处理好法治和人治的关系”，要“靠法制，搞法制靠得住些”。法治大时代，法学小后生。后来我立志学习法律，当“日审阳夜审阴”的铁面包公，捍卫公平与正义，除尽人间邪恶。顺其自然，高中毕业后以山东普通文科521分的高分考入西北政法学院。

问：学堂先生，您经常为母校西北政法鼓与呼，活跃于政法圈子，是不是很早就对西北政法心有所属、情有独钟?

答：对头。我很早就知道有所政法学院在古都西安，可谓“高山仰止、景行行止”，虽不能至而心向往之。在19岁那年，我的理想实现了。所以，有句很正能量的话，“理想还是要有的，万一实现了呢？”理想万一实现了，我就成了西北政法经济法系 1991 级学生。

问：学堂先生，你法律知识丰富，学识、胆识、人品俱佳，是不是母校源远流长的法律思想熏陶的结果？

答：（那是）绝对的！1993 年我在学校时，母校举行了建校 35 周年纪念活动，等我毕业多年后的 2017 年才知道，是年值母校建校 80 周年，我们的校史从当年即 1958 年的复校追根溯源，最终肇迹于延安的陕北公学，这是一所有悠久历史传统的革命学校，毛泽东曾经说“中国不会亡，因为有陕公”。母校与文科特别是法学名校中国人民大学同出一门，这是多大的荣光。自然，你可以想象啊，我在学校是怎么样以只争朝夕、一跃千年的节奏来学习法律的。人生在勤，如此拼搏，怎么会不成功？

问：学堂先生，今天是 2020 年高考第一天，能不能为那些正在拼搏的孩子们说句话？

答：今年的高考因为疫情影响，推迟到了 7 月 7 日，这也是我们 30 年前高考的日子。孩子们，好好考试，别信我那些“谝闲传”（陕西话，意为“闲扯”）的话。学校、专业、工作和兴趣，这些哪是自主选择的，特别是在 30 年前的中国。祝福你们考得比我好，（未来）过得也比我好。希望你们选择法律，因为 2035 年法治国家、法治政府、法治社会要基本建成，需要一大批法律人的付出与努力，法律行业需要年轻、新鲜的血液输入，作为一个 30 年前的法科学生，我期待着你们加盟。这样的日子，也让我想起 30 年前我的高考经历，我的大学选择。

1. 大学晚了一年

1991 年终于考上了大学，较真说来，我的大学晚上了一年。“1987—1991 年在山东青州五中读书”，这是我简历上的标准文本。可以明显看出，正常 3 年的高中，我多读了 1 年。这倒不能说我就有多笨，因为那个阶段在山东参加过高考的学生以及家长、老师都知道能够考上大学有多难；也不能说我就很聪明，至少比那些3年就能鲤鱼跃龙门的幸运儿差远了，何况人家有些还是名校。我就是智力中等偏下但一直勤奋耕耘的普通人（一如我70岁还在种地的农民父亲一样，不过我们的田地不同而已），这是我快50岁时才得出的正确判断。

年轻同事看到“博学多才”的我简历上竟然写着复读一年，感到不可思议。无他，因为30年过去，大学已经从当年的精英教育进入大众教育阶段，这就是时代的进步。我读书时的山东，为了高考，有多少人复读，又有多少人复读数年，至于高考移民，假借他人名义和户口，这样的案例，在当年的我身边，可以说信手拈来。

2002年山东男子李洲使用李振的身份信息、学籍信息参加高考，被吉林一高校录取。毕业后，李洲进入北京一公司工作，并将户籍迁入了北京市，分别于2008年和2013年生育一儿一女。因为父亲是北京户籍，2010年儿子落户北京，2016年女儿也同样落户。其间，李振也考取大学，落户在天津。在公安部开展的身份证信息清理工作中，李振被发现是重名重号。因李洲的北京市居民常住户口系非法取得，公安机关将其注销。与此同时，公安机关认为孩子随父落户亦不合法，将两个孩子的户口同时注销。李洲遂以两个孩子的监护人身份，向北京东城法院提起了行政诉讼。案件审理过程中，李洲的父亲向法庭出具情况说明，表示用他人学籍参加高考是当时的特定社会背景，并不是个例。李洲当时的行为目的并非非法落户北京，其结果不应当由孩子承担。李洲籍贯所在地的县公安局出具证明，表示孩子已经在北京办理出生落户，无法在籍贯所在地办理户籍登记。东城法院审理认为，因为李洲的北京市户口属于非法取得，故其子女随父在京办理的出生登记亦不具有合法性基础，市公安局注销孩子的户口登记，并无不当。2019年7月，北京市二

中院二审维持了原判。（2019年7月28日《北京晚报》）

又是一个因为高考而改变了命运的人。无独有偶，2019年2月22日，由中央政法委、中央纪委国家监委、最高人民检察院、公安部组成的联合调查组，公布了最高人民法院审理的“陕西榆林凯奇莱能源投资有限公司诉西安地质矿产勘查开发院合作勘查合同纠纷案”卷宗丢失等问题的调查结果。2016年8月，最高人民法院政治部在干部档案审核中，发现王林清档案中有16处涂改出生日期（均将其出生日期从1972年7月改为1974年7月）。同年10月29日，最高人民法院给予诫勉的组织处理。王林清承认错误，表示接受和服从组织处理。烟台人王林清和我这个潍坊人同年入读大学攻读法律，不过他在烟台大学我在西北政法，我从小上学一直属于班级中年龄较小的，他的1974年出生就明显不合情理。做人做事还是要老实，不要取巧，特别是我们这些法律职业者更不可不慎重。

重教兴学，是我们潍坊人千古不变的情结。历史上曾有“两汉诸儒半齐人，五经博士多潍生”之说；苏东坡任职密州（今潍坊市诸城）时曾感慨“至今东鲁遗风在，十万人家尽读书”。学生苦学、教师苦教、家长苦供成了我们潍坊，当然也是全国农村学生的真实写照。我曾经连续3年参与高考。1989年我读高二，因成绩优秀参与高考预选，因实力不济没有入围。1990年我正常高考，因语文作文偏题而不能正常发挥导致失利。其实当年可以考取师范院校，但自大的我根本就没有填报师范专业而且不服从调剂。曾经年少爱做梦，一心想往政法飞！但作为一个农村孩子，对法制了解不多，就更不用说民主了。为了补偿这一缺憾，复读一年后我进了政法学院专门研究法律，研究“民主”“法制”。

1990年复读时，我们班有同学提议移民到隔壁的淄博市参加高考，那时的山东分地区划分数线，我到现在也搞不明白为何一河之隔的地区就比我们的录取线低好多。到隔壁地区参加高考，不但保证能考上，而且还会考上名校，这对于每个人来说都有吸引力。心动不如行动，有一天同学带我去了隔壁区县，为我引见了一位教导主任，递上我的1990年高考成绩单，他异常热情地欢迎我移民该校并承诺不收取学费，且包办所有的户口迁移、学籍手续，甚至暗示学校还可以提供免费食宿。高考不只是考学生，也是在考学校，学校之间竞争很激烈，为了招到好生源，老师们使出了浑身解数。即便是这样的条件，后来我还是打了退堂鼓，就怕万一被发现会成为人生污点会影响一辈子，毕竟假的就是假的，永远真不了。我知道身边许多人走了这条路，我理解他们的无奈，也从来没有歧视过他们，但就是过不了自己心理这一关。

好在，复读后我成功了。这样的诱惑，其后还遇到过。大约在2000年，受一高中同学引荐，我差点儿代替在本地某司法机关任临时工的一男子参加业内转正考试。报酬没明说，供职于法院的我也不可能索要报酬，不过是出于年轻时的哥们儿意气，出于不好驳同学的面子。但思索再三，“枪手”这活儿还是被我婉言拒绝了，理由有三：一是怕代考出事；二是感觉到不公平；三是与法律人的理念不符。2015年11月1日起实施的《中华人民共和国刑法修正案（九）》将代替考试行为入刑，规定“代替他人或让他人代替自己参加法律规定的国家考试的行为”构成代替考试罪。现在想来，都有些后怕，万一当年出于面子没有拒绝，万一东窗事发，我的命运将会是什么。三十年了，无论是做法官还是当公务员，甚至就是日常生活中，也总是在拷问自己的良心，有些做法即便符合所谓的“法律规定”，但可否对得起自己的良心与法律良知，所谓“合法不合理，合理不合法”这类问题经常问得自己好累。这些年为普法口无遮拦、口出狂言，人送我外号“王大嘴”，其实我内心胆小。法律人都胆小，天天接触的都是那些违法犯罪的案例，知道那些一失足成千古恨的悲痛，知道那些因以身试法酿成的祸患。也正是这样的担忧，2019年我主动辞去司法局局长的位置，我本一介书生，岂是当官的料。法律人谨小慎微的性格是很难赚大钱的，这也算法律人的宿命吧。

2. 与母校相遇

提起法学名校，最响的莫过于“五院四系”。它们是中华人民共和国成立后建立的五所政法院校及四所大学的法律系的简称，这9所高校的法律学科在中国法学界具有举足轻重的地位，当今中国司法机关80%的骨干人员均有“五院四系”的培养背景。中国高等法学教育界曾有一种自大的说法：只有从“五院四系”走出来的人，才算是真正意义上的“法学科班生”。“五院四系”在很大程度上代表了中国法学研究和高等法学教育的最高水平，堪称法学类院校中的“泰山北斗”。“五院”就是中国、西南、华东、中南、西北五所政法学院，“四系”就是北京大学、人民大学、吉林大学和武汉大学的法律（院）系。

中国政法居京城且有“北朝阳”的传承，西南政法得改革开放风气之先，华东政法有海派思想且继承了“南东吴”的法律衣钵，中南政法更是与“中南财经”强强联合后来居上顺利晋级“211”，相比之下，我们西北政法不显山露水甚至更显几分没落。当年是先报志愿后参加高考。1991年，我们复读的几个同学一致认准政法院校才是学法律的“正宗门派”，而综合大学的法律系不过是“旁门左道”（现在想来，是多么夜郎自大）。这有点儿像北宋时期的济南有家刘姓针铺店，以白兔为商标，中间绘有白兔捣药图，上端横写着店名“济南刘家功夫针铺”，两侧写有“认准门前白兔儿为记”的字样，这件商标现存于国家博物馆，据说是最早的商标。看来，那时“五院”的宣传胜于“四系”。孙广胜等同学分别报了中国政法、华东政法，留下了西南、中南、西北政法。西南政法在山城重庆，据说坐落于歌乐山脚下，20世纪80年代有部电影《雾都茫茫》：一双绣花鞋、一条幽深的石阶、一座阴森的老宅、一段深留在人们心中的惊险故事……这个影片印象太深了，以至于十年后一想到山城，自幼生长就胆小如鼠的我仍然害怕。中南政法在武汉，武汉有“九省通衢”之谓，我自小在旱地长大，想想河道纵横交错，我这个“旱鸭子”就害怕，因为“常在河边走，怎么不湿鞋”，那么只剩最后一个，也是唯一的选择了。至于这个学校到底怎么样，一个农村孩子怎么知道？这就是命运，尽管是自己的选择，但何尝不是一种被选择？

1991 年 8 月，录取通知书已经到达，我在孙板村大姑父家的街道上帮助他晒猪粪。刚刚于华东政法毕业待分配的张建国（后在青州检察院工作）倒背着手走过，听说我考上了西北政法，他悠悠地说，“学校偏了点儿，比不上中国政法和西南，但和华东、中南（政法）呢，也有一比！当然了，还不错！”等我入读后才知道，建国兄说话太含蓄了！

但我至今无悔自己的选择，因为我爱法律、爱政法、爱西北。身为法律中人，交往也以法律业者为多。往往交谈几句，别人会问，“您是不是西北的？”这让我很吃惊。难道说我们西北政法人有明显的标志不成？对方解释说，“你们西北的学生对法律有几分较真，这是比较突出的特点。”或许是当局者迷，仔细想来，确实是这么回事儿。

西北的学生爱学习。或许是因为大多数出身贫寒，或许是因为地处偏远，造成了学生爱读书之风。和我同宿舍的硕成（现供职于广东省茂名市政法机关）每次见面都说起此事。郑同学至今仍然心怀不满，“你说那些人怎么那么勤奋呀？晚上到教室转一圈儿都找不到座位，逼得我们俩只好回宿舍躺在床上看书”。这自然也勾起了我的伤心事。我在学校时人送外号“卧龙”，就是因此得名的！我和硕成同学还干过坏事，将别人占自习座位的书给非法处置，结果无非是改变位置，有时据为己有（只是特例，有用的书一般不会用作占位），严格说来，还是“没法可依”的恶果。直到 2018 年 5 月《西南政法大学报》才敢为天下先，率先刊出《西南政法大学占座法（草案）》面向全校师生征求意见，内容涵盖了占座行为、占座处理、抢座保护措施等。看来，经历这么多年的放羊式管理，不依法管制“占座”真的不行了！现在回想起来还是有点儿后怕，好在无人发现，要不万一打起架来，又没有《占座法》可依，就不可能“办事依法、遇事找法、解决问题用法、化解矛盾靠法”，没有法治思维和法治方式岂不是会发生严重后果？

西北的学生喜欢法律。许多法律人喜欢讨论“党大”“法大”“人大”“权大”的问题。这是个“小孩没娘，说来话长”的课题，真是公说公有理，婆说婆有理。也只是在近些年，官方给出标准答案：“党大还是法大”是一个伪命题；“权大还是法大”才是真命题。必须要正确处理党的领导和依法治国的关系，要做到党必须依法履行国家职能，依法执政是党执政的唯一方式，依法治国就是依宪治国，依法执政就是依宪执政，社会主义法治必须坚持党的领导，党的领导必须依靠社会主义法治这四个方面。我们西北人似乎无意也不愿意讨论这个问题。理由说来也很简单，如果一个学习法律、从事法律的人都看不起法律，看不起自己所从事的职业，怎么会喜欢法律、喜欢自己的职业？又怎么可能会干好这个职业？法治的罗马城不是一日建成的，总会经历各种艰难波折，中国如此，其他法治国家也不例外。我辈法律人得越挫越勇才行。

西北的学生喜欢探究法律。我们的校友喜欢讨论法律问题，一坐下来就是诸如“检察官为什么在法庭上向法官起立”之类的问题。吃饭之前先来一通辩论，这是我们的光荣传统。如果把学校比作一家工厂，那么学生就是工厂的产品。经过学校4年培养毕业后的学生，无疑就是这家学校生产出来的产品。在这些产品上无不标明着生产厂家，那就是：某某大学出品。母校是一所政法院校，这就使母校的产品与一般产品有所不同，因为除了需要传授基本的谋生技能外，更重要的是还要塑造公平与正义的良知。

3. 法治路上的小石子

居“五院四系”五院之首的中国政法王涌教授2016年毕业致辞曾经刷屏：“如果有一天，你无力抵御沉沦，沦为鹰犬，母校将喊你回家抄宪法。”回母校抄宪法，这是一份多么大的羞辱，因为这是司法良知的丧失。著名刑辩律师朱明勇校友在西北政法2017届毕业典礼上的演讲中说：作为一名法律人，始终相信法律，并坚信法律将带来公平与正义。也许，你的坚守，我的坚守，我们大家的坚守，就真的会守住社会正义的底线；也许，你的梦想，我的梦想，我们大家的梦想，就真的会实现一场伟大的法治之梦；请记住：有梦想，有坚守，我们终将会等到我们所期盼的一切。在中国政法 2018 届毕业典礼上，最高人民法院审判长、中国政法校友梁凤云（西北政法本科）的苦心忠告振聋发聩："如果你是立法者，请你为生民呼号，在部门利益诱惑面前，坚定地站在公理一边；如果你是法官，请你不枉不纵，在舆论皆曰可杀的热浪中，保持如水沉静；如果你是律师，请你仗义执言，紧紧拉着无权无势的老百姓的手；如果你是警察，请你良善执法，闪耀出人性的光辉。"这是一个法律人的司法良知，也是法治人的自省。

母校培养了一大批活跃在各级公检法司、法治战线的省部级司法高官，这是母校的荣光。但母校的"产品中"更多的是我们这样的普通法律工作者，默默奉献在最基层的法治岗位，通过个案让人民群众感受到法治的公平正义。有些人为了正义哪怕天崩地裂，有些人或许面对法律与现实的逼仄而徘徊，但大家都不忘初心，牢记母校和恩师的谆谆教诲，不忘法治的基本理念，不忘公平与正义的法律人使命。说法律人是法律院校的产品，就不得不面临着一个难题，我们知道产品是允许有一定的次品甚至废品率的，即使是经历再严格的质检，也难免存在质量问题。但法学院的产品——法律人就要比一般商品严格得多，因为这是一项事关人的生命与尊严、事关社会公平与正义的工作，"你办的不是案件，而是别人的人生"。一个法律人的些小失误都会给他人造成致命的伤害，更不用说本身就是不合格的产品出厂了。也正是基于这个原因，"法律人"这种产品的工序制造，要求法学院比工厂更严格、更精细。

于是，我们形成了第一个共识，学生是学校的产品。那么，就面临着第二个问题，学校的品牌靠何来维系？校友，校友就是母校的品牌。我们认识一所高校，从来不看学校的建筑有多么宏伟、多么高大，有多么悠久的历史。1931 年，清华大学著名的梅贻琦校长在就职演讲中提出"所谓大学者，非谓有大楼之谓也，有大师之谓也"的著名论断。可惜的是，大师如同工厂里的工程师一样，藏之于学校内而外人不知，外人认识学校，无非就是通过每一个具象的校友。我当年在法院工作时，喜欢分析判决书，发现五所政法学院的学生写判决书风格都各有不同、各成一派，这就是学校风格的不同造成的。今天的我，已经没有机会认真研究判决书了，但接触一些不同法学院的学生，总会看到一些不同的特点。或许，真的存在所谓学校的传承和历史积淀，母校的教育“生产”出了一批合格甚至优质的“产品”，而这些产品的日积月累最终又塑造了母校的品牌，提升了形象。例如，西北政法的行政法系，培养了一大批目前活跃在全国的法学实践和理论人才（郑重声明一下，尽管目前在行政法学圈，但我在校时是经济法系，行政法更多是毕业后自学的）。因为行政法专业人才济济，在行政法业界开会时，母校就相当成气候，这就形成了西北政法独有的法学品牌，而这正是通过那些有名甚至无名的校友共同打造的。我们爱母校，因为母校将我们从一个普通高中生培养成了法律人；我们以母校为荣，因为我们作为校友应当为母校的品牌增光添彩！这是绿叶对根的情意！

30 年过去，一个“奔五”的男人，对法律、对母校的感情与日俱增。无论何时，无论何地，西北政法都是我无悔的人生选择。

西北政法四年给了我什么?

想起母校，就不时问自己，西北政法的4年生活对自己到底有多大影响，这四年又带给了我什么?

1. 给了我一纸城市户口

今天户口已经没有了多少意义，但在30年前，考上大学对我来说，最重要的不是学法律技能而是立即有了一纸城市户口，自此“鲤鱼跳龙门”，从“泥腿子”成了城里人。那个年代，农村户口和城市户口可谓天壤之别。2019年10月，最高人民法院有份明传文件《关于授权开展人身损害赔偿标准统一试点的通知》说，因为“当前，我国户籍制度改革的政策框架基本构建完成，城乡统一的户口登记制度全面建立，各地取消了农业户口与非农业户口性质区分”，故“授权各省、自治区、直辖市高级人民法院及新疆维吾尔自治区建设兵团分院据各省具体情况在辖区内开展人身损害赔偿纠纷案件统一城乡居民赔偿标准试点工作”。也就是说，今后因人身损害引发的城乡居民伤害、死亡终于“赔偿标准”一样了。农村人和城里人终于命价相同了。这个通知带出了一个城乡居民“同命不同价”的沉重话题，而将这一焦点问题纳入公众的视野，则缘于重庆市发生的一起车祸：2005年12月15日凌晨6时，重庆市3名花季少女搭乘同一辆三轮车遭车祸全部丧生。其中1名少女何源获得的死亡赔偿金只有5.07万元，与另两名同学20万元的赔偿相差近4倍。悬殊如此之大的原因仅仅是因为这名少女是农村户口，而另两名少女是城市户口。命价相同，还有之前的选举权相同，无疑是时代的巨大进步。从1953年《选举法》开始，占人口绝大多数的农民，长期以来只有“八分之一选举权”，1979年修改为五分之一，1995年修改为四分之一。也就是说，长期以来，8个农村人才顶1个城里人。我国城乡居民选举“同票不同权”的现象，直到2010年才得以在法律层面上终结，城乡选举首次实现“同票同权”，这些权利都是争取而来，权利来之不易！

1991年8月中旬，我骑自行车去青州城里取回了录取通知书。那个年代，高考的录取通知书不过是一个印有学校校名的普通牛皮纸信封，里面装着简陋的录取通知书和一纸入学须知。不像今天用EMS专递到考生手中，当时一律寄到学校班主任那里，或许是为了学校便于统计和掌握高考录取情况，但有时就容易发生丢失甚至冒领的情况，被称为中国宪法第一案的“齐玉苓与陈晓琪教育权案”就因此引发，而且就发生在我们山东。原告齐玉苓与被告陈晓琪都是山东省滕州市第八中学的初中学生，1990年两人都参加了中等专科学校的预选考试。陈晓琪在预选考试中成绩不合格，失去继续参加统一招生考试的资格。而齐玉苓通过预选考试后，又在当年的统一招生考试中取得了超过委培生录取分数线的成绩。山东省济宁商业学校给齐玉苓发出录取通知书，由滕州八中转交。陈晓琪从滕州八中领取了齐玉苓的录取通知书，在其父亲的策划下，运用各种手段，以齐玉苓的名义到济宁商校就读直至毕业。毕业后，陈晓琪仍然使用齐玉苓的姓名，在中国银行滕州支行工作，后案发。这还只是个中专而已，至于冒名上大学的似乎也有所耳闻。我们看到，无论是司法还是执法的点滴进步，都是血泪的教训换来的！

等录取通知到手，离开学的时间就很近了。有一项重要事项就是要到乡镇所在的粮所转粮油关系并“换粮票”，而且通知书明确是“全国粮票”。这对今天的年轻人来说肯定是天方夜谭了，什么叫粮油关系？什么叫粮票？还要全国粮票，难道说还有“地方粮票”？是的。当年的粮票分全国和地方两种，全国的全国通用，地方的则是以省为单位，在省内通行。而要从山东到陕西省，就得携带全国粮票，因为地方粮票不能出省。当年要凭票供应粮油，光有钱都不行，还要有粮票才能吃上饭。或许这可以追溯至1958年1月9日《中华人民共和国户口登记条例》的施行。该条例确立了一套相当完备的户口管理制度，包括常住人口登记、暂住人口登记、出生登记、死亡登记、迁出登记、迁入登记、变更更正登记七项内容。这是全国城乡统一户籍制度正式形成的重要标志，也是当代中国户籍制度发展史上重要的里程碑，影响了中国人的60年。《户口登记条例》中关于制止农村人口盲目流入城市的问题、适当控制迁往边防地区的户口问题等某些带有约束性的规定，与1954年《宪法》第九十条第二款“中华人民共和国公民有居住和迁徙的自由”的规定是否相抵触？在户口登记条例起草和讨论过程中进行了“合宪性审查”的判断：两者不抵触，合乎宪法规定，两者是完全一致的。这是中华人民共和国制定的法律在起草和审议过程中进行“合宪性审查”的第一次。(《户口登记条例：现行有效的唯一由毛泽东主席以主席令公布的法律》，载《全国人大》2019年第16期)

拿着录取通知书，当年的老王（父亲）和小王（我）就着手办理入学手续。说来，当年的老王也不过只有42岁，比今天的我还年轻6岁。30年过去，当年的小王已经超过了当年老王的年龄，真是时不我待。我和父亲骑着自行车各自驮着一百斤小麦到乡镇所在地的小陈粮所，先是办理粮油关系，现在回忆起来这个手续很简单，好像也没有跑到县里的粮食局，估计乡镇粮站的早就盖好了县粮食局的章，看来30年前也已经在提倡简政放权、方便群众了。还有一项工作是用“粮食”换成“粮票”，按照通知书要求还必须是“全国粮票”。当年的我吃饭总是吃不饱，是个大肚汉，父亲就想多换点粮票，以防大学里把他的宝贝儿子饿着，但奈何任他百般哀求，人家都不允许，理由是国家有定量的，好像是35斤？反正就带着国家规定的定量粮票我去了西安。国家有粮票定量，偏偏人的肚子它不按定量来，于是就有相当长一段时间在大学里吃不饱。现在回想起大学4年，最深的记忆就是“吃不饱”。凡事有弊就有利，现在90公斤的我无比怀念当年60公斤的我，这么多的肉都长到了哪里呢？大约到了1993年，似乎一夜之间，粮票取消了。今天，粮票已经远离了我们的生活，只能在古玩市场看到。我们这一代人经历过许多改革，粮票只是其一。我们这代人生逢改革时代，或许这也正是我们总是理想高于天的缘起吧？

2018年，我妹妹的孩子考上了南方医科大学，这是我们王氏家族第一个医科大学生。非为良相便为良医，真是件可喜可贺的事。开学前，我和妹妹谈起孩子迁户口的事。妹妹说一家人经过慎重商量，决定暂时不迁移。啊？一个华南中心城市——广州的户口，尽管是集体户，竟然比不上我老家的农村户口？这真是让我感慨不已。我考上大学，第一时间将户口从我所在的那个小村（妹妹也出嫁在本村，自然这也是我外甥的村）迁出，迁到了古城西安。4年后，我又将户口迁回了小城，虽然同样是户口，但经过这次迁入迁出，性质已完全不同，因为我从老家迁出的是农业户口，而4年后我成了国家干部，标准的非农业户口。今天的农村户口有了高含金量，或许我要把户口迁回老家去都难了。早知道如此，当年何必费那么大的力气把户口迁出来啊！

2. 给了我一个城里人的身份

在30年前，城乡二元制结构下，考上大学有“朝为田舍郎，暮登天子堂”的感觉。不只是有工作安排，还有婚姻及生活等。毕业后我被分配到老家法院工作，后来又享受福利分房，还因为这份工作结识了一位愿意嫁给我的姑娘（今天的太太）。可以说，正是有了这一纸城市户口，我的一辈子才算有了依靠，票子、房子、妻子、孩子和车子（自行车）。不似今天的年轻人，大学毕业面临着巨大的生活压力，成了“房奴”“孩奴”，自然静不下心来，总想赚快钱，总想一夜暴富，但人生哪有那么容易！

为了这纸城市户口，许多农村人须缴纳一笔不菲的费用（大约8000元），买一个城市户口，时称“农（业）转非（农业）”。那时钱不像今天这样贬值，那时的城镇户口含金量也高。当年，我们村里的人无论是当兵、考学，其实最大的心愿就是将户口迁出这个小村，成为吃大米白面的城里人，成为城里不再靠天吃饭的工人，因为“庄户孙，庄户孙”，庄稼人被人看不起。这块土地太贫瘠，田间的劳作太辛苦。何曾想到，三十年河东三十年河西，今天的老家人都不愿意迁出户口。因为2018年开通的胶济客运专线（青岛至济南）的青州北站，就在我们村附近，修路和车站都占用了我们村的一些土地，村庄已经严格了户口的迁入办理。大城市的集体户口和我们村民户口相比似乎没有多少价值优势。我看到许多大学录取通知书上直接写明：是否迁移户口请自行决定。现在还有多少大学生办理迁移户口？我不知道答案，但当年考上大学是人人都要迁户口的。

3. 给了我一张本科文凭

1987年我初中毕业，那时也是初中中专最吃香的时候，一考上中专，身份立即变成了吃国家粮的城里人，而且读中专期间还有国家助学金，毕业后还分配工作。但我的恩师、班主任郭文兴老师对我说：“你不要考中专，你是读大学的料。”恩师因车祸已离开了人间20多年了，但恩师的教导言犹在耳。要感谢恩师，当年读中专的同学，后来经历了企业单位转制下岗及再就业，而我因为有一纸大学文凭还能忝列人前冒充法律专家。2005年，我从北方的法院来到南方的法院，后来又调到政府法制部门，西北政法的这纸本科文凭是“敲门砖”，也是进门证。许多当年优秀的同学，因为缺少了这张本科第一学历的文凭，尽管后来他们通过在职教育获得了本科甚至研究生学历，但就业仍然受到了很多限制！1991年高考，我经过一年的复读生涯，终于考上了大学。一晃30年过去，现在回想起大学，仍然充满感激，它给了我一纸法律文凭，让我在今天还能赖以生存。

4. 给了我一份法律职业

1995年，经过4年在校学习，我得到了西北政法的本科毕业文凭，开始了至今26年而且永远也不可能改变的法律职业人生涯。已经坚守法治30年了，从偶然在法学院相遇之日起。有人认为法治是中国的必然选择和中国人的共同信仰，我引为同道；有人认为时下的国情还奢谈法治，我无语但深以之为法律人之耻；有人认为学法律、讲法律、从事法律工作根本就没有什么意义，我假装没听到。我知道作为一名普通的法律工作者，我的坚守近乎可笑，但仍痴心不改。不止一个人在我面前抱怨中国的法治，我自然深谙法治现状，但我仍然在坚守法治理想。因为这是我的饭碗，也是我的职业追求。“知其不可而为之”“虽千万人，吾往矣！”如果有一天，我们这些学法律、从事法律工作的人都不信仰法治，那何尝不是法律最大的悲哀？我知道这是一个多么现实的社会，人们评价别人的标尺就是财富、权位，不止一个人嘲笑我的理想。是呀，一个“奔五”的人还像小孩子那样幼稚，还那样不成熟，这无异于堂吉诃德式挑战大风车。但我仍在执着于我的理想。我就怕假如我有一天，也像那些成熟的人一样，圆滑、游刃有余地周旋于世俗的社会关系中，那种所谓的成熟，才是我最厌恶的。追逐法治理想，虽九死而不悔。因为我知道，人生本无意义，不过是走过了就有意义。正如地上本来没有路，走的人多了也就成了路一样。我更知道，我所谓的写作、法治、理想本身就没有意义，因为我就是个普通人，和别人没有大不同，所不同的是不想过一种平庸的生活，不能容忍生命的虚度与无为。于是诸如写作、法律、理想之类的这一切，都有了意义。时下的中国正在朝着法治国家高歌猛进，法治成了治国理政的基本方式，法治也是我们每个人的一种生活态度和打开方式。我们本着“办事依法、遇事找法、解决问题用法、化解矛盾靠法”的法治思维和法治方式，法律成了我们现实生活中必不可缺的元素。

“说书唱戏劝人方，三条大道走中央。善恶到头终有报，人间正道是沧桑。”法律不是万能的，我们的法律能够解决的问题应该有几个特征：一是当事人相信法律能够解决；二是当事人相信法律途径能够公正解决；三是当事人相信程序的价值，能够容忍在较长的法定期限内解决问题；四是当事人相信法律、服从判决的思维，特别是在结果对自己不利的前提下能够“信任法律的公正性”；五是能够不纠缠于法律，摒弃只要于自己不利就是“不公正”，为了所谓的“公正”哪怕付出一生的代价。反之则不是信仰法律，而是信仰自己、迷信自己一定是对的思维。

5. 给了我人生选择的自由

今天的我尽管痛苦、尽管劳累、尽管郁闷，但我仍然感激高考，因为没有高考，我一个农民的孩子，可能今天仍然在农村苦苦挣扎，尽管没有上过大学的许多同学今天比我混得好，但他们是幸运的。感谢高考，让一个笨笨的我改变了命运，进了城，有了一份工作，解决了吃饭问题。一个农民的孩子通过读书实现了理想，这是人生的转折和命运的青睐。更重要的是，高考给我打开了一扇希望之门，有自主选择权的人生才有意义和价值。而政法学院的四年，教给了我法律技能，更给了我自由选择的资本。

2005 年，33 岁的我背井离乡，开始在异乡的岭南漂泊。33 岁前的我以县城为圆点围着老家转圈儿，33 年的故乡生活在我生命中刻下了深深的烙印。屈指一算，如今客居岭南一晃又是 15 年。不知不觉中，就到了拿保温杯泡枸杞的年龄。想到这里，心情就低落了。2016 年我 44 周岁，如果我能活到 88 岁，那正好是个分割点。人生开始像踢球一样进入了下半场。正如体育比赛中解说员常说的“留给中国队的时间不多了”，留给我们中年男人的时间也不多了。人生的下半场球该怎么踢？这是我经常思考的问题。从那个叫邵市的小村出发，一个普通农家子弟由于喜欢阅读、喜欢思考、喜欢交流收获了最大的人生财富——人生的经历和成长。“人事有代谢，往来成古今”。时不时就想总结一下前一段的人生，特别是大学毕业后，12 年的基层两家法院、12 年的政府法制办生涯，我把人生最美好的 24 年献给了我最喜爱的法律。总是想写写和政法的这 30 年情缘。想说的那些话，其实大家都知道。但于自己而言是一个总结，于生活是一种交代，于我心爱的法律、法治算是一种感恩！

30 年随风荡去，我心依旧。

围着政法转圈儿

还记得1993年国庆，适逢母校建校35周年，自然有一些声名赫赫的校友，花团锦簇，共襄盛举，众星捧月。但更多校友则是寂寞如我者，在校园里徘徊。那时的我不理解他们的情感，而臆断为学校的势利。我相信许多同学内心应该和我有一样的看法。“我辈岂是蓬蒿人”，我们怎么会是普通的人？现在想来都脸红，年轻呀还是太年轻！

1. 我们的法治理想

天之骄子，五校四系，法学科班本科生。年轻的我们为自己设计了许多成功的角色：大法官、大检察官、大律师。但30年过去了，大多数人已经成了芸芸众生中的一员，理想还在，只是我们追寻的脚步越来越吃力。还记得刑法课上老师说：“你们毕业做律师，一辈子能做出一个无罪案件，就会在司法史上留名，此生无憾。”那时我们的法治正在兴起，一大批法律专业人才进入公检法队伍，法律制度日臻完美，但老师想不到，我们也想不到，30年后，进入21世纪的第一个10年，中国的司法竟然平反一大批像内蒙古呼格案这样的冤狱。

1996年4月9日，内蒙古呼和浩特第一毛纺厂家属区公共厕所内，一女子被奸杀（“4·9毛纺厂女厕女尸案”）。报案人是1977年出生的呼格吉勒图，最后公安机关认定呼格吉勒图是“贼喊捉贼”。是“凶手”。1996年5月23日，呼和浩特市中级人民法院作出一审判决，判处呼格吉勒图死刑，剥夺政治权利终身。呼格吉勒图不服，提出上诉。1996年6月5日，内蒙古高级人民法院二审驳回上诉，维持原判。1996年6月10日，呼格吉勒图被执行死刑。从案发到执行死刑，不过61天。

2005年10月23日，作案21起、奸杀9名女子的赵志红在审讯中主动承认曾经在1996年4月，在第一毛纺厂家属区公共厕所内奸杀了一名女性。这引发了媒体和社会的广泛关注。2006年，内蒙古司法机关组织了专门的调查组复核此案。2007年1月1日，赵志红的死刑被叫停。2014年11月20日，呼格吉勒图案进入再审程序。12月15日，内蒙古高级人民法院再审宣告呼格吉勒图无罪，之后启动追责程序和国家赔偿。12月30日，内蒙古高级人民院决定支付国家赔偿金共计2059621.40元。

2014年3月，最高人民法院副院长李少平在接受《新京报》采访时对此反思：

从人类的司法史来看，古今中外，冤假错案都难以完全杜绝，有的因制度疏漏，有的是认识错误，有的是能力不足，也有的是由于技术落后。我国近年来已发现和披露的冤假错案，其形成与司法作风不正、工作马虎、责任心不强及追求不正确的政绩观包括破案率、批捕率、起诉率、定罪率等有一定关系。在我国，无罪推定、正当程序、证据裁判等诉讼理念尚未真正树立，也是冤假错案发生不容忽视的原因。在司法实践中，审理案件的法院在面临一些事实不清、证据不足、存在合理怀疑、内心不确信的案件，特别是对是否存在非法证据等有争议的案件时，在放与不放、判与不判、轻判与重判等问题上面临巨大的压力。在种种压力之下，受诉法院往往会对这类案件作出疑罪从有、留有余地的判决，最终酿成错案。

2015年3月22日，由法律界人称“永远的校长”的江平先生，所撰写的《呼格吉勒图墓志铭》，曰：

呼格吉勒图，内蒙古呼和浩特人，一九七七年九月二十一日生。十八岁时，厄难倏降，蒙冤而死。

一九九六年四月九日夜，一女子被害身亡。呼格报案，被疑为凶手，后不堪厉刑而屈招，被判死刑。六月十日，毙。

呼格负罪名而草葬于野，父母忍辱十年，哀状不可言。二〇〇五年十月，命案真凶现身，呼格之冤方显于天下，令华夏震惊，然案牍尘封无所动。又逾九年，内蒙古自治区高级人民法院再审，二〇一四年十二月十五日宣布呼格无罪。

优良的司法，乃国民之福。呼格其生也短，其命也悲，惜无此福，然以生命警示手持司法权柄者，应重证据，不臆断，重人权，不擅权，不为一时政治之权宜而弃法治与公正。

今重葬呼格，意在求之，以慰冤魂。

特立此碑。

每每读此墓志铭，作为法律人都动容，因为我们办的不是案件，而是别人的人生，其实又何尝不是我们法律人自己的人生呢。

2. 青春都在西北政法

西北政法有我的四年青春，这里见证了我的悲伤和忧愁，这里有我的成长历程，这里有我30年来以及今后讨生活的源泉。这是我亲亲的母校啊！每次回母校，在不大的雁塔校区我走来走去，一圈又一圈儿。很多人奇怪，别人西装革履、衣锦回母校，你怎么总是一双运动鞋，如此寒酸？“时人不识余心乐，将谓偷闲学少年”，我在找寻30年前的记忆。这里曾经记录了我的青春，记录了我的欢乐与哀愁，见证了我的成长，也见证了我的努力。30年过去，行政楼、图书馆、教学楼，熟悉的建筑还在，熟悉的场景还在，尽管物是人非，尽管青春不在。

> 沿着校园熟悉的小路，清晨来到树下读书，初升的太阳照在脸上，也照着身旁这棵小树。(歌曲《校园的早晨》)

一圈又一圈儿。累了，就停下来，看看路边走过的那些和我当年一样年轻的年轻人，他们步履匆匆，他们似乎并不快乐，他们可一如30年前的我一样，也在为将来、为前途、为命运而忧愁？年轻人啊，你可知道，你正在度过的是人生中最美丽的一段年华？如果青春可以重来，我会做什么？我一遍遍问自己。我找不到答案，但在这里我找到了年轻的自己。正如母校的公众号所言：每个人只有一次青春，但我们的青春都在西北政法。那所历史悠远的法学殿堂，那些性格鲜明的老师教授，那些摸爬滚打的同窗好友，那些斑斑驳驳的旧日时光，让我回味、缅怀、倾诉，流着泪、含着笑、捧着心！

回母校，除了在雁塔校区一遍遍转圈儿，还一定要沿长安南路从陕西师大至小寨路段走个来回。路不远也不近，这是我在校时最常走过的线路。从小寨一路走来，陕西财经大学、西安邮电学院、陕西广播电视中心、西北政法、西安外国语大学、陕西师范大学，多么熟悉的地方，让我想起当年的一幕一幕。长安南路76号（现为300号），你可曾记得，30年前，一个男孩子曾经多次来过？

想起了青春，我就想起母校那像国务院的大门（当时有调侃：“外面大门像国务院，里面校园像猪圈，住着一群政法懒汉。”我们西北人总是善于自嘲，连自己的母校也不例外，或许是爱之切求之高的缘故吧），还有著名书法家舒同亲笔题写的校名，那一个个像蚕宝宝一样胖胖的“舒体”字，看着就亲切无比。

想起了青春，就想起了母校那些路边的白杨。现在那些白杨已经不存在了，毕竟我离开学校太久了。我在变老，学校在变漂亮，但那些像大伞一样为学子遮风蔽雨的杨桐树永远在我心中，那是学子对母校的依恋，不亚于树叶对根的情意。这些都是重要的国有资产！有一年我帮助学校整理资料，见到了一份学校向司法部的请示文件，因为学校校园里有几棵杨树已经枯死，申请刨除并种植新树苗，请求批准。可惜当年手机不像时下这么方便，更因为当时也没有现在的档案、证据意识，如果能够穿越到当年，我一定要拍照作为资料保存。这是母校作为司法部五所政法院校的有力例证。这也是那个年代才有的事，《中华人民共和国民法典》第二百四十六条明确规定：“法律规定属于国家所有的财产，属于国家所有即全民所有。”早在 2007 年，我曾亲耳听过一位全国人大立法机关的领导自嘲“这是瞎扯淡”条款。是呀，“法律规定属于国家所有的财产，属于国家所有”与“法律规定是你的东西，属于你所有”有差异吗？这不是简单的文字前后重复吗？这样的立法有意义吗？自然是有的，这不过是重申国家所有权。国家所有权归属国有没有争议，但国家所有权用文字怎么界定，就是很难的事。这就是事物的本质，认定容易但要描述、表达就很难。“爱你在心口难开”也反映了立法者面临的难题，你知道它是什么，但你却无法说明其到底是什么，你无法给出精准的定义。2015 年立法法修改后，地级市统一批发有权制定“地方性法规”，我因法学之名得以担任佛山市人大常委会法制委委员（当然还是佛山市人大代表，等于“买一送一”）时，也常常面临这样的立法困惑，正是：人人心中有，表达万般难。

还记得那些忧郁的日子，深夜我独自倚靠在操场边的杨树上，仰望着星空扑朔迷离的星斗，听着微风吹过时树叶飒飒作响，想象着未来的世界和未来的自己，任由泪水滑落腮边独自流淌。那是我人生的至暗岁月，白杨树见证了一个 20 岁少年的哀愁与苦痛。2015 年的一天晚上，儿子问我：“爸爸，是不是电视剧《平凡的世界》中有外星人啊？”“是的。”“那世界上是不是真的有外星人啊？”“或许有，但目前没有发现。电视剧是因为田晓霞去世后，男主角孙少平思念成疾，作者路遥于是想象出了个外星空间，田晓霞生活在那里很幸福，让少平宽心”。儿子似懂非懂地点头。要是真有外星空间就好了，人死了会去到那儿，亲人想念的时候可以超越时空见面。1991 年母亲去世后，我也一直祈盼存在着一个“外星”，母亲快乐地生活在那里，她在默默地关注着我，关心着我的成长，分享着我的进步。果如是，就不用天天期待着和她梦中母子相见了。

3. 我的班级、我的同学和我们的青春

想起了青春，就想起了那些我坐过的教室。“板凳要坐十年冷，文章不写一句空”。这话我知道，可惜我没做到，因为我不是个好学生。除了上课，我基本上不到教室和图书馆自习，因为抢不过那些勤奋的同学，抢不到座位的我一直到现在都纳闷，西北的学生怎么那么爱学习？

2020 年 5 月 8 日，一则突兀而劲爆的消息迅速引爆首都法律圈：北京市检察院副检察长焦某涉嫌严重违纪违法，接受纪律审查和监察调查。作为厅级高官，焦不仅在首都的检察系统滚打多年，还曾在隔壁的首都法院系统任职。他是中国政法大学 1991 级校友，曾于 2017 年法大建校 65 周年之际获评中国政法大学年度“优秀校友”。这件往事重新被人提起，是因为时任海淀法院院长的他风风光光地回到自己的母校，从校领导手中接过了“优秀校友”的荣誉证书，并作为“优秀校友”的代表发表了热情洋溢的讲话。他曾一再感谢母校的培养：法大在我们每位学生的心中播下了一颗“法治信仰”的种子，点亮一盏“追求真理”的明灯，使我们“敬畏法律，坚守良知，潜心学术，甘于平凡”。据说在其他场合的一些致辞和讲话中，他也经常将“理想”“干净的灵魂”等挂在嘴上。如今听来，让人百感交集。事实上，由于校友们普遍在政法机关任职，政法大学向来被调侃是“一半校友在抓另一半校友”。熟悉我的人都知道，我是个爱国、爱家，更爱母校的人，经常以母校的那些令人骄傲的“师兄师弟师姐师妹们”自豪。那些各行各业的精英是母校

的荣光，也是母校师生和我的学习榜样。但我又是一个理智的人，我经常想，如果有一天母校能够把那些曾经辉煌过，后来因各种各样的原因不幸折翼的校友名字写入校史，或许他们的传奇人生更能给校友们上一堂人生课：法律人的一生该怎样走？这是每个学校都在回避的话题，但不容回避的是确实有一部分校友走上了这条路。

想起了青春，就想起了我的宿舍，那个新北楼410的宿舍里有我们七个友情终生不渝的好兄弟，那里更见证了我四年的喜怒哀乐。那一张小小的双层床，还有睡在我上铺的兄弟更是见证了四年“卧龙先生”的生涯（今天的我仍然一如往昔喜欢睡懒觉）。“当里个当，当里个当，闲言碎语不要讲，表一表山东好汉武二郎……那武松，学拳到过少林寺，功夫练到八年上”。这段山东快板曾经风靡全国，以至于全国人民都认为山东人都会表演山东快板，就像外地人一见到佛山人就想起黄飞鸿的“无影脚”，见人就让“show”一段。等我到上大学期间，大家一听说是山东人就要求表演山东快书。这个，我做不到啊！今天的我尽管高调做事，但那只是我的外表，其实我深知只不过是碰巧懂点法律，又适逢依法治国的好时代。我虽然在外面以法律专家为名招摇撞骗，其实也只会那么一点点法律，只限于代理民告官的行政诉讼，当“职业被告”替政府打官司，而让我打个“老百姓告政府”的官司，估计难打赢，因为我不专业，这就是我们法律人的专业局限，在法律界称之为“法律槽”，像驴子一样，不能跨槽吃草，这就是所谓的专业分工。

想起了青春，还想到了我的同学们。今天的我们天各一方，但微信群让我们成为一家人，每天对家人进行问候，互相关爱（回复微信）成了我的日常习惯。123个兄弟姐妹，好大的一个家。我们班当时称西北政法学院经济法系1991级3班。不知道其他系是什么样的编制，反正那一年全校共招了本科生500名，整个政法学院在校也不过2000名本科生，硕士研究生凤毛麟角，博士生一个没有。所以我经常讲，西北政法以本科教育见长，以培养实用性专业人才为主。混迹江湖30年，动不动就有人要求（代）写个法学论文，“非不为也，实不能也”。我们系共3个班，每班41人。听中南政法1991级、现供职于禅城法院的陈晓明同学讲，他们一个班竟然有 50 人，不知道当班长的他会不会虚报人数以显示管辖范围大。中国政法、西南、华东是啥情况，没有仔细打听。看来，即便是在当时的高度计划经济下，招生人数也有差异，各校有了一定的自主权了，市场因素已经在学校萌动了！后来，我们经济法系又适应形势成立了“国际经济法专业方向班”，打破了 3 个班的固有建制。因此我们 123 人高度融合，多年来毕业聚会都是以系为单位，队伍自然蔚为大观。本科毕业后留校的辅导员张老师，或许因为我从山东考过来分数较高，或许是看学生档案中多年一直是班干部，或许是张老师想认识一下新同学，总之，我是较早见过张导的，我也直截了当地拒绝了张老师让我担任班干部的征询意见。现在想来我都很奇怪，多年来我最大的缺点就是不好意思当面拒绝他人，为此多次自我批评，也多次反思，毕竟法律有禁区，有些事应该有底线的。但知行合一是不容易的，当时怎么就能那么干脆地“say no”？或许是认为班干部没有吸引力？当年的学生干部不像现在竞争得这么激烈，但毕竟对入党、分配工作（我们那一届据说是国家包分配的最后一年）还是有些用处的。或许还是农村人的想法，进大学就是要好好读书，当学生干部影响学习！也有可能人家张老师就是那么顺口一问，我想多了，这也不奇怪，向来我就是个自作多情的人。反正这一拒绝，从此，俺就与干部这一光荣形象永别了。大学四年历史清白，工作这些年历史也清白。或许有人认为矫情，你当法制局局长算不算干部？这是个只有几个人的小单位，我的前任曾经感慨过，“她当法制局局长，是局长、副局长、科长、科员甚至办事员一身兼任”，就是这么回事儿。

想起了青春，不能不想到我的授课老师。今天的我自然不能算成功，就是对钟爱的法律也只是一知半解，但我仍然感激我的老师，他们教给了我法律知识，让我拥有了立足社会的能力，让我今天还有一份足以养家糊口的工作。

想起了青春，总是感激时代，感恩法治。1979 年我读小学，那一年在中国的南海边有位老人画了一个圈，我们这一代人充满着对知识的渴望，胸怀着报国的远大理想。1991 年我读大学，那一年世界政治波澜壮阔，先前的东欧剧变最终在这一年演变成苏联解体。但我们中国无论世界风云如何变幻，无论国内各种不利因素怎样叠加，法治终于成为时代的主旋律，作为法律人的我们终于有了用武之地，有了施展的机会。

想起了青春，就想起了许多许多往事。亲爱的母校啊，你可曾记得 30 年前入校的那棵青葱农家少年，他带着年轻的“幼稚”、带着农村人的“笨拙”，人生中第一次走进了古城西安，走进了南郊的政法园。第一次见到母校的他，有些慌张、有点惊讶、有些神秘，这是母校给他留下的永未磨灭的记忆。后来，他多次回到母校，每次都像 1991 年那样，“近乡情更怯，不敢问来人”！让他没有想到的是，这个当年恨不得迅速逃离的地方，竟然成了 30 年来魂牵梦萦的地方。一别经年，母校应是旧貌新颜。

母校，您的游子回来了，让我张开双臂拥抱您！

30 年前一个农村孩子的西行记事

每到大学开学季，媒体上总会出现大大小小、老老少少一家人送孩子读大学的新闻。2018 年我送孩子读大学也是这样，太太和我跑上跑下、忙里忙外，而真正的主角则仿佛“路人甲”，真可谓“皇帝不急太监急”。我自是照例发一番感慨，然后遥想起 30 年前一个从没有出过远门的农村小孩，孤身一人、第一次出门西行，乘坐火车去古城西安的一幕幕。每每想到这里，总是骄傲不已，毕竟咱们穷人的孩子早当家。这是事实，但里面还是有内幕的，我的西行也有贵人相助。

1. 离别恨

1991 年 9 月 2 日，我一个人提着重重的行李箱开始了西行之旅。我们老王家是个大家族，我爷爷兄弟三个，我父亲兄妹七人，我们这个大家庭出了第一个大学生，全家人都高兴。我的一位大伯说：“如果放在古时候得到祖坟上放一通鞭炮，感谢祖上的恩德，也和祖先们一起分享这份荣耀。”《白鹿原》中鹿子霖的先人马勺死时就有遗嘱：“记住，孙子曾孙子谁中秀才中举人或者进士，就到我坟上放炮响冲子，我就知道鹿家出了人了。”看来，全国各地都有这样的家庭美德和传承。现在我们这个大家庭已经出了 20 多个大学生了，忠厚传家远，诗书继世长。

在送与不送的问题上，我和家人产生了极大分歧。肯定不是送我到西安城，毕竟那时不兴家长送读，但家里人都希望送到火车站，看着我上火车。被我严词拒绝了，因为送别的滋味让人不舒服，直到现在，我还是最怕送别，正如梁实秋《送行》中所言：我不愿送人，亦不愿人送我，对于自己真正舍不得离开的人，离别的那一刹像是开刀。

最后达成的妥协结果是家里人把我送到离老家3里路的大王村，这里有一条通往县城的沙石路，有一班每天两趟进城的公共汽车。等候中，车终于从北边开过来了，我爬上车挥手与送行的亲人们告别。我看到母亲转过身，她一定在偷偷擦眼泪，我也不舒服，以后的日子再也不允许家人相送。更让我做梦也想不到的是，这一别竟然成了我和母亲的最后一次见面。3个月后的12月3日，那时的母亲已经躺在小小的骨灰盒里。“小时候，乡愁是一枚小小的邮票，我在这头，母亲在那头。……后来啊，乡愁是一方矮矮的坟墓，我在外头，母亲在里头。（余光中《乡愁》）如果未卜先知，我宁愿母亲送我去城里的火车站，因为这一别后，我与母亲阴阳相隔，自此以后能够见到母亲只是在梦中，而且随着母亲离去的年份增长，母子相遇的梦就越来越少、越来越短，母亲离开我们，而今已经30年了。

庭有枣树，吾娘死之前所手植也，今已亭亭如盖矣。

行李箱很重，倒也没有什么贵重东西，不过几件当季和越冬的衣服，西安和我老家纬度相似，因此气温相近，这倒省下了置办新衣服的开支。那时的农村孩子朴实，或许受限于经济条件，大家以俭朴为美德，常以“冠敝在于上，履新处于下（帽子再破也戴在头上，鞋子再新也踩在脚下）”为理由拒绝穿新衣戴新帽，现在想来，我都好喜欢自己当年强找理由的样子。当时妹妹初中毕业后已经在潍坊打工，她用几个月工资给我买了一个时髦的皮箱，这算是当年最重要的入学礼物。这个皮箱伴我4年西安来回，一直用到2005年我离开老家、举家南迁佛山时才物归原主，还给妹妹。14年后的皮箱因为破旧因为贬损或许不值钱了，但我常想起那个充盈着兄妹感情的皮箱，这里面盛满的是我们一生都割舍不了的兄妹情缘。

坐着公共汽车进了城，然后提着皮箱从汽车站步行到约1公里外的青州市火车站。我们青州是个在济南和青岛之间的小县城，因为有寿比南山（山上有个“寿”字且在县城之南）和人无寸高（“寿”字中的“寸”部高达2.35米，寻常人的身高自然无从企及）的云门山等旅游景点，有被黄胄先生称为“小大博物馆，天下第一流”的县级博物馆，里面有1996年“中国十大考古新发现”的龙兴寺佛教造像，还有万历皇帝御笔朱书“第一甲第一名”的明代赵秉忠殿试状元卷等历史珍藏，近年成为国内有一定知名度的旅游目的地。因为网络上结识一些朋友，他们知道我是青州人，总是疑问，火车站为什么不直接叫“青州站”而叫“青州市站”，难道说这个“市”就这么重要，再说无论是书写还是称呼上也不便捷、顺口。说来，这都是撤县设市的后遗症。我老家原名益都县，1986年经国务院批准改成县级“青州市”，算是当年比较早的“撤县设市”，这一度被称为故乡的荣耀历史。但在福建沙县，就是那个以“沙县小吃”闻名全球的地方，下辖有个青州镇，鹰厦铁路经过这个小镇，在1956年建了一座车站“青州站”，借用商标法上的“保护在先权利与禁止混淆原则”理论，我们后来者就只能称“青州市站”了。而原来胶济铁路上的“益都站”，早在1903年就建成使用，可惜现在连当地人都不太知道这段历史了。34年的时光，把一个有855年（1131—1986年）历史，在蒲松龄《聊斋志异》中多次提到的，甚至许多外地人都知道的“益都”地名活活给湮灭了，真是让人痛心。我向来对流行的改名风不感冒，也理解不了，包括母校从“学院”改成“大学”，现在我还是习惯称“学院”而本能地拒绝“大学”，不只是念旧，更多是一种态度。后来母校的校史非要从1958年的复校重建（现称“恢复本科教育”）追溯到1937年的延安公学（一般认为是中国人民大学的前身），我也不能理解。说好的自信呢？难道说历史一定是秦砖汉瓦，难道说改个名字就叫创新，就叫与时俱进？这是一种病，可惜没有医治的良药。

2. 远行苦

有一趟从青岛到兰州（隔日到西宁）的列车经停青州市站，自 1975 年就开行，车次是 K101/102/103/104 次，分别在济南、徐州按照上行下行换车次。解释一下，估计没几个年轻人懂得，因为现在已经迈入了高铁时代。车次的“编次”和“上行下行”有关，进京方向或是从支线到干线被称为“上行”，反之，离京方向或是从干线到支线被称为“下行”。

火车票价是 24.5 元（学生半价票），到西安正好一天一夜 24 小时，看来当时的铁路票价是一小时两块钱。我上大学 4 年票价一直没有上浮。刚刚查询才知，现在到西安硬座 168 元，对比这 30 年的物价上涨幅度，对比自己的收入，不能不感谢中国的铁路，真是良心满满！第一次独自去西安，于我这个从来没有出过远门的农家孩子来说确实不是件容易的事。但那时确实没有家长送学的传统，而且正在成长的大男孩也把送读当作羞辱的事。

曾经年少爱追梦，一心只想往前飞。行遍千山和万水，一路走来不能回。

我在售票厅拿着录取通知书买学生票，正好边上有个大哥哥，看到了我的录取通知书，他说：“你去西北政法啊？离我学校很近。”这就是许晓国大哥，西安公路学院（今长安大学）1988 级学生，临朐县人。临朐是我老家南部邻近的县，八年后的 1999 年，我从这个县“拐带”了一个女孩子，成了我的太太，与我厮守至今。在大学期间，我与该县另一个女孩子曾经有点儿暧昧关系（后文交代）。看来，我与临朐这个县真的有缘。许大哥才会从我们青州乘车，才有了我们 30 年前的相遇。在大学期间，我多次跑到西安公路学院。这个学校还有我邻村的一位老乡，他大学毕业留校任教，他的名字和我的名字完全相同，其实正确的说法是：我的名字是偷人家的名字而来。这段故事已经写进我的自传体散文《围着老家转圈儿》中，此处不做赘述。

就是这位许大哥，带着我上了火车，到西安后又乘坐公交车送我到了西北政法，正巧遇到了迎接新生的山东老乡、1990 级的田伟师兄，于是便开始了我的四年政法大学生活。

那个年代的火车不像今天的高铁，除了速度慢、卫生脏乱差、治安也不好外，车上小偷多、人员成分复杂，骗子非常多，如女研究生在火车上被拐卖之类在今天看来匪夷所思的事时有发生。2007 年有一部电影叫作《盲山》，讲述的就是女大学生被拐卖到山区之后，被迫与目不识丁的 40 岁农民结婚并生活在一起的故事。影片背景灰暗，基调沉闷，令人十分压抑。30 年前，由于严格的计划生育政策，导致拐卖人口犯罪猖獗。特别是在农村，按政策规定，农村家庭第一胎是女孩的可以生育二胎，为了生个儿子，有进行婚前检查发现是女婴就流产的，还有更多的伎俩，反正为了生男孩子可谓花样繁多。如果“运气不佳”，生了两个女孩，怕无人传宗接代，怕再生也还是女孩，许多家庭会直接买个男孩来养。市场需求导致了贩卖人口这种古老罪恶的存在。

王象义，男，1945 年 3 月 27 日生，系山东青州市何官乡大高村农民。

朱本德，男，1951 年 12 月 1 日生，系山东淄博市临淄区朱台镇于家村农民。

1993 年 3 月至 1994 年 8 月，王象义、朱本德等 6 人，以王象义家为贩婴窝点，先后从山西省忻州市等地，以低价收买男婴 11 名，高价卖给青州、寿光、淄博等地，共得赃款 6300 元，其中王象义参与贩卖男婴 10 名，得赃款 2200 余元；朱本德参与贩婴 8 名，得赃款 1500 元。1995 年 5 月 5 日，潍坊市中级人民法院依法公开开庭审理此案，以拐卖儿童罪一审判处王象义死刑，剥夺政治权利终身。

“王象义等特大拐卖儿童团伙案”就发生在我们邻村，村里许多人都知道这种卖孩子的行为，但没有举报，反而认为拐卖人口的人是“送子观音”，是在做善事。这种颠倒是非的世界观，就在我们身边。

坐火车如同打一场战争，也难怪当年有“火车好坐，衡阳难过”（因为治安差，衡阳火车站成了让人“难过”的是非之地）的说法。西安在当时除了是全国有名的“贼城”（在西安我也有被偷的经历，后文另述），还是有名的骗子聚居地，我这样说不是污蔑大唐故都吧？其实应该是颂扬，因为对比30年前的乱象和今日的有序，更感时下西安的盛世太平。西安的骗子有名，早已经被老舍先生写入《西望长安》。描述了20世纪50年代一个冒充军人的骗子栗晚成，编造荣誉史骗取人们的信任和尊重，最后又被群众识破的故事。而这个“骗身份、骗荣誉、骗飞机票、骗生活补助费，欺骗组织、欺骗群众、骗了三年，最终被抓起来了”的骗子原型就是李万铭。李万铭在20世纪50年代可是家喻户晓的人物，他的头衔有：全国最大的政治诈骗犯、中国的“钦差大臣”等。李万铭一生中最亮的看点，就是那些“骗绩”了。我们这个社会从来不缺少骗子。2010年，媒体曝光河北石家庄“骗官书记”王亚丽，档案中除性别是真的外，年龄假、工龄假、党龄假、学历造假、履历也造假，干部身份也是假的，档案中90多枚公章中，有三分之一以上是假的。

这些年我接触过一些骗子，他们的骗术自然被我识破了，这倒不是学法律的人天然具有防骗能力，真实原因是没钱。诈骗是“以非法占有为目的，用虚构事实或者隐瞒真相的方法，骗取数额较大的公私财物的行为”，你没钱，自然就不能成为诈骗犯罪的客体。“天下熙熙，皆为利来；天下攘攘，皆为利往”。没钱的人，骗子都没兴趣诈骗你；只要你不贪图便宜，你就不会上当。这是我40年来一直信奉的人生信条，这让我失去了一些发财致富机会，但也减少了上当受骗的可能性。

说一个比诈骗更可恶的、因坐火车引发的悲惨往事。我三姑妈出嫁到山东威海文登一个沿海的小山村，1989年，该村有个男孩子考上了西安的陕西机械学院。这在那个小山村，自然是全村人的荣耀。从这个小山村要到西安读书，在当时可不容易。先坐汽车到青岛，然后从青岛转乘火车。我到西安读大学，也是乘坐同一趟车，对乘火车之难有切身体验。票倒是好买，反正也没有座位，不像今天这样对无座票严格限定。为了多拉快跑，特别是春运期间，为了应对全球最大的人口移动潮，这也是不得已的事。现在国人已经习惯了排队乘车。梁实秋先生的《排队》一文中说：抗战时期，人们在车站购票是不排队的。但是日本人占领北平车站后，秩序就井然了。为什么呢？因为有个日本兵拿着鞭子，来回巡视，看到有插队的，就扬起鞭子狠狠给他一下。梁先生悲愤地质问：中国人难道真的需要那么一条鞭子吗？现在中国人已经不需要鞭子，因为社会文明和法治的进步，人人遵守规则。在 30 年前有个词叫“挤火车”，现在想来还真形象，因为你不挤就上不了车。那四年的春节，都是靠高中同班、大学同级的牛凤勇同学的两个哥哥（他家住火车站附近）用蛮横之力把我们俩硬塞进西去的火车里。你可以想象乘坐火车是何等的煎熬，真是饿了不敢吃饭，渴了不敢喝水，因为厕所里也有人霸占着当座位；乘车空间十分狭小，额定 3 人的座位往往挤上四五人。累了，要么站着闭目休息一下，要么拿报纸铺在座位下面睡觉。

那天火车过了洛阳，我去厕所时，碰到了睡在座位下面的青州二中的同学牛凤勇，他热情招呼我一起分享他的“卧铺”，我自然不肯降下高贵的身段，毕竟是大学生了，哪怕站到西安也不能躺在车厢里睡，很有点儿像后来流行的“宁愿坐在宝马车里哭，也不愿意坐在自行车上笑”那种骨气。这样的经历，那个年代的人应该有相同的体会，我就不多说了，因为说多了都是眼泪。

回过来说陕西机械学院的这名大学生。他 1989 年入学，1993 年春节过后就面临着毕业，很快将踏入社会，也就是农村常说的“供应成才（挣工资赚钱养家糊口）”。就在 1993 年春节返校途中，或许是因为车厢拥堵空气污浊，或许是因为想下车呼吸口新鲜空气，到了河南灵宝（这是列车入陕西前的最后一站，离西安也就两个多小时车程），他竟然再也忍受不住了，在火车到站后走下车厢。可惜，这一下车，他就再也没有挤上去，因为人太多了，更没有想到的是竟然因此断送了他年轻的生命。列车无情地抛下了他，在春运大潮中，他再也挤不上火车。看着无情西去的列车，他的绝望之心可以想象。毕竟这里离西安不远了，农村孩子的倔强劲头上来了，他竟然想沿着铁路线走回学校，这需要何等的毅力。他的想法最终没有实现，沿着铁轨西行不久，他就遇到了一帮当地的“治安员”，怀疑他是盗窃犯（以前公安机关从立案、侦查、刑拘、逮捕、预审、提请起诉等刑事诉讼活动中都统称“人犯”，而1996年刑事诉讼法修改后，在公安机关阶段称“犯罪嫌疑人”，在检察院提起公诉、法院审判期间称“被告人”，有罪判决生效后叫“罪犯”），山东胶东口音和河南口音差异明显，再说那帮子人是什么素质，他们将他缝在内裤的钱掏出来并私分，还对不服气、要个说法的他进行了殴打。等他终于自证了清白，知道他是大学生，他们把他硬塞进一趟西去的火车，他终于回到了学校。但这次无妄之灾，对他年轻的心灵打击太大了，他的精神开始恍惚并导致异常，最终产生了轻生的念头。尽管学校做了大量工作，同班同学、山东老乡都来劝慰他，最后甚至派人天天在宿舍看守着他，为防万一将他的铺位调到远离窗户的那一侧，但这些措施都没能成功挽救回他的生命，一天清晨他趁人不备，打开窗户跳楼而亡。大学生被无故殴打自杀身亡的恶劣事件引发了学生在校内集会游行，后来教育部、铁道部出面，对不法人员进行了严肃处理。30年了，如果他活着，现在已经是五十岁的年龄了。往事不要再提，相信今天这样的惨剧不会重演，除了交通的发达，更重要的是因为我们正在建设法治政府、法治国家和法治社会，法治的要义在于保护民众公平和正义的权利。正义一定能实现，绝对不能再靠自杀这种惨痛的后果来换取。

当年美其名曰是到西安公路学院看望许晓国大哥，更多还是跟着大哥混。对一个大一新生来说，大三的许大哥自然是导师级领路人。每次去找他，他都带我去食堂吃些好东西。山东人好客，招待客人的礼节就是把自己平常舍不得吃的东西给客人享用。他还有几个同县女同学，分别在西安电子科技大学、西北纺织工学院，周日他也带上我去找她们玩。那些大姐姐也把我当小弟弟一样呵护，拿出女孩子们精心储备的饼干、糖果给我吃。现在想起来，都无比怀念那段时光，一个人在西安，感受到家庭一般的温暖。许大哥毕业后分配到了位于泉城济南的山东交通学院，一开始我们还有通信联系。后来，不知道怎么就失去了联系，这一断就是25年。

人生不相见，动如参与商。今夕复何夕，共此灯烛光。（杜甫《赠卫八处士》）

有时看央视的大型寻亲节目《等着我》，就想去找一找领我进西安、送我进西北政法的许大哥。说来也巧，许大哥后来工作的地方和我曾经工作的青州也就一河之隔，当年我在老家工作时因为办案需要，也经常到许大哥所在的城市出差。这所城市还有我不少朋友，甚至是我和许大哥共同的朋友。但就这样近的距离，就这样的关系，仍然让我们整整等了25年，直到2018年才得以重新联系上。这是两个故人的再相聚，何尝不是30年的相思延续？人生如是，我们怎么有理由不珍惜、不期盼每一次相见、相识、相遇的缘分呢？再次感谢许大哥，我上学路上的领路人。

3. 一路向西

2016年，国家全面放开“二孩”政策，但现在许多人不敢生二孩，除了一些具体原因，就是从法律上讲，养孩子真是让人不省心，例如前段时间猖獗一时的套路贷、校园贷、裸体贷，你生个女儿貌美如花，但她却被坏人将裸体照片发上网、以此威胁利诱，想想都让人心疼。不用说生个女儿，就是生个儿子，也让人费心。2018年儿子读大学，我再三叮嘱，“需要钱就跟爸爸说，千万不要去借贷”，我自己向来勤俭朴素、节衣缩食，但孩子只要张口就给，没办法，就怕他着了坏人的道。当个中国家长容易吗？将时光拉到30年前的20世纪90年代初，那个年代大学没有扩招，没有实行“教育产业化”，学校不像今天这样动辄成千上万地招生。于是物以稀为贵，考上大学，就等于进了公家的门，成了国家的人，国家还会给予一定的粮油补贴，包括学校补助，但那个年代已经开始了有计划的社会主义市场经济，因此除了师范、军校、警察等特殊学校，大学开始试行收取少量学费。

实在想不起我上大学时交学费多少了，反正第一次上大学得带 800 元左右。估计一半是交给学校的学费，一半是购买生活用品以及自己的生活费。这 800 元钱如何平安带到大学是个大问题。现在的年轻人一定看不懂，就 800 块钱有什么难的？拿张银行卡不就行了。我儿子小的时候，我们家买房子，需要支付现金，他看到从银行的柜员机里取现金很惊奇，后来向我们要钱花，我告诉他没钱，他根本不相信，“你们带上银行卡去取出来不就有了吗？”他妈妈说钱是我们事先存进去的，他怎么也不相信。如果拿张卡就有钱花，谁还奋斗啊？但一个小孩哪懂这些，你又怎么能给他解释清楚。20 世纪 90 年代我不知道有没有银行卡，反正使用率不高，至少我这个农民子弟没有见过，就更不用说使用了。我第一次使用银行卡是 2005 年调入佛山工作以后的事了。那就用手机微信支付，相信现在的年轻人一定会这样告诉你。可惜，那个年代没有手机，在大学期间，我们经济法系有位老师率先拿块像砖头大小的大哥大，已经在全校引领时代潮流了，全校都在传说经济法系的厉害，毕竟是搞经济（法）的。那个年代有些老师带个寻呼机，听到蛐蛐儿一样的叫声，四处找电话回，已经是校园里很拉风的事。至于微信，好像是 2008 年才有的事，而微信支付，更是近几年的事了。

那怎么把钱带到大学里去？那时的社会治安并不像时下这样平安，小偷很常见。我在西安读书期间也毫无幸免地被小偷光顾过一次，丢失了几块钱，而且是个漂亮的女贼（此事后述）。当年的火车上甚至还有劫匪，1993 年的中俄国际列车大劫案后来被拍成了电影，触目惊心。行路难，行路难，坏人多，好人难行。当年的国人过得真不容易！自然，这笔在当时看来是巨款的安全问题就成了家人考虑的重点。要确保安全，肯定不能放在行李箱里，那太显眼；也不能放在胸前口袋里，因为财不外露；更不能放在屁股后面的口袋，那无异于送给坏人，因为这是坏人最容易下手的部位。最安全的地方莫过于内裤，外面有衣服遮盖。在内裤前方偏左的地方，母亲用针线密密缝好。

慈母手中线，游子身上衣。临行密密缝，意恐钱被偷。

还真得感谢母亲的这种方法，因为从来没有丢过钱。其实不只是我，那个年代的学生哥基本上都是用这样的方法携带大额现金入学的。或许有人会问，不是有邮局可以汇款吗？这个确实有，但邮寄费不是个小数目，为了省下每一分钱，肯定不选择这种方式。2005 年热映的电影《天下无贼》，主人公“傻根”（王宝强饰演）因为舍不得花 600 元汇费，带着辛苦积攒了几年的 6 万元现金上路，成为众盗的“狩猎”对象，曲折剧情由此展开。电影的热映引发了民众对汇费过高的质疑，后来国家邮政局为此专门召开记者发布会称，傻根其实只需 100 元汇费就够了。因为：五千元以下的邮政汇款是按汇款金额的 1%收取汇费，单笔最低收费为 2 元。每笔汇费的最高限额是 50 元，最高限额是五万元。

现在由于银行转账及电子支付的普及，邮政汇款已经成为记忆中的词汇。据说国家曾经投巨资在广州设立了一家印钞厂，可惜没有开业就关门了。因为现代金融来势之凶猛，国家也没有预计到。柯达直到破产那天，它生产的胶卷质量都是很好的。只是世界不再需要它了。时代抛弃你的时候，连一声“再见”都不会说。

除了汇费高，考虑到穷家富路，路上不可能不带点钱。带现金肯定保险一些，但路途遥远，我老家到西安要整整一天一夜，夏天又热，容易出汗，再加上男孩子不太注意卫生，钱到了学校第一时间拆开，那个气味不用我说了吧？因为太恶心了。但“钱再脏也是钱”，“安全”要较“气味”更重要一些。转眼 30 年过去，我们的国家在突飞猛进，再也不用那样笨拙的办法带现金去上大学了，更重要的是现在社会整体平稳可控，坏人再也不敢那么嚣张。这就是法治的进步。

母校“青春都在西北政法”公众号推送了师兄“墨父”的文章，文章写到，1983 年他入读西北政法学院，当年的录取通知书很特别，要求自带《马克思恩格斯选集》到校。这勾起了我的回忆，我比师兄入学晚 8 年，1991 年入读时也带了一套书，但已经不是马恩著作，而是《毛泽东选集》。难道当时学校要求自带这套书？据我同学后来贴出来的录取通知书，又确实没有这样的文字凭证。但如果学校不要求，我再傻也应该不会从千里迢迢的山东带着行李还要带着厚厚的《毛选》(5卷本）跑到西安啊！

真相就此陷入了“罗生门”。从情理上应当有通知，但现有的通知上又没有文字明确记载。我带的这套《毛选》已经不是很新，特别是第一部，或许是发行早，或许是翻阅得多，导致书的封面都有些卷边，用今天的话说就是“品相一般”。书的扉页上有父亲的名字，那个年代的“红宝书”是全国印刷量最大的书，我们家有这样的书应该不算稀奇，何况高中毕业的父亲在农村还算是小知识分子，父亲在生产队里长期任会计（我经常戏谑称自己是“官二代”，正源于此），种种条件，我们家有这么一套书。这套书和我的行囊一起，先是坐公共汽车到了青州城，然后乘火车到了西安，最后到了西北政法410，我的宿舍。但可惜的是，这般长途跋涉带来的书，我真的没有读几页。发誓过要认真读，无奈伟大领袖的著作太高深了，不是我一个长期生活在农村的穷苦学生能掌握得了的。更重要的是，法律课程比领袖著作更能吸引我，我的兴趣迅速向法理学、宪法学等法学学科转移。何况学校还有一个藏书量在今天看来不算什么，但在30年前绝对还算浩瀚书海的图书馆，里面的法律图书吸引着我，我还曾经发狠要把图书馆的书全部读一遍。原谅那时候的我吧，真是不知天高地厚啊！这自然冷落了这套领袖著作。相信许多人和我一样关心这套书的下落。转眼到了1993年秋天，我的一位高中同学考入了相邻不远的西安财经学院，他看中了我这套书提出交换，等回老家时还我一套。立即击掌成交，焉有不从之理，我正犯愁怎么处置这套书呢！因为天天看着而不读，有一种对不起组织、对不起党、对不起家长的罪恶感。书送出去了，这种感觉立马全消失了！已经想不起他后来有没有履行承诺，以物易物了。好像他爽约了，说好的“合同必须信守”呢？须知口头合同也是合同，不过考虑到同学情面，我也就没有行使《合同法》上的“违约责任请求权”。

海右此亭古，济南名士多。（杜甫《陪李北海宴历下亭》）

岱宗夫如何？齐鲁青未了。造化钟神秀，阴阳割昏晓。荡胸生曾云，决眦入归鸟。会当凌绝顶，一览众山小。（杜甫《望岳》）

大风起兮云飞扬。威加海内兮归故乡。安得猛士兮守四方！（刘邦《大风歌》）

南北更无三座寺，东西只有一条街。四时八节无筵席，半夜三更有界牌。（孙山《郑州》）

寒雨连江夜入吴，平明送客楚山孤。洛阳亲友如相问，一片冰心在玉壶。（王昌龄《芙蓉楼送辛渐》）

峰峦如聚，波涛如怒，山河表里潼关路。望西都，意踌躇。伤心秦汉经行处，宫阙万间都做了土。（张养浩《山坡羊·潼关怀古》）

济南、泰安、徐州、郑州、洛阳、潼关，就这样，每到一地我总是兴奋异常，想起那些诗和远方，而且有眼前的苟且（内裤里装着钱、粮票和粮油关系），还有那套《毛选》，火车一路向西。

昔日龌龊不足夸，今朝放荡思无涯。春风得意马蹄疾，一日看尽长安花。（孟郊《登科后》）

在许大哥的带领下，跳出农门的我来到了西安，到了西北政法，开始了我四年的政法生活。许大哥，将一个农村孩子带到 2000 多公里之外的大都市。还要感谢田伟学长，他为我提供了私人订制式的迎接新生服务，带着我跑上跑下，办理了所有入学手续。一系列的注册报道环节，估计和今天的大学生没有大的差别。但对一个刚刚入学的农村新生，就像刘姥姥进大观园，可是件麻烦的事儿！没有他的帮助，都不知道怎么应付。他毕业后分到了淄博高青检察院工作，后转隶到纪检监察机关。2007 年，我开始在《检察日报》上发表了一系列法学随笔，被一直关注我成长的田大哥敏锐地捕捉到，他经常鼓励我，他是我在西北政法认识的第一个人，正是他带我进入了当年陌生、如今无比思念的母校。

就这样，开始了我的四年大学生活，在这里，我有了个学号910306，这个学号伴随了我四年，它就是我，我就是它。还有住了四年的宿舍新北楼410室，这是我们七个兄弟四年中共同的家。想知道我们七兄弟的事？另文接着讲。

一路向西，因为母校在那里。

古都政法里的那七个小子

有七个农家子弟，在同一天差不多的时间里，从全国各个不同的方向来到了这座十三朝古都，聚集到了一个叫新北楼的地方，睡到了同一个房间410，自然也就开始了他们长达30年的同学情缘。

NO.1

有一个年龄比较大，他当仁不让地自封为宿舍的老大。初当选的他很激动，恨不能发表个当选宣言什么的，他很把“老大当个干部”。谁知这帮小弟有时却不看重这个，有时不把老大放在眼里。也不能一概这么说，如有一次他和一位小弟不知道什么原因吵起了嘴（尽管是老大，与老小年龄相差也不到两岁），结果对方来了一句“还老大呢，一点儿也没有大哥气度”，把他憋个半死！老大难，老大难，你不当老大不知道有多难。

但老大毕竟是老大。我生理发育晚，到大学后才大约知道一点儿男女之事，就是这点儿可怜的性知识，更多也是靠宿舍几个兄弟启蒙的结果。现在想来，真正是标准的青葱少年、纯洁青年，因为到二十岁时基本上属于“无知处男”状态。我当年没有长胡子，老大他们几个说“经过科学研究发现，不长胡子的男人结婚后没有生育能力”。这可吓坏了我，“不孝有三，无后为大”。我就用那种拉杆式剃须刀每天在脸上刮，有时不小心都刮破了脸皮，但我也不以之为疼。苦心人，天不负，终于就有了目前稀稀拉拉这几根胡须。

直到2000年儿子出生了，我悬着的一颗心才放了下来。我们老家对生孩子有个说法，叫“感谢大家伙帮忙”，我的儿子也得感谢宿舍的兄弟，若不是当年他们教诲，就可能对不起列祖列宗。我虽然发育稍晚，但既然是青春期的男孩子，自然也会有人之七情六欲。据老大说，学校周围有一些录像厅，在凌晨过后就会放映一点儿少儿不宜的成年教育片。可惜我生来胆小，又听说那些地方是事故易发区，“胆小”自然战胜了“情欲”而不敢涉足。到了大四下学期，实习已经结束，论文也已通过，课程几乎没有，特别是临近毕业那一段时间，学校管理相对松懈，四年校园生活也是“多年的媳妇熬成婆”，于是“翻身穷人得解放，穷人也把歌儿唱”。那种邪恶的念头竟然又蠢蠢欲动，老子想去看“接受性教育”，管他要脸不要脸，老子就要看。但老大他们只答应不动弹，还白赚了我好几包烟抽（我在大学是吸烟的，好在烟瘾不大，在1996年彻底戒除。直到今天，这是我做过的最有毅力的事之一，此事留待我另本书中叙述）。倒是隔壁宿舍一位好心的同学看我可怜，说改天咱们一起去长安县（韦曲）（今西安市长安区）吧。长安县离学校（雁塔校区）不远，由于是县城，治安管理相对宽松一点儿。据说许多同学喜欢晚上到长安县看通宵。一开始自然是武打片，但后面就会“应观众的强烈要求”播放那种片，大家都是爽快人，醉翁之意不在酒，在乎的是“后面的时光”。期盼着，终于等到了那一天。一个周六的下午，我和这位老兄早早吃过晚饭后，怀着偷情一样的慌张心情，坐上学校门前的229路公交车，匆匆忙忙直奔长安县城杀将过去：长安县，老子来了！车上的我，有点儿渴望，有点儿紧张，还有点儿害羞，眼睛四处乱望，不敢与那位舍友对视，怕他不好意思，也怕他笑话我的慌张。当年“隔壁老王”这个词还没有出来，“隔壁小王”还很稚嫩。周末的车上几乎都是一对对热恋的青年男女。

我要拉你的手，还要亲你的口。拉手手亲口口，咱们两个圪塄塄里走。

我始终怀疑他们和我同一个目的、同一个目的地。破车摇晃着终于到了终点站。下车后，那位同学带着我，转了几条街，到了一家小门面前，门脸上写着“录像厅”几个残缺不全的字，但没有开门，明显是“寻录像厅不遇”。兄弟说：“不好，看来是被封了，快走！”我们转身就走，好像晚一点儿就被警察叔叔抓现形一样。直到坐在车上，心才放下来。回来的公交车，人明显少了许多。好危险呀，有点儿侥幸从“国统区”逃出来的感觉。回到宿舍，几个舍友问，“不是说要通宵不归吗？怎么这么快就回来了？”把经过一说，他们大笑。“看黄色录像未遂！”很长一段时间，他们拿这件事取笑我俩。这次未遂，很是打击了我。直到毕业，再也没有起过色心。老大说：“你们应该到其他几个录像厅看看的。”听罢我才明白，带我去的同学水平也高不到哪儿去。而老大才是真正的高手。高人，总是藏在后面的。老大毕业后分配回老家的政府法制局工作，旋即和当年常来我们宿舍的常姐结婚，过上了幸福的“小日子”。2019 年，他带队到中山大学培训，我携太太前往拜见。在中大“博学、审问、慎思、明辨、笃行”的校训前，我们俩谈及政法四年，谈到毕业后的职业选择，特别是我在法院 12 年后又转到了法制办 12 年，我们从同舍变成了同行，老大就是老大，他一直在引领着我的路。其后是法制办重组，我们共同的话题越来越多，更没有想到的是，我们对未来的职场判断和选择竟然不谋而合，难道说 30 年的同舍之缘真的这么神奇？

NO.2

在 410 宿舍里，有一个小子，四年里老是抱着英文书，真让人怀疑他到底是法律专业还是英语专业。还好，两年苦读也算终成正果，他因英语成绩突出被分到了 1993 年新成立的国际经济法班，学习了一通带“国际”字号的法律。后来才知道，他毕业后想到首都工作，不知从哪儿得到的小道消息，说从我们毕业的 1995 年起，不通过英语六级的毕业生无资格进京就业。那时不像今天有行政许可法，政府动辄就整个“规定”、设个“门槛”，政策经常变，搞的人“听风就是雨”。结果老天不开眼，这位兄弟就这样努力六级也硬是没过，好在那个政策也没施行，他最终心想事成。其实这样的外语、专业、性别等限制合法性都值得商榷，咱法律人得拿法律说事。

> 中华人民共和国年满十八周岁的公民，不分民族、种族、性别、职业、家庭出身、宗教信仰、教育程度、财产状况、居住期限，都有选举权和被选举权。(《宪法》第三十四条)

他就是老三。他老家在山东诸城，和我同属潍坊市，连同临沂的统民（老六），我们7个人的宿舍竟然有3个山东人，看出我们“大山东”的“大”来了吧？山东之“大”，还表现在外人不知的“齐文化”与“鲁文化”的差异，就语言来说，青岛以东的胶东、我们潍坊的鲁中以及老六所在的鲁南差异就很大。就是潍坊的一东一西，两地风俗、语言竟然也大不同。例如，老三喜欢说，我有两个学生如何如何。这立即遭到我们几个的强烈反击，“你当过老师啊？”自然不是，不过他们那儿的风俗把“同学”称为“学生”而已。后来我才知道，类似的称呼在我国许多地方都存在，我们不过是少见多怪了。但年轻时候较真，总想说个清楚、辩个明白，他就和大家辩论，要知道学法律的人最喜欢辩论了。美国总统林肯的太太是有名的泼妇，喜欢破口骂人。据他的律师同事写的传记记载，林肯能当上总统就归功于这位太太。书中说，林肯怪可怜的，周六半夜大家从酒吧回家时，独林肯一人不大愿意。所以林肯那副出人头地、简练机警、应对自如的口才全是在酒吧学来的，这真是“塞翁失马”。30年了，现在的我还像当年一样喜欢辩论，以至于见人就“抬杠”。我太太经常说，“我才不和你辩论呢，你们这些辩论狂”。尽管宿舍辩论搞得脸红脖子粗，但确实提升了我们的辩论水平，后来又学习了法学逻辑，什么大前提、小前提、演绎归纳和推理，总之我们的法庭辩论是在宿舍的床铺上实践的，主要阵地就是学校每晚10时强制熄灯后的卧谈会。可惜的是，我们宿舍没有培养出一个刑事辩护律师，真是浪费了我们当年的“宿舍辩论赛”。

2016 年 5 月，我在歌乐山下的西南政法——这座全国法律人心目中共同的精神家园学习，享受了一段美好的学生时光。但毕竟公务在身，不得不提前结束学业匆匆返程。下午的课程原定 18 时结束，老师有些拖堂（还是学校的老师好，许多社会培训机构老师都是看着表讲课，多一分钟也不讲，除非你多给报酬），下课后拿起行李就往机场赶。在西南政法门口突然想起当年没能成为西南的学生，现在照张相或许稍可补憾。正在摆 POSE，突然发现一个熟悉的身影，我大喊了一声，他朝我跑过来，“你怎么在这儿？”是啊，我还想问你怎么会在这里呢？

> 于千万人之中遇见你所遇见的人，于千万年之中，时间的无涯的荒野里，没有早一步，也没有晚一步，刚巧赶上了，那也没有别的话可说，唯有轻轻地问一声：“哦，你也在这里吗？”（张爱玲）

这是时空的轮回，两个人，一个在北京，一个在佛山，21 年后突然间就在山城遇见了；这是人生的相逢，没有预约时间和地点，竟然在转眼即消失的人潮人海中突然相遇；这是同宿舍的情缘，哪怕一个人早一分钟，一个人晚一分钟，就可能失之交臂。但我们在这里相遇，真庆幸也真后怕，或许是 4 年的同舍深情，才换得 21 年后的偶然相遇。因为各自公务在身，两兄弟只能相拥而别。我们在这里分别，等待着在那里相遇。让我们互道一声，“哦，你也在这里吗？”

NO.3

宿舍的老四外号“老广”，缘于他是广东人。其实，他真正的外号叫“亚依撒”（粤语 1、2、3 的发音）。还记得 1991 年冬天西安的第一场雪，来的比往年不早也不晚，我们这些北方佬躲在有暖气的宿舍里还直喊冷，他和他的广东老乡们穿着拖鞋在操场上跑来跑去地打雪仗，看着那双冻得通红的小脚，让我等不但大跌眼镜，也真心为他感到冷。直至我在毕业十年后也来到冬季无雪的岭南，才知道看雪原来也是一种愿景，在北方的时候从来没有觉得雪景有多美，但在岭南要专程去北方看雪，有时去北京出差偶然遇雪竟然像中大奖一样兴奋。

> 梅雪争春未肯降，骚人阁笔费评章。梅须逊雪三分白，雪却输梅一段香。（卢梅坡《雪梅》）

人啊！想来真是“物以稀为贵”，因为第二年下雪时他就和我们一样怕冷了，也穿上了棉鞋，他真正入乡随俗了。他原来供职于粤西一家中级人民法院，当年我也还在法院工作，有时在广州开会时得以相见，先是一起喝酒，然后动情地回忆其他五个兄弟，最后张罗给他们打电话，今夜不醉不归。

2015年的一天，省政府突然来通知要开会，会议选定在茂名化州，这个地方离我们佛山至少要4个小时车程（还没有计入塞车因素）。想到要与睡在我上铺的兄弟见面，自然异常兴奋。出发前我告知他，因为陪主要领导与会，我会在方便时联系他，毕竟官差在身不自由。我太太经常笑话我，混了30年还是个“跟班的”。没办法，官有大小，但职业无高低贵贱之分，咱从事的法律工作就是服务领导的，所谓“做事不由东，累死也无功”。没想到报到时，看到出席会议领导名单里有他的名字，我们至少可以提前3个小时见面。他在会议开始前几分钟才匆匆入场，后来说是才临时接到通知，现在当领导出席会议已经成了日常工作的一部分，有时办公室疏忽往往会造成疏漏。看到他在主席台四处寻找，我知道他在找我，多年兄弟了，熟悉他的一举一动。可惜会场太大，我的位置太偏，而且和他有一段距离，他伸长脖子也看不到我，我只能暗自偷笑。让他好好地着急一会儿吧。毕业20年后，他成了主席台上的领导，咱混成了一个会议工作人员。同宿舍的兄弟差距怎么这么大呢？会议结束，相见，拥抱，双手紧紧相扣。兄弟同心，其利断金。

正在写作本文时，他从微信上发来一首诗：

长安回望绣成堆，山顶千门次第开。一骑红尘妃子笑，无人知是荔枝来。（杜牧《过华清宫三首·其一》）

关于诗中的荔枝是从哪里运送到长安的，向来是诗坛争论之一。有人说是广东茂名高州的，有些人说是四川的。说岭南的，除了苏轼诗作“日啖荔枝三百颗，不辞长作岭南人”为证，还有一个叫高力士，这个杨贵妃身边的“红人”就是高州人士。有人认为是四川，但你吃过四川产的荔枝吗？明显说不通啊。我倒不是考证荔枝产地，我知道这是兄弟在想我了。荔枝，我喜欢，兄弟情谊，我看重，但2020年的疫情防控，出行不便。于是通过快递，收到了兄弟的浓浓关怀。须知，一枝一叶总关情啊！

睡在我上铺的兄弟，睡在我寂寞的回忆。你曾经问我的那些问题，如今再没人问起。分给我荔枝的兄弟，分给我快乐的往昔。

NO.4

为这个叫老五的小子，我想了半天。他是哪一个？在我印象里，每个星期天，他总是把录音机开得很响，交替、反复地播放姜玉恒的《再回首》和苏芮的《奉献》，为此连我这样的乐盲都记住了这些流行金曲。

白云奉献给草场，江河奉献给海洋。我拿什么奉献给你，我的朋友？

也因为这样，他的人缘就很有些问题，与大多数大学生一样，我们也喜欢在周末睡懒觉，而他就敢冒天下之大不韪。他来自“九头鸟”的故乡，是他率先在宿舍里搞起了 AA 制，或许那也正是他经商头脑的牛刀小试，毕业后他进了一家大型国有企业，现在做销售经理。至于那个叫法律的东东，他说，“曾经学过”。

再回首，恍然如梦。再回首，我心依旧。

2009 年 10 月份，我到位于湖北仙桃的江汉中级人民法院参加学术活动，他到武汉天河机场接我，这是我们毕业 14 年后第一次见面。正巧我的同乡、著名刑事诉讼法学者陈瑞华先生同时到达，我们相约一起用餐。餐后，在厕所里，他偷偷低声问我：“二哥，陈教授真的很有名？”“兄弟，你这顿大餐是白请了！你这是法国人不知道拿破仑，美国人不知道华盛顿，法律人不知‘刑诉陈’啊！”

2020 年的肺炎疫情，身在疫情中心武汉的他让我们牵肠挂肚。每隔几天就在微信群里问候一声，搞的一群大男人像女孩一样家长里短的，他的平安回复是我们最大的欣慰。有时回复迟了，总是让人坐立不安。30 多年了，兄弟情深，这话竟然从脑海深处跳了起来。祝福老弟！祝福 2020 年的中国，祝福全人类。“山川异域，风月同天！”

NO.5

有一个人说起来，我们宿舍都嫉妒，他“人靓活好”，不但长的玉树临风，而且在校功课学得好，更重要的是如愿娶回了一个如花似玉的新疆师妹，后来又生下一个漂亮的宝贝女儿。这个人就是老六。他与我是山东同乡，又同在法院研究室做文字工作，因此更多的是文字往来。及至现在，刊有他名字的文章，我都仔细阅读，因为他是在用文字报告他的行踪。

英俊潇洒的他在学校疯狂喜欢霹雳舞，现在的年轻人肯定不知道，这是一种模仿木偶机器人动作的舞蹈，随着 20 世纪 90 年代电影《摇滚青年》的热映，迅速在中国的大街小巷风靡起来，引无数青年男女竞相学习。跳这种舞是年轻人特有的资本，因为动作夸张体力消耗很大，或许今天的他也只能“坐观垂钓者，徒有羡鱼情”。霹雳舞是单人独舞，自然不能满足“老六跳舞，意在泡妞”的男人朴素意愿，他很快转向了“交际舞”，那时的大学流行周末舞会，男生收门票5角，女生在我们学校是“稀缺珍贵物种”，所以女生免费，附近外语学院、陕师大等学校的美女常来献艺，引无数政法男儿竞折腰。为了解决我这个“老大难”，他和老大还专门教我交际舞以图大业，教的是慢三慢四，因为快了我也不会，为此我还专门去康复路服装批发市场购买了西装领带还有皮鞋，为了“泡妞儿”，我也是蛮投入的。可惜，就我这智商，不但不识音律，而且动作也不协调，最终是“孺子不可教也”，他们带了我两次就没了第三次的耐心，我的跳舞生涯也就戛然而止。用我自己的话来说，“兄弟居山东时，贪于财货，好美姬。今入关，财物无所取，妇女无所幸，此其志不在小”。政法四年：

悄悄地我走了，正如我悄悄地来；我挥一挥衣袖，不带走一个师妹。

NO.6

轮到了我们宿舍的老七，我和他更熟悉，不只是同一个宿舍睡了四年的缘故，更因为我们还是“文人骚客”，当年法律博客、后来微信公众号上的网友，大学毕业后我们在网络相遇。我每天登录自己的博客，就一定会去他的博客串门，他也不时来回访。尽管相隔几千里，但天涯若比邻。前几天，他写了一篇关于母亲的短文，让我不禁泪流满面。

还想起我小时候，冬天早上睡到很晚，赖在被窝里，母亲总是把我的衣服拿到灶房里的火炉上烤得热乎乎的，然后一路小跑给我拿进来让我赶紧穿上。今天她已经不能一路小跑了，上我二楼的家都要扶着楼梯慢慢地上。

他母亲我在校时见过多次，让我不由想起了我的母亲，天下的妈妈都是一样的！谁说法律不近人情？其实法律不外乎人情。作为法官，他文章中细腻的情感竟然引得一众以保守与寂寞著称的法律人成了铁杆粉丝，他的博客上满是动情的留言。他也是我们同宿舍 7 个人中唯一一个留在西安的，等于我们在母校留了一颗种子。在思念母校的时候他替我们回去看看，发回图片以解我们远方游子的思念。每次回西安，我必然要见他，顺带见一下漂亮的笑天弟妹兼师妹，还有他们的宝贝儿子。和老六一样，老七同学也娶了一个漂亮的新疆师妹。学校女生资源那么稀缺，你就知道为什么“我挥一挥手，没带走一个学校的姑娘了”。因为都让他们占有了呗！

今天的我给外人印象会写点儿东西，其实我出道很晚。晚到什么程度？1997 年以前没有动过笔，也就没有想发表文章，就更不用说出书了。不能说完全没有。我是文科生，文科生一般都有点儿文艺青年的潜质。看到周围人的诗作或文章在报刊上发表，自然也心动。但我自小见多了因热爱文学而严重偏科，最后回家以种地为业的人，这种农村文学青年的可怜让我心痛，所以在上学阶段坚决不碰文学。不过，我确实看了许多文学书籍，大部分有名的文学作品都走马观花式读过，至于阅读途径，就要归功于同宿舍的老七，他是学校学生通讯社的学生记者，有些借阅特权，于是我也沾光，先读为快。他看我有点儿文学爱好，经常劝我，“你看了那么多书，为什么不写点儿东西呢？这可能对你个人有好处的”。我口头应诺，但仍然没有动笔的意愿，主要是因为懒，一懒误终生。

天下百病，皆生于一个“懒”字。（曾国藩）

我在大学唯一一篇变成铅字的文章是一则小案例的理论分析，是关于犯罪中的刑事附带民事的提起问题，刊登在1995年我们经济法系的实习刊物《风采》上，这就是“张宗玲放火、故意杀人案”。

> 张宗玲，男，时年49岁，蒙古族，大专文化程度，系内蒙古自治区赤峰市松山区城子乡喇嘛扎子村农民。1993年9月，他自费到山东中医学院培训中心骨针班学习，经常利用钱物笼络本班20岁女生李爱玲，并多次发生两性关系。1994年9月，张发觉李对其疏远，并发现李与其他男生来往。于是用匿名小字报对李进行侮辱、诽谤。同年10月间，张又多次到宿舍找李，均遭冷落，并受到李所在宿舍的其他女生的嘲笑、挖苦，张遂怀恨在心，产生报复杀人恶念。10月30日凌晨1时许，张宗玲携带事先准备好的汽油、三环牌锁等作案工具，窜至李爱玲的宿舍门前，先用锁把房门反锁，后砸碎门玻璃，将装有10升汽油的敞开塑料桶投入室内，然后扔进点燃的报纸，致房内爆发大火，将李爱玲等13名女生烧死，造成经济损失百余万元。惨案发生后，济南市公安机关迅速侦破，市人民检察院于11月9日提起公诉，市中级人民法院于11月11日公开开庭审理，作出一审判决：以放火罪、故意杀人罪两罪并罚，决定执行死刑，剥夺政治权利终身。张不服，提出上诉。山东省高级人民法院二审裁定，驳回上诉，维持原判。11月15日，罪犯张宗玲被执行枪决。

解释一下，要不大家不理解，省高院就有权判处死刑？在很长一段时间内，我国死刑复核权事实上由各省高级人民法院享有。经过20多年的实践，死刑核准权下放暴露的问题越来越多，越来越严重。特别是佘祥林、滕兴善、杜培武、胥敬祥等冤假错案的接连发生，引起社会各界的广泛关注。2007年1月1日，最高法院收回了下放长达27年之久的死刑复核权。由此揭开了我国死刑制度改革的序幕。

1994年秋天，我在济南中级人民法院实习，旁听了这起恶性案件。因为案件影响很大，一审开庭时山东电视台录像，作为旁听群众的我于是被扫进了“电视”里，这或许也是我第一次上电视。当时的我认为这起案件应当允许被害人家属提起附带民事诉讼，现在看来自然是好笑的，从案发到死刑执行不过16天时间，哪来得及附带民事？对恶性犯罪，我们历来坚持“快侦、快捕、快审、快判、快执行”的“从重从快”刑事司法政策。旁听这个案件还有个细节，被告人提出他是“骨科大夫，曾经救治过好多病人”，希望留他一命，能让他用医术继续服务患者。公诉人反驳道，他的诊所确实悬挂满“妙手回春”“华佗再世”之类的锦旗，但经调查全是一家广告公司制作并由他本人支付费用，看来这真是个“糊涂大夫”。记得公诉人讲完，旁听人员热烈鼓掌，这个反驳到位！

争远当时任《风采》编辑，我现在都有理由认为是因为同宿舍四年的缘故才得以刊登。这种内部刊物一没有稿费，二印刷量有限，三稿源有限，估计除了包括我在内的有稿件发表的同学可能保留一本外，根本就没有几个人看。现在许多报刊都纷纷关门大吉，何况这种内部出版物？大学毕业分配到青州法院工作，周围有些朋友如刘兄建华等，时有文章在《山东法制报》《潍坊日报》《青州日报》等刊出，我经常研究他们的写作风格。

> 大江歌罢掉头东，邃密群科济世穷。面壁十年图破壁，难酬蹈海亦英雄。（周恩来《无题》）

有一天，我大胆宣称“这种文章我也可以写出来”！说干就干，我就正在审理的一个小案件为由头，写了篇两三百字的小消息，然后一稿多投，从县级的《青州日报》到市级的《潍坊日报》、省里的《山东法制报》再到中央的《人民法院报》，遍地开花。这样的命中率并不高，但有时编辑需要补个报屁股什么的，于是顺手用来填充，总之开始有文章见诸报端了，你别管是几个字还是几十个字，反正署的是王某人大名，这就叫作品发表。2005年，我调到佛山禅城法院从事知识产权审判，经常讲的就是骆宾王成名作：“鹅，鹅，鹅，曲项向天歌。白毛浮绿水，红掌拨清波。”字数不多，但你不能否认人家的著作权，因为著作权与文章长短无关。我的“小豆腐块”写的都是真人真事，有些案件当事人本乡本土低头不见抬头见，打官司毕竟不是光彩的事。为了减少麻烦，我有了个笔名“谭芳”，有人认为是以女性名诱惑男编辑以图发表，其实绝无此意，不过是缘自我工作的“谭坊人民法庭”前两个字而已。这个笔名陪伴我 20 多年了，时下写文章，有时考虑到各种原因不便用真名（绝大多数用真名）时就署“谭芳”，这是我唯一的笔名，不巧的是与上海有个研究婚姻的女律师芳名相同，偏偏我对离婚亦有一些研究，所以还得标明“广东谭芳”以防“撞名”。写文章有点儿稿费，我的稿费都买书了。根据太太的精确统计，我赚的稿费绝对不够买书的，属于财政赤字型。天下读书人都有买书的爱好，我自小生长在农村，对书有种特别的嗜好！我是进了书店就拔不出腿的人。

NO.7

数来数去，我发现七个小子少了一个。对，是老二。这是谁呢，想了半天。这个人我最熟了，因为他——就是我。离开 410 宿舍这么多年，看来脑子有点儿忘事了。你想知道对我的印象？当年最喜欢的是在被窝里睡觉，估计这也是那几个哥们想起我时的第一印象。老七在博客里说我有个外号叫“卧龙”，我为此专门向他求证，不是不承认，实在是想不起来了。现在只要周末不加班，我总睡到自然醒，翻看手机朋友圈有一种钦阅奏章、君临天下之感。幸天下无事，再放心补个中国第一教——回笼觉。2019 年，在广州有次律师语言的培训，要求提供个人爱好，我毫不迟疑地填写了：睡觉。想来也有点儿难为情，一个快 50 岁的老男人一事无成，竟然只保留了个睡懒觉的爱好，这也算是不忘初心吧？

睡懒觉或许是我一辈子的爱好。还记得上小学时有早自习，总是母亲拎耳朵我才急急忙忙起床，顾不上洗脸就往学校跑。初中时彩云姑姑去上学了，我和国胜表哥再睡一觉才跑去学校。到了高中为了睡觉而缺席早操，班主任赵习功老师到宿舍里用手捅我脚底催我起床。大学生活相对自由，不用“亲自”跑早操，争远同学总是在替我“跑”，他替我点名答“到”。好在体育老师只是点学号，如果是真跑就麻烦了。我的大学学号 910306 除了我，记得最清楚的就数争远同学了，感谢当年的“答到”之恩。参加工作后，依然如故，特别是周末，正应了路遥那部名作“早晨，从中午开始”，在床上看点儿书，想点儿事，然后再睡，这感觉真好。一晃就到了“奔五”的年纪，不管心情多么不顺，不管事情有多少烦恼，沾床就睡，清晨醒来，神清气爽。睡觉，是人生最好的医和药啊！到了这个年龄，还能睡得着、睡懒觉，真是人生一大享受！

这一幕一晃也 30 年了，看来，我喜欢睡觉真的是有传承的。大学因为睡懒觉，得了个“卧龙先生”的雅号。今天，读大学的儿子似乎很好地遗传了我这一点，也喜欢在宿舍睡懒觉。不过，孩子不知道的是，令尊除了睡觉，学习也是认真的，只不过是喜欢在床上躺着看书而已（这个习惯持续到今天）。读大学只睡觉肯定是不可能的，那只不过是调侃，毕竟今天的法律积累尽管有后来多年的学习，基础还要靠母校那四年的童子功。别认为这是我自夸，我是 410 宿舍里唯一通过英语六级考试的。至于法律，还是不靠证书来证明了吧？因为这是我赖以谋生的工具，现在生活可不易呵。

感谢位于古都的母校，感谢那个叫新北楼 410 的房间，当年的七个农家小子，在那里度过了四年有欢笑也有泪水的时光。学习了法律，学习了交往，学习了一些应该学习的东西，度过了青春最难忘的那一段时光。更重要的是，从那儿出来后，他们的身份从农村人都变成了城里人，这在当年可是千金难买！

四年里老师教的法律知识或许会因时光的流逝而过时，但那段人生经历却在我们每个人的心中氤氲。同学是什么？是多年不见永远牵挂的情感，是互相惦念永远依恋的情缘，是历久弥新、越久越醇的情分。

410隔壁是水房

还记得1991年的9月4日，我在西北政法度过的第一个夜晚。那一夜，6个青涩的年轻人陆续住进了新北楼410。宿舍七个人都是农村人，通过高考实现了鲤鱼跳龙门的人生愿景，摇身一变成了城里人。都是读书的人生赢家，那时能考个本科都算是出类拔萃的，不用说北大清华，能考上一般本科的都比较稀缺。都是年轻人，都有一种自豪与羞涩，自豪的是终于成为大学生了，羞涩的是农村人进城就像刘姥姥进了大观园。

大学第一夜，在床上，6个人既傲娇又矜持地吹了一通，海阔天空。吹自己的家乡，吹自己的了不起，吹自己的未来宏图。22时，学校准时熄灯了，大家的话题戛然而止。现在想来都要感谢熄灯制度，要不及时熄掉灯光，这帮年轻人越吹越离谱，再吹下去，估计就要露馅了，会让人多难为情啊。

1. 一夜飞机隆隆

你们宿舍不是7个人吗？你怎么只说了6个？别着急，同宿舍兄弟一个也不能少，第7个兄弟隆重登场了。门口有人轻轻敲门，“这是410？”肯定是的。就有人轻轻推门进来。第一夜也没有准备蜡烛，好在那晚上月亮还行。借着月光，看到一个黑黑的、个子不高、纤瘦的小子，他自我介绍：“我叫‘亚依撒’（恕我用了他的外号，我在以后的文章中写到其他同学也会这样。大家都是单位的骨干，回忆文章可能会给一些同学带来不便，这是要尽力避免的），从广东来的。对不起，飞机晚点了，刚刚到。”大家热情地帮助他搞好铺盖，好在是9月初，天气还热，又是男孩子，能凑合！

“噢，这小子，广东人，竟然坐飞机来上大学？”我能听到宿舍里黑暗处那些羡慕嫉妒恨，因为大家都没有坐过飞机。我也是在14年后的2005年，才有乘坐飞机的第一次机会。广东人，有钱YIN啊！后来才知道，他家在广东西部，粤西在广东算是贫困地区，是“广东的西伯利亚”，不过是因为火车要中转多次他才强撑着坐飞机的。他后来还曾在学校办了个广东话培训班。2005年，我流浪到岭南，与他再次相见，才知道他老家那儿的语言还不能算是纯正的粤语。这都敢当老师，小伙子胆肥啊！

这个从广东来的年轻人给我们宿舍增添了南方文化，14年后我到岭南漂泊，认识的许多人都与他有关，当年他交际广泛，许多老广到我们宿舍“吹水”，我也顺带扩大了朋友圈，这些师兄师姐在我漂泊岭南时给予我许多帮助，这是我当年想不到的，因为从没有想过到广东工作，否则实习就选择广州、深圳了。命运不由人啊！

2005年，在广东省高级人民法院培训中心，我们俩一起参加涉外审判业务培训。那是毕业10年后第一次相逢，两人都喝高了。他抱着我的头话当年：“那年第一天，我走进宿舍，借着月光，我蒙了，吓死我了！我看到你们都穿着花裤衩。在我们广东，女人才穿花内裤呢！”南北文化差异竟然如此大！说到内裤，我们还曾经一直嘲笑这个兄弟呢。北方冬天洗澡是在澡堂里，大家都赤条条的，这个老弟，总是穿着黑色内裤洗澡，总是那么与众不同。我们都很奇怪，是不是他那个地方有点儿不同于常人？难过不过人想人，一想人就会把人往坏处想。还是文化差异，岭南因为天气炎热，洗澡叫“冲凉”，即便是最简陋的出租屋，也有个“冲凉房”，一天洗澡若干遍。2005年我刚到佛山工作，冬天四处寻找澡堂，结果自然是未遂，闹了个大乌龙。

每个人都对自己入校的第一夜有深刻印象，我也干过一件傻事。陌生的环境、陌生的人，既有终于上了大学的兴奋，又有大学生活带给自己的新鲜与未知，这让我深夜辗转反侧，不能沉睡，其间屡次醒来。按捺住成为大学生、城里人的激动心情，终于可以入睡了，外面不知道怎么回事儿，过一段时间就传来轰隆隆的巨鸣声。想起刚刚广东这位同学说的飞机，突然联想到，是不是因为学校离飞机场太近，这是飞机起降的声音？西安是国际大都市，飞机起降很频繁啊。

插播个与机场有关的事。2010年7月17日晚上9时，我外出飞机经停西安咸阳国际机场，这次转机也有个收获，见到了德国总理默克尔的专机。摆渡车在机场长长地划了一道弧，等于免费参观了一次机场。经过一架飞机，四周拉着黄色的警戒线，一前一后还有两名武装警察，自然引起了包括我在内的乘客们的注意。飞机机身上的“Deutsche”标志，身边一位乘客说“这是德国总理默克尔的专机”，噢！这倒不是机密，因为当天的新闻播出了默克尔在西安参观的消息。作为法律人，我突然想起了这架飞机的法律属性。我们知道，对于飞机、船舶、汽车等原来称“不动产”，但现在的《民法典》称之为“特殊的动产”，通常等同于不动产对待。这里还有司法管辖的问题。国际法管辖权的理论最早就是属地管辖，即国家在其领土外无管辖权，但为了解释属地管辖权的豁免，产生了有关船舶的“领土”理论，即船舶为“虚拟领土”或“浮动领土”，认为船舶是领土的一部分。在公海上的商船在某些方面被认为是该船合法悬挂其国旗的那个国家的领土的浮动部分。

> 凡在中华人民共和国领域内犯罪的，除法律有特别规定的以外，都适用本法。凡在中华人民共和国船舶或者航空器内犯罪的，也适用本法。（**《刑法》第六条**）
>
> 在中华人民共和国领域外的中国船舶内的犯罪，由犯罪发生后该船舶最初停泊的中国口岸所在地的人民法院管辖。
>
> 在中华人民共和国领域外的中国航空器内的犯罪，由犯罪发生后该航空器在中国最初降落地的人民法院管辖。（**《最高人民法院关于执行〈中华人民共和国刑事诉讼法〉若干问题的解释》**）

由此可见，我国也承认船旗国制度。那么，假设有个小偷，尽管有武警战士在严守，但能当小偷也得有点儿真功夫，仍然偷偷上了德国总理默克尔的专机并盗窃得手，这种案件应该由哪国法院管辖？难道还要把小偷押解到德国出庭受审不成？想了半天，还没有解开，这就是法学的魅力。另外，德国总理的专机享有外交豁免权，这与一般船舶、飞行器可能不太一样。

回到那一晚上的巨鸣，第二天一早，我到隔壁的厕所，才知道这是厕所里自动水箱积水后冲水时发出的巨响，你小子，太有想象力了！就这样，我听了 4 年的轰鸣声。别笑话我，咱农村人见识少啊！ 2005 年毕业十年，我乘飞机从广州返校，才知道咸阳国际机场离学校要一个多小时车程呢！

至此，宿舍 7 兄弟都到齐了。自此，也开始了我们 7 个人 30 年的兄弟情缘。

2. 隔壁是厕所

想写写西北政法的厕所。厕所，是难登大雅之堂的东西，有什么值得可写的？其实厕所与人关系最密切，尽管我们常常讳言。另一方面，人品在如厕时最能体现，因为那是赤裸裸相见的地方。离厕所近，上厕所就比较方便，所谓得“地利”之便也。一天清晨，宿舍的老七匆匆忙忙跑去厕所，然后回来继续睡觉，据说竟然使美梦得以继续，都说“美梦难圆”，他以亲身体验改写了古人的论断，都与厕所为邻有关。

离厕所近的坏处也是明显的，那就是臭气熏天。那时候的厕所有专人于固定时间清理，早午晚各一次。现在我的脑海里还能想起女清洁工在进男厕所之前，拉长嗓门用陕西话喊“有（又）—人—没（磨）”的情景。尽管有人清理，但男厕所的脏乱臭仍然难免。特别是夏天，那种尿骚味真是令人难以忍受。我经常在夜间穿着短内裤，带上洗脸盆，跑到厕所内接上水，哗啦啦泼一通，最后往自己身上来一盆，“打道回府”睡觉去。这样算来，我给学校当了四年义务清洁工，这工资学校一直没给，现在怕是超过诉讼时效了吧？

住在厕所另一边 412 室的同学也经常干这种事，四年下来，大家都练出了一种“泼水功”。岂止学生厕所，就是学校办公楼厕所里也有这种现象。终于有一天，厕所每个蹲位的门上都被贴上了一张纸，上面打印着两行字：

> 拜托，请便后冲水！不冲水的都是畜生！（《法治？德治？骂治？》刊载于《法学家茶座·第 33 辑》）

逼的政法学院的老师都要用“骂治”了，难道说厕所真的没治了吗？可别以为只有学校师生上厕所不冲水，工作后发现这种人在中华大地上还真不少。我在一部级单位的洗手间发现一纸告示，“用厕后冲水是素质的体现”，说明该单位也有个别人员不自觉。如果留心，你会发现这样的温馨提醒在各地都存在，不过是用语不同，有俗有雅，有大有小，有多有少。我们的经过大学教育又百里挑一考选的机关干部，理论上讲应该具有较高素质和水平，为什么在这点细节上如此让人讨厌呢？用“节约用水”来解释是行不通的，因为有些公务员浪费起公物来让人看着都心疼。这是我们教育的失误。小时候，教育我们的孩子“五讲（讲文明、讲礼貌、讲卫生、讲秩序、讲道德）、四美（心灵美、语言美、行为美、环境美）、三热爱（热爱祖国、热爱社会主义、热爱中国共产党）”，今天教育我们的成年公职人员“用厕后要冲水”，整个颠倒乾坤。我在政府办工作时，协助领导分管公用事业，区内厕所跑过不少，确实问题多多。难怪第 67 届联合国大会 2013 年通过决议，将每年的 11 月 19 日设立为“世界厕所日”，看来厕所是个全世界都关注的难题，必须要把“厕所革命”进行下去。

3. 厕所歌手

离厕所近，有一个好处，就是免费听“厕所歌手”的义演，那个年代正值校园民谣兴起，许多人在厕所里一边“做大事”一边唱歌，厕所是这些歌手最好的表演舞台。现在有记忆的除了高晓松的《睡在我上铺的兄弟》，还有个叫艾敬的东北歌手《我的 1997》一曲风靡全国，更多的还是香港流行曲。

他可以来沈阳，我不能去香港。（香港香港那个香港，香港香港怎样那么香）

那时香港于我们来说很遥远，还记得教授法律英语的樊林波老师刚刚从香港进修回来，在课堂上奖励了一位回答问题的女同学一枚一元港币，让我们对那个花花世界有了第一步认识。

大学毕业后，我分配回家乡的小城工作，香港离我仍然很远。1997 年的 7 月 1 日，守在电视机前看回归庆典，耳畔是《东方之珠》的美妙音乐，感受到的是香港回归的欢乐与激情。我突然间产生了一个和全国人民一样的心愿，那就是：能有机会到东方之珠看一看，感受一下香港的繁华与美丽。因为香港回归了，等于咱们是一家人啊。2005 年，我从山东老家来到了佛山，这个梦想因为佛山与香港的距离更近了。2007 年，我第一次因公到香港，动感之都香港给我留下了深刻的印象。2012 年有机会到香港中文大学学习了一周香港的法律。2014 年，因为案件需要一天往返香港，拜会香港的大律师。香港，已经离我越来越近。作为公务员，去香港要经过严格的审批程序，我也就没有多去的想法。我个人不喜欢旅游，去香港除了公务工作，最喜欢逛的地方就是书店，兄弟我是个爱书人。

这一张旧船票，能否登上你的客船？

说到水房歌手，还不能不提毛宁，2015 年 11 月曾经演绎《涛声依旧》《蓝蓝的夜，蓝蓝的梦》等经典歌曲的毛宁，被朝阳群众举报吸毒，后被抓。这样的消息很难说震惊，就像这几年的反贪已经吊足了民众的胃口，一般级别的落马官员竟然 HOLD 不住公众的关注。近几年艺人吸毒事件频发，毛宁不过是+1而已。更好笑的是，不厚道的媒体竟然掘地三尺，挖出了此前毛宁的微博。当年在微博上曾对满文军吸毒表示痛惜，并称："作为公众人物，更加应该洁身自好，以身作则，远离毒品，做一个奉公守法的公民。"

可惜的是，毛宁说的和做的不一致。不能埋怨媒体有失厚道，毕竟指责别人最容易。相信他在微博上写这些话的时候，搞不好还沾沾自喜，"你满文军是个倒霉蛋，你看我也吸毒就运气好没有被抓"。这倒跟那些大贪官有的一比，台上一本正经，台下一肚子坏水。这也是许多国人的常态，做点儿好事，恨不得老天看到；做了坏事，就祈求老天看不到。这样子做，老天也很为难！

我在政府从事行政复议工作期间，接触到的因吸毒被强制隔离戒毒而引发的行政复议案件越来越多。一方面，可能与目前的吸毒形势严重有关；另一方面，更与对吸毒的惩罚力度有关。强制隔离戒毒的期限最短2年，最长3年。一千多个日子不好过，难免要申请行政复议了。不只这位歌手是这样，贪官也是这样，其实，我们普通人更是这样，"眼中看得破，心中忍不过。心里想得到，现实做不来"。

4. 忘不了

一些人，包括一部分法律人都认为，学过法律或者说从事法律工作的人对违法犯罪会有天然的"免疫力"。这很大程度上是一种误读，或者说是一种自我臆想。2008年5月，安徽省肥东县东浔汽车运输有限责任公司（法定代表人钱朝魁）一起合同纠纷再审案，时任浙江省高院立案一庭副庭长的潘华山担任该案审判长。在办案过程中，潘华山多次违纪私下接触钱朝魁，其间钱许诺如申诉成功，将按30万元申诉标的的10%给予好处费。2009年12月，因该案仍无结果，钱扬言告发。2010年1月8日，钱朝魁依约赴杭与潘华山见面。潘华山将其带至家中，采用石块猛击、扼颈等方法致钱当场死亡。之后，潘华山将钱肢解，并将尸块弃于杭州至安徽公路两侧的河流、山地之中。

这位高级法官的故意杀人行为一点儿技术含量也没有。不由让人想起一个叫“作法自毙”的成语！

据历史记载，商鞅变法是在秦都栎阳，但栎阳在今天的何处，没有考古上的实证。2016年1月20日，中国社科院考古研究所基本确认栎阳三号古城就是“商鞅变法”发生地。或许有人会问，这有很大意义吗？我不懂考古，仅从法律人角度看，意义重大。因为“徙木立信”的商鞅是中国古代法律史上法家的代表，商鞅“少好刑名之学”，受李悝、吴起等人的影响很大，专研以法治国。宋代改革家王安石曾专门赋诗《商鞅》赞其南门立柱之事，云：

> 自古驱民在信诚，一言为重百金轻。今人未可非商鞅，商鞅能令政必行。

1912年，以第一名的成绩考入省立湖南一中的毛泽东，写了一篇题为《商鞅徙木立信论》的作文。这是迄今为止所发现的毛泽东最早的文稿。毛泽东开篇明义：

> 吾读史至商鞅徙木立信一事，而叹吾国国民之愚也，而叹执政者之煞费苦心也，而叹数千年来民智之不开、国几蹈于沦亡之惨也！

一说到诚信，自然提到“商鞅徙木立信”一事；不过，商鞅还与一个叫“作法自毙”的成语有关，相信学法律的人知道的也不多！商鞅听说秦孝公雄才大略，便携带李悝的《法经》到秦国，受到秦孝公的重用，先后两次实行变法，变法内容为“废井田，开阡陌，实行郡县制，奖励耕战，实行连坐之法”。商鞅变法使秦国逐渐走向强盛。但商鞅所立之法太过严酷，他设连坐之法，增加肉刑。秦太子犯法，商鞅处罚了太傅公子虔与老师公孙贾。后来，太傅公子虔又一次触犯法律，商鞅对其施以割鼻之刑。正应了那句古话，“剃人头者，人亦剃其头”。秦孝公死后，惠文王太子驷即位，公子虔告商鞅谋反，商鞅逃亡至边关，欲宿客舍，结果因未出示证件，店家害怕“连坐”不敢留宿；商鞅又欲逃往魏国，魏人因商鞅曾背信亦不愿收留。商鞅无奈回到秦国，被秦惠王处以“车裂之刑”并被灭族。

> 商君亡至关下，欲舍客舍，客人不知其是商君也，曰：“商君之法，舍人无验者，坐之。”商君喟然叹曰：“‘嗟乎！为法之敝，一至此哉’！”（《史记·商君列传》）

早知今日，何必当初啊！还要纠正一个误解，根据《东周列国志》的记载，商鞅所受“车裂之刑”是“五牛分尸”而非通常所认为的“五马分尸”。喜欢酷刑的商鞅最终“求仁得仁”，他曾自叹曰：“吾设此法，乃自害其身也。”

每读至此，读古书为古人掉泪，为今人感慨！商鞅用自己的性命给我们贡献了一个成语“作法自毙”，也以血腥的事实告诉了执法者必须敬畏法律。身为法律人，我们不能不慎啊！

西北学人

贰

那只永远的蝴蝶

那时候刚好下着雨，柏油路面湿冷冷的，还闪烁着青、黄、红颜色的灯火。我们就在骑楼下躲雨，看绿色的邮筒孤独地站在街的对面。我白色风衣的大口袋里有一封要寄给在南部的母亲的信。

樱子说她可以撑伞过去帮我寄信。我默默点头，把信交给她。

“谁叫我们只带来一把小伞哪。”她微笑着说，一面撑起伞，准备过马路去帮我寄信。从她伞骨渗下来的小雨点，溅在我眼镜玻璃上。

随着一阵拔尖的刹车声，樱子的一生轻轻地飞了起来，缓缓地，飘落在湿冷的街面，好像一只夜晚的蝴蝶。

虽然是春天，好像已是深秋了。

她只是过马路去帮我寄信。这简单的动作，却要叫我终生难忘了。我缓缓睁开眼，茫然站在骑楼下，眼里裹着滚烫的泪水。世上所有的车子都停了下来，人潮涌向马路中央。没有人知道那躺在街面的，就是我的蝴蝶。这时她只离我五公尺，竟是那么遥远。更大的雨点溅在我的眼镜上，溅到我的生命里来。

为什么呢？只带一把雨伞？

然而我又看到樱子穿着白色的风衣，撑着伞，静静地过马路了。她是要帮我寄信的，那，那是一封写给在南部的母亲的信，我茫然站在骑楼下，我又看到永远的樱子走到街心。其实那天雨下得并不大，却是一生一世中最大的一场雨。而那封信是这样写的，年轻的樱子知不知道呢？

妈：我打算在下个月和樱子结婚。

这篇名为《永远的蝴蝶》的文章，是台湾著名作家陈启佑的代表作。作家是嘉义人，2017年我出差台湾夜宿嘉义，在嘉义陌生的街头，不由想起这篇文章，想起第一次听到这篇文章的往事，那是1991年的11月份，在母校西北政法的课堂上。

1. 爱吾师

坊间有言：凡是没写到老师的回忆母校文章，都是耍流氓。我深以为然。但必须得承认，我们西北政法与其他几所高校相比，没有多少名师，更没有全国一流的教学环境，但我一直感谢她，因为你自己也不是什么一流的学生！好在老师用心教，我们认真学，所以今天的西北政法人在法律界还算被人认可，占有一席之地。2014年高晓松到母校清华大学演讲，他很认真地讲他看到的世界，理解的生活。

每个人赤手空拳来到这个世界，就是为找到那片海不顾一切。

讲座结束了，一个女孩提问："高老师，你觉得我是应该去国企还是外企？"那一刻高晓松很尴尬，也很无语。"我准备了很久的演讲，不是为了给你解答这个问题的！""你可以去问成功的商人，他们比我更擅长。"从此以后，他再也不去大学讲课，也不去大学当客座教授。他说："现在的教育，只教出了精致的利己主义者，老师没有风骨，学生不再求知！"

一个都读到博士的人了，还要问"我是谁，我从哪来，我要干吗"这样的问题，所以就是想了一辈子，其实啥也没干。你就是北京话说的那种，"我干什么成什么，我啥也没干，所以我啥也没成"。一个名校是干什么的，名校是镇国重器，名校毕业是干吗用的，不是用来找工作用的，名校培养你是为了让国家相信真理。一个名校生一没有胸怀天下，二没有改造国家的欲望，你愧不愧对清华十多年的教育？人生不止眼前的苟且，还有诗和远方。（高晓松演讲录）

我们是听着高晓松的《睡在我上铺的兄弟》等校园民谣读完大学的，现在才知道他也不过大我三岁，我们是同时代人。我们那代人读书确实不只是为了找工作，更多的是一种理想和情怀。

《永远的蝴蝶》让我想起了大一时给我们上公共课大学《写作》的一个女老师。请原谅我，我已经想不起她的名字，甚至她的形象，时光是把杀猪刀啊！据低我 4 级的经济法系王敏琴师妹回忆，她的写作课老师孙小红在课堂上经常会推荐一些短文。王师妹记得有一篇短文：一个女的住在主人公对面的楼上，主人公每天早晨看见女的透过窗户向他招手，日子久了，他觉得女子喜欢上自己了。文章结尾揭示：主人公有一次无意中发现，实际情况是那女子每天早晨对镜梳妆，梳下来的长发要扔出窗外，她单手扔发丝的动作，像极了跟主人公招手；所以，是主人公自作多情了。孙老师引用此文是要鼓励大家注意结尾的写法，好的结尾不应因循守旧，要让人眼前一亮。或许她就是教过我的老师？

写作自然是法科学生的必备技能，可惜重视不够，只上一学期，而写作是门需要长期锻炼、反复实践的知识，所谓“师傅领进门，修行在个人”。现在许多判决书读之无味，语言贫乏，缺乏美感，这与司法者阅读少以及语文教育缺失有关。一份优美的裁判文书是连接法律、法官和当事人的心桥，既有文采，又能动人，可以让当事人化干戈为玉帛，服判息诉，最终案结事了。法官不仅要有巧审善断的高超技艺，还要有遣词造句的精湛本领，才能让裁判文书以法信人、以理服人、以情动人，让当事人有雨过天晴的释怀和海阔天空的气度。

我们的写作课老师是一位年轻的女老师，个子高挑，皮肤白皙，举止轻柔优雅，30年后，我对她的所有印象就止于这么多。或许她刚刚从陕西师范大学研究生毕业分配过来，那时候的师资基本上都是这样，昨天还是听课的学生，毕业后转眼就成了讲台上的先生。那也是一个百废俱兴、人才奇缺的年代，但那时也没有今天的全国各地疯狂“抢人”大战。1995年我大学毕业，基层政法机关竟然以不缺人为理由不愿意接收大学毕业生，真实理由更多是大学生不听话、不好管，地方更愿意接纳领导干部子女等自己的关系户。前几年有篇引发热议的博士论文《中县干部》，就很好地解释了基层县域的这种现象。这些年，我在一个小单位负责，常常为单位法律人才紧缺而焦虑，有时我都想不通，为什么国家每年培养出来几百万大学生，人才却越来越紧缺，人才都到哪儿去了？

这位年轻的女老师在课堂上给我们朗读了《永远的蝴蝶》，如果放在眼下，搞不好又成了教学事故，因为《大学写作》教材里并没有收录这篇文章。她读得很慢，很轻柔，很动感情，读到最后，她竟然呜咽着读不下去了。好久，她才坚持着读完，一边读，一边流着眼泪。整个课堂上一片沉寂，一群20岁的少男少女们都屏住呼吸，任由泪水在腮边流淌。那时候的我尽管对爱情处于懵懂未知的状态，但人类的美好情感是共通的，受到老师的感染，泪水迷湿了我的双眼。尽管它以悲剧收场，但那些伟大的爱情本身都是让人肝肠寸断的啊！

其实那天雨下得并不大，却是一生一世中最大的一场……

30年过去了，我们的生活越来越世俗，我们已经习惯了平庸的日子，但我仍然时常想起这篇小小说，这个凄美的爱情故事，还有那位和我们一起掉眼泪的女老师。我们已经在“奔五”的路上，老师也应该是50多岁的人了，或许岁月已经让她青春不在，或许生活让她不再如当年那般清纯，或许世俗已经让她不再如刚刚毕业时充满理想。她还能记起那堂写作课吗？她可知道这堂课对一个少年心灵的震撼吗？这是文学的力量，这是年轻的情恋，这更是知识的启迪和生命的精彩。但愿她永远保持着这份优雅，但愿世俗的生活不会蒙蔽那颗清纯的心。

我们常说不忘初心，初心何尝不是一种人类永恒的情感。我的爱情没有什么曲折，也没有过多的花前月下，不过是在适合的年龄，经人介绍找到了适龄待嫁的姑娘，然后结婚生子，过着平平常常的日子。但30年了，总在内心深处想起这篇文章，想起那位哭着朗读的老师，想起人类最美好的情感，爱情、亲情和感情。这些情感超越世俗，让我们纯化心灵，净化自己，升华内心。哪怕世俗的生活让我们的心开始越来越物化，但在某个时刻，总有某种东西能触动我们，让我们的内心柔软，让我们泪流满面。

2. 爱法律

说到台湾文学，网上有篇林霈先生发表的名为《法律人的尊荣在于法律人的寂寞》的文章，作为法律人的我记忆深刻。

> 大约在2000年，中国台湾有些人士发起了一个荐举模范法官的活动，当时由新闻界、律师界同法学界共同票选出了五位法官，可这些法官全都婉拒受奖。发起人当中为首的陈水扁请出了时任台湾司法院首席大法官翁岳生教授进行劝说，法官们终究不为所动，并且引用翁教授当年在大学行政法课堂上的训诲回应他们的恩师："法律人的尊荣，在于法律人的寂寞！"

"人之初，性本善"，我们小时候无不有善良之心，年轻之时，无不想建功立业，成为社会栋梁之材。但年龄既长，我们越来越世俗，成了芸芸众生中的一员，我们的法律、法条是枯燥的，也是冰冷的，尽管她来源于现实的、火热的生活中，但缺少一般文字中的情感，法条中的每个字你都认识，但一个法条，法学家可以用一本厚厚的巨著来诠释。我们的司法犹如圣母般悲天悯人，她是蒙面女神，她不是不知道人间的疾苦与罪恶，她只是不想让自己的冷静与智慧受到世人情感的不当干预。

法学其实和文学一样，是一门人学。我们生活在世俗中，自然知道多一条朋友多一条路，朋友多了路好走。但我们仍然本能地拒绝交际，人为地减少自己的朋友圈。有人说我们清高，其实这更多的是职业要求。法官不甘于寂寞，就难以保持自己的职业操守。这是我们为职业而付出的代价，这更是我们的自愿选择，因为这份寂寞从选择了法律那一天起就片刻不离，终生相伴。在一个人人求富、人人想发财的时代，有人信奉“当官不发财，请我都不来”，有人“不为三分利，谁为谁动弹”，而我们法律人则坚守清贫，“一箪食，一瓢饮，在陋巷，人不堪其忧，回也不改其乐”。因为清寒是法律人成长的不二法门和唯一路径。

3. 爱讲座

今天的我，非常喜欢听讲座，有时都跑到广州大学城里蹭讲座。我一直认为大学期间如果没有听过几场讲座，大学生活是不圆满的。可惜，我在大学期间听的法律讲座都没有记忆了，倒是几次文学讲座记忆犹新。那是在1992年，学校邀请陈忠实先生到校。现在想来，西北政法不过是西安最普通的一所高校，能够请到一流的作家、学者来讲座，真是件不容易的事儿。今天的母校不知道还能否请来这样的大腕儿，我更关心的是今天的学弟、学妹们是否还对文学感兴趣。毕竟现在的社会要世俗得多，许多人已经不读小说，因为现实比文学想象还精彩。而我们那个年代，文学青年仍然是一种时尚，一部作品就可以红遍中国。说来惭愧，我已经忘记了陈忠实老师讲的内容，除了那张老农民一样写满沧桑的脸。我更多的是想起两位评论家的演讲，一位是肖云儒，另一位是王愚。那真是两个大学者，语言之流畅，演讲技巧之高超，征服了我们这些天之骄子。阶梯教室里掌声阵阵，笑声满堂。讲座内容有些现在仍然清晰记得，这就是传播的艺术。王愚先生讲到浙江省奉化溪口蒋介石故居山环水绕，风光秀丽，但2004年实地参观，总是感觉不到王愚先生描述中的那般风光，这就是语言的瑰丽。

> 漫漫长途，山高水远，颠簸劳顿，共三十余国、百余城，行程八万余里，相当于八次“万里长征”。这对一个渐近耄耋之年的文化学家，绝非易事。然而，从2014年到2017年，他已经三次跑完“丝路万里行”长安至罗马的“追寻张骞”之旅、长安至加尔各答的“追寻玄奘”之旅以及长安至东欧各国的“北欧、中东欧之旅”。(吴树民、肖云儒《文化使者的丝路情怀》)

这些年，我高调得不得了，除了在广播、电视、报纸等大众传媒上频频亮相，还搞些自媒体直播，真心认为法律传播的价值太重要了。“居高声自远，非是藉秋风”。平台是很重要的，我经常说，“一次讲座2个小时，每分钟200字，2个小时会讲2万字左右，也就4000句话。从来不认为自己每句话都重要，都一句顶一万句。但只要有一句能够打动听众的柔软之处，能给听众留下印象，使听众受到教育，那就足够了，4000句话4000个人，这等于开个多大规模的会啊”。法治传播不能有“毕其功于一役”的想法，只能是“随风潜入夜，润物细无声”。作为一个法治的传播者，我把自己定位在法治的搬运工身份。从各处搬运一些法律常识，无偿贩卖给听众。

现在想来，陈忠实先生一口陕西方言，自然难懂，另一方面，他在讲自己的创作，很难让大学生产生共鸣，更重要的是先生缺少演讲技巧，演讲也是学问啊！演讲没有给我留下印象的先生，不妨碍他的大作让我反复沉吟。我家中有近10个版本的《白鹿原》。每本都看一遍，这样算来我至少读过10遍，还不包括收听广播。不想说这本书有多好，这不是一个普通读者能够评价的。只想说，一个人一辈子可能写好多东西，但陈先生靠一部作品就成了盖棺之作。缅怀陈忠实先生，怀念30年前青春飞扬的岁月。

时下，有些法律学者为法科学子开列书单，可惜都以实用性为主，我想作为法律人不妨读点儿“无用之书”，除了学习法律知识之外，要有一点儿人文修养，多看历史学、文学和哲学的书籍，培养自己对生命、对历史的敬畏感，法律人一定要有司法良知和悲天悯人的情怀。一个优秀的法律人不仅要有扎实的法律知识，更要有一种人文关怀，要有良善之心，法律人的良知是实现司法公正的最终保障。

向那些教授我公共课的老师们致以最真挚的问候，老师您好！

法理，法理，我爱你

浸淫于法学界 30 年，有时出入于会议等场合，谈及法律，常有人问我，你的专业是民法？我笑笑，不是的，尽管我在人民法庭、法院从事民商事审判多年；也有人问我，是刑法？答案仍然不是，尽管我对刑事审判案例曾多有研究，且编写的“犯罪嫌疑人被公安机关传唤到案后，如实供述自己罪行的，认定为自首”作为指导案例刊载在最高人民法院《刑事审判参考》2005 年第 4 辑上；更有人问我，是行政法？还是不对。尽管我在政府法制战线工作了 13 年，从事行政复议、行政应诉等工作，在全国法制系统内还稍有点儿小名气。对方于是恍然大悟，噢，我知道了，你肯定学的是法理专业。

说来这也不对，因为我的专业是看上去很高大上的经济法。但外人有这样的想法也不奇怪，因为我们法律界有名言，“这不学、那不学，就学法理学”。这话也可以反过来说，学法理专业的，无论是刑事、民事，还是商事、行政专业的知识都会一点儿。随着法治的普及，很多老百姓经常见到的法律演讲者都是法理学者。所以北大有女生有言，“（贺）卫方卫方我爱你，明年我也学法理”。这些年我主要是在著名法理学者葛洪义老师的带领下混迹于学界，可惜的是，偏偏葛老师在西北政法任教时没有给我上过课，与大师就这样失之交臂，好在毕业后结识了良师，等于又自修了一次法理课。说到我的法理学老师，那真是小孩没娘——说来话长。一学期的法理课，授课老师竟然换了仨。

1. 三个老师教法理

大一上学期我们开设了法理课，这是本学期唯一一门法律专业课。因为大学生思想修养、中国革命史、大学写作等都是公共课。第一个法理老师是董小龙老师，他讲课非常不错，娓娓道来，不疾不徐，耐人寻味，难怪后来成长为正厅级干部。但可惜的是他就给我们上了两堂课，然后换人了，现在回想起来可能专职搞行政去了，真是可惜。这也是我30年来经常思考的问题，到底是当一个传道授业的名师好呢，还是去走人人都想的从政道路更好？尽管毕业后一直就职于公务员队伍，但从我本心来说，更愿意做前一种选择。但世俗告诉我们，或许后者更正确，因为当官不但是做学问的目标，而且当了官会有各种资源搞学术。“世上安得两全法，不负如来不负卿”，可惜当官与做学问不可兼得。

第二位老师是贺小荣老师。他研究生毕业留校，讲课激情洋溢，让我感受到法理学的魅力，不过只带了我们几堂课，也走了，据说去我老家山东淄博做律师了。后来他又攻读博士，通过遴选进入最高司法机关，先是执掌司法改革大业，后来是民一庭、民二庭、行政庭，成为副部级审判委员会专职委员。因为他分管行政审判，这是作为“政府职业被告”的我必然要关注的领域。有时从裁判文书、有关讲话上看到他的名字，一种亲近感自然而生，他曾是我的授业老师啊！尽管他不一定记得我这个学生，我只是老师成百上千学生中的普通一个，但一日为师终生为师，学生会一直记得自己的老师，这是学生对老师的感恩。

第三位老师就是邢继洪老师。那时，邢老师从西南政法研究生毕业不久，分配到我们学校。他是山西人，还记得他清瘦的样子，年龄也与我们差不了八九岁。当时才入学，我们很为学校在五所政法院校中的排名而计较，真有点儿“校兴我兴，校荣我荣”的感觉。下课后，天天围着邢老师追问他对西南和西北两所院校的评价。现在想来，可真是为难了邢老师。西南政法是他的母校，他肯定有感情，而且西南政法排名确实靠前，尽管当时还没有西南政治1978级这么个概念，但西南政法已经势不可当了。西南政法是他的母校，西北是他供职的学校，你让他怎么比较？如果他说西南政法好，那岂不是很打击年轻人的那颗娇嫩而又自傲的心？面对着一群热爱母校的西北学子，善良的邢老师说“西南在歌乐山下，学生没地方去，只好学习”。现在，我还清楚地记得邢老师的话，这话经典呵！而且这句话对我触动很大，因为大学就是学习的地方，所以我在校四年读书还算用功。待我毕业前就已经知道西北和西南的差距，两者根本不在同一档次上。现在有时出席活动，别人往往介绍我是“西政”（“西南政法”的专用简称）的，我也就随口答应，因为“西北政法”也可以简称“西政”啊，再说这是人家给自己往脸上贴金，你不能不“顺坡下驴”。

2007年还是博客兴起之时，在我的鼓噪下，母校学通社的梁鸿兴师弟在网站上建立了个西北校友博客圈。我在自己的博客上第一时间转载了消息，引来很多西北校友的关注。其中一则留言比较特别，“西北的老师可不可以加入？”说实话，我们当时确定的圈子是西北校友，没有考虑到老师这个层面，这属于立法上的不周延现象。但是从文意解释上考虑，校友都能加入，遑论老师乎？是我们考虑不细所致的失误。就此，我知道了“行若云”的博客，也知道了他是我们学校的老师。后来大学同学、留校任教的张晓飞教授“南巡”佛山，我问询“行若云”老师的情况。“邢老师教过我们法理的”。这样一说，我倒是想起来了，10多年后的邢老师和我，从师生变成了博友关系。

我经常说网络是科技发展给中国人送来的最好礼物。我们这代人，真算是幸运，在1999年互联网进入中国普通人的生活后，有幸成为第一代网民，从BBS、论坛，到博客、微博、微信和微信公众号，我们见证了也继续见证着信息化时代的到来与信息产品的更新换代。当年“正义网”法律博客一上线，立即引得众多法律人竞相入驻，一大批今天听来如雷贯耳的大法律学者、法律大神在博客上与我们这些无名之辈相商、相识、相知，我们有一个共同的名字叫“博主”。法律人崇尚法治，法律人酷爱民主，法律人更喜欢平等辩论。当年的法律博客上有“岐王宅里寻常见，崔九堂前几度闻”般的热闹，可惜时下已经是“旧时王谢堂前燕”了。博客文章也是有人弹、有人赞，而且弹的人引经据典，赞的人则依法据理力争，那是一个多么红火的年代！今天的微信朋友圈，是同质化严重的点赞之交，充斥着肉麻的恭维与虚伪的一团和气，这是与博客、微博的本质区别。作为法律人，我要感恩法律博客给我的影响，甚至影响了我的职业选择，改变了我的人生轨迹。很难想象，如果没有博客，我的今天会是怎么样。人生没有如果，但我深知网络对我的恩泽，这何尝不是命运对我、对我们法律人、对我们那一代网民的青睐？

从 2010 年 7 月 1 日起，芬兰把宽带接入权确认为公民的基本权利之一，由此成为世界首个通过立法的形式，确认“宽带权”的国家。这项权利赋予每个芬兰人，不管是住在大城市的，还是山沟沟的，都能申请网络服务商给他们提供每秒 1 兆比特（1Mbps）的宽带上网服务。同年 6 月 8 日，中国国务院新闻办公室发布《中国互联网状况》白皮书说，中国政府将继续致力于推动互联网的发展和普及，努力在未来 5 年使中国互联网的普及率达到 45%，使更多人从互联网中受益。我们看到，网络权已经成为法定权利，如果没有网络，今天司空见惯、习以为常的一切会是多么的不可思议。尽管后来包括我在内的大多数博主后来迁移到了微信公众号这一新的普法平台上，但法律博客还在，我们就时不时回家看看。当时代抛弃你时，连一声再见都不会说！法律博客已经于 2019 年 9 月关闭了，我们知道，这座法律人的精神家园终归要变成“曾经”，但内心深处总希望这一天来得晚一些，更晚一些，因为这是一代法律人的法治青春与梦想！

邢老师的讲授特点现在想不起来了，应该很认真，这是那个年代老师的共同之处。我和邢老师在正义网的法律博客上相遇，还有过多次交流。20 年过去，老师老了，学生也不再年轻。但我们都在西北政法度过了我们的青春。那时学法理，我们还为法治和人治用了 2 个课时进行讨论。起源于 20 世纪 80 年代初的法治还是人治争论，在我读书的 20 世纪 90 年代初，甚至在今天仍然时有发生。法治还是人治，其实在古今中外的理论界都存在激烈争论。

强调人治观点，主要是说法律的制定、实施、监督都要靠人来执行，因此人才是第一位的因素。这在今天看来自然不值得一驳，因为法治与人治的分野并不在于是否承认法律运行中人的因素，而在于当法律与当权者的个人意志发生冲突时，是法律高于个人意志，还是个人意志凌驾于法律之上。但这个争论当下仍然时有存在和发生，在我们这个文明古国，法治之路还是要循序渐进、不能一蹴而就，这就是懂法理的重要性。

2. 法治是思辨思维

就这样，我的法理课是由三个老师上的。一个学期换了三个老师，你就可想而知我们的师资是何等不稳定，也就能想象培养出像样的学生有多不容易。还不止法理课师资更换频繁，民事诉讼法授课老师先是许月琴，因其调深圳工作，接任的是青年法学新锐、满口四川话的张晋红（现任教于广东财经大学）。每次广州校友会都会见到张老师，我总是执弟子礼，师恩不能忘啊！法律英语也是三个老师，前两位竟然都是出国留学生，最后是樊林波老师接盘把这门课讲完。民法学上两个学期，先是一位姓雷的老师，研究生毕业后留校，讲得非常不错，可能讲了两个多月后就辞职从事专职律师去了，“接盘侠”是著名的肖福禄老师。肖老师是西北著名的“民法肖”，2018 年 5 月肖老师来佛山办案，我还和他回忆起他给我们讲过的演绎作品的著作权。

> 改编、翻译、注释、整理已有作品而产生的作品，其著作权由改编、翻译、注释、整理人享有，但行使著作权时，不得侵犯原作品的著作权。

《杨家将》是部民间文学作品，但当年万人空巷，收听的是刘兰芳演播的《杨家将》。有人认为不过是作品的口述，其实其中是有创作的元素，如里面的孟良这个角色，此人有“五板斧”的功夫：劈脑门儿、扎眼仁儿、剔排骨、砍肉锤儿、剁马蹄儿。对敌作战往往是前四招制敌，很少用第五招。这是原作品中没有的，是刘兰芳女士在评书中的艺术再创作。我们这一代人一天到晚最喜欢听这一段，刘兰芳的演绎功不可没。这就是作品的演绎，刘兰芳有著作权。

《静静的顿河》的著作权人官方说法是肖洛霍夫，苏联作家，诺贝尔文学奖、斯大林奖金和列宁奖金得主。1928年年初，年仅23岁的肖洛霍夫发表了长篇小说《静静的顿河》，迅速被翻译成各国语言畅销于全世界。肖洛霍夫被喻为“草原上突然展开翅膀的雏鹰”。

但苏联文学界一直暗传肖洛霍夫并非作者，因为如此优秀的小说出自这样一个年轻人之手实在是不可思议。翻开肖洛霍夫的个人档案，他在1920年15岁的时候参加了红军，进入粮食征购队，先后担任过机枪手、粮食征集员和检察员，没有特殊的机遇，没有辉煌的经历，一个不满20岁，又没有受过良好的教育和艺术熏陶的人，怎么能够掌握如此娴熟的写作技巧？况且在那个大饥荒的非常年代，环境异常艰苦，当好一个“粮食征购员”非常不容易，他哪来的时间和精力进行构思与创作？他那简单而微不足道的个人经历，又何以能够产生出如此丰富的感受，写出如此有深刻思想的作品呢？还有一点，肖洛霍夫并不是哥萨克人，而且他待在顿河一带的时间也不长，活动的范围也非常有限，而这部小说中，除了详细地介绍了顿河地区哥萨克人的生活习俗、地理风貌，还用了很多的方言俚语。既没有什么文化背景，又阅世不深，也没有足够的时间考察体验哥萨克族民间风情的肖洛霍夫怎么在短时间内获得、组织、整合这些素材进行创作呢？斯大林定居美国的女儿斯维特兰娜则说：“人人都知道，他是把从一名死去的白军军官那里偷去的那些稿子，放进了这部书里。”而肖洛霍夫本人则一直保持沉默，任由世人评说，直至他去世，人们依然争论不休。

这些年，我也喜欢写点儿东西，特别是往往需要引用别人的观点，我经常宣称“不制造法治，只是法治的搬运工”，总想起肖老师讲过的《静静的顿河》的著作权之争，提醒自己规范版权。想来，我的法律知识有好多短板，我的法律素养有一些缺陷。不唯我，西北的学生就像西北人一样，更多的是靠努力拼搏！

30年了，除了购买一些工具书，我时常还购买一些法理学方面的书籍。因为，法理学以法的现象和运动的普遍规律与一般理论为研究对象，当代中国国家制度和法律制度现代化的本质属性、战略目标、功能特征、结构体系、运行机理、价值取向、动力机制、实现路径、模式选择、发展方向等问题研究，都离不开法理。法理是法学之基、法律之理啊！

但愿冤狱不再有

吴效先，中国共产党党员，1929年11月生，陕西户县人，在最高人民法院西北分院和新疆维吾尔自治区高级人民法院工作过，后调任西北政法学院教师。

这就是我所知道的吴老师生平。

1. 为人辩冤白谤，乃天下第一公理

栖身两家基层法院共12年（1995—2007年），我一直十分关注我国的冤假错案。还记得在当年的刑法课堂上，我们为中华人民共和国的法治建设的成就和法治文明进程而陶醉。随着一大批专业法律人才充实到公检法队伍，我们曾经以为法治理念和司法水平会大幅提高。但我们没有想到，相信我的老师们也不会想到，进入21世纪第一个十年，竟然有一大批最终以无罪结果呈现于世人面前的冤假错案。尽管我们一再强调"人命大如天"，我们的公检法机关也通过各种监督制约手段来防止冤狱。但不得不痛心地承认，与人们的善良心愿相违背，这类案件还时有发生，一起起引发广泛关注的冤案令人触目惊心。

湖北省京山县雁门口镇何场村佘祥林杀妻冤案就是较为典型的一例。

1994年1月20日，佘祥林的妻子张在玉失踪，张的亲属怀疑其被佘杀害。同年4月11日，该镇吕冲村一水塘内发现一具女尸，经张在玉亲属辨认与张特征相符，公安机关立案侦查。1998年6月15日京山县法院以故意杀人罪判处佘祥林有期徒刑15年，附加剥夺政治权利5年。二审维持后，佘祥林被投入沙洋监狱服刑。该起错案，其实是“疑罪从有”的司法惯例，否则故意杀人既遂案件怎么可能在基层法院审理，怎么会判15年（应该是死刑）？这自然可怕，但更可怕之处在于：如果不是2005年3月28日，“死亡”11年的妻子张在玉回到家中，佘祥林所蒙受的不白之冤，未必能够得到纠正，甚至可能永远无法昭雪。这就是冤狱平反中的“亡者归来”现象。

可怕的是，即使是现在，我们对刑事诉讼程序和当事人的辩护权仍然认识不足。2018年7月31日，“南京民警被拖行致死案”在南京中级人民法院开庭审理，被告人被控涉嫌故意杀人罪，其辩护人主张其患有精神疾病，且作案时超24小时未服用药物。8月1日，账号主体为个人的“基层警务”微信公众号发布了一篇题为《为严惩杀警凶手，孤儿寡母放弃赔偿，是警察请转发支持！》的文章，文章说：“凶手高某和他的律师，在法庭上开始无耻的表演。”“他们无耻的表演达到了目的，因案情重大，法庭未当庭宣判”。“作为一名人民警察，我个人认为，以残忍手段故意杀害正在执行公务的人民警察，应当判处死刑立即执行。你怎么看，请留言告诉我，请在朋友圈告诉大家”。对“基层警务”的上述不当言论，南京市律师协会启动维权机制投诉该文，同时就本案向社会公众表达了以下观点：

> 被告人获得辩护的权利和律师的辩护职责是诉讼程序的要求，更是案件实体公正的保障。没有辩护权的参与和监督，侦查权和公诉权很容易膨胀并偏离，为此我们付出过沉重的代价，没有充分保障被告人获得辩护的权利是很多错案形成的重要原因。最大限度地避免错案，是司法共同体一致的目标和责任。

这让人不能不想起一个叫杜培武的警察。1998 年 4 月 20 日 19 时左右，昆明市公安局通讯处民警王晓湘和昆明市石林县公安局副局长王俊波被人枪杀，二人尸体被发现置于一辆牌照号为云 OA0455 的昌河微型警车上，载尸汽车被人从第一现场移动弃置于昆明市圆通北路 40 号一公司门外人行道上。杀害两名警察，且是涉枪犯罪，案件引起了云南省和昆明市的高度重视，昆明市公安局刑侦支队抽调精兵强将组成专案组侦破此案。1998 年 4 月 22 日，王晓湘丈夫、昆明市公安局戒毒所民警杜培武（也是王俊波警校同学）被刑拘，7 月 2 日被刑事拘留，8 月 3 日经昆明市检察院批准逮捕，10 月 20 日昆明市检察院以杜培武犯故意杀人罪向昆明市中级人民法院提起公诉，1999 年 2 月 5 日，法院作出一审判决，判处杜培武死刑。1999 年 10 月 20 日，云南省高级人民法院终审判处死刑，缓期两年执行。至此，一起骇人听闻的冤案宣告形成。2000 年 6 月中旬，昆明公安机关破获杨天勇等抢劫杀人团伙案，缴获王俊波被抢手枪等赃物，犯罪嫌疑人供认杀害“二王”案系其所为。2000 年 7 月 6 日，云南省高级人民法院再审改判无罪，当庭释放杜培武。7 月 11 日，昆明市公安局恢复杜培武公职，同时杜培武的党籍及工资福利待遇也得以恢复。

由民警到死囚，又由死囚到民警，追寻杜培武这段匪夷所思的经历，或许对每一个从事公安工作的同志都有一些裨益。为什么会认定杜培武是杀人凶手？ 1998 年 12 月 17 日，昆明市中级人民法院开庭审理“杜培武故意杀人案”。杜培武在法庭展示他手腕、膝盖及脚上被办案人员殴打留下的伤痕，当庭控告办案人员刑讯逼供，并要求公诉人出示驻所检察官在看守所为他拍下的可证明遭受刑讯逼供的伤情照片，但均未得到理睬。1999 年 2 月 5 日，昆明市中级人民法院再次开庭。控方在法庭上播放了杜培武“指认”杀人现场的录像和审讯录像，录像上杜“承认”了作案过程，煞有介事地比画着说他是如何下的毒手。杜培武的辩护律师刘胡乐当庭指出，这个简短的录像只是审讯过程的一部分，杜的无罪辩解和被逼供的场面被省略了，希望播放全过程。他的辩护词使所有在场人士感到意外：一是取证程序严重违法，刑讯逼供后果严重，伤情已由驻监所检察官验证并拍了照片；二是没有证据证明杜具备故意杀人的主观动机，律师获取的证据表明杜并不知道“二王”的关系；三是客观上杜没有时间实施杀人行为，定案的关键作案工具——手枪下落不明，警犬的气味鉴定也有疑点。综上，本案基本事实不清，证据不足，应宣告被告人杜培武无罪。

很多人对律师锲而不舍地为当时公认的“杀人犯杜培武”辩护甚为不解，公开指责他“为坏人说话”。由于办案人员一致认定杀害“二王”非杜培武莫属，律师的辩护就成了“无稽之谈”。果然，昆明中级人民法院的法官认为律师的辩护是“纯属主观、片面认识的推论，无充分证据予以支持，该辩护意见不予采纳”。对杜培武在法庭上没有杀人的申辩，则认为是“纯属狡辩，应予驳斥”。但事实与法院开了个大玩笑。2001 年 8 月 3 日，昆明市五华区法院以刑讯逼供罪，分别判处昆明市公安局刑侦支队原政委秦伯联、支队长宁兴华有期徒刑 1 年缓刑 1 年、1 年零 6 个月缓刑 2 年。

中华人民共和国成立后长达 30 年间，我们取缔了律师，取消了律师制度，其后带来的惨痛教训或许已经为大多数人所不知，杜培武案件发生在 21 世纪，如果听取了律师意见，何有此冤狱？被告人的辩护权、律师辩护制度，这些基本的法律权利，尽管我们的 1979 年刑法、刑事诉讼法已经实施 40 年了，可惜有些警察仍然没有真正了解、尊重，真的不应该啊。张高平、张辉系叔侄关系，因 2003 年发生在杭州的一起强奸致死案，分别被判死刑、缓期 2 年执行和有期徒刑 15 年。2013 年 3 月 26 日，浙江省高级人民法院依法撤销原审判决，宣告张高平、张辉无罪。冤狱十年，最终被判无罪。在再审的法庭上，张高平说：“今天你们是法官、检察官，但你们的子孙不一定是法官、检察官，如果没有法律和制度的保障，你们的子孙很有可能和我一样被冤枉，徘徊在死刑的边缘。”

关于冤案发生的偶然性，我们还可以举出一大串类似的案例，如“聂树斌”“胥敬祥”“滕兴善”……这不能不让我们再次心痛，监狱里还有多少这样的“佘祥林们”仍然在苦苦等待偶然间伸出的救命稻草？难道说我们的冤案平反机制还只能靠真凶良心发现才能启动？每每读宋慈的《洗冤集录》，我常常突发奇想，何时我们也能有部当代的《洗冤录》。

2. 偶得《平冤十记》

2007年8月，从著名法理学者谢晖的博客上读到吴效先先生的《平冤十记——一位老法官的办案回忆》，我一直对司法人物史特别感兴趣，立即被书名吸引。谢师兄说这本书绝对值得读！但从新华书店、有名的法律专业书店店再到“卓越”“当当”等知名网络书店，都查找不到销售渠道。尽管吴效先先生曾执教于西北政法，但我入学也晚，自是无缘聆听先生教诲。我是个嗜书如命的人，先读为快的想法让我茶饭不香。大学同学张晓飞留校执教，我向他求助。他与吴先生也不熟悉，因为先生20世纪80年代初就离开教坛。但同窗之情让晓飞不能推辞，他立即与先生女儿联系，并在当晚就电话告知我书已到手，很快就寄到了我的案头。可惜先生当时已重病在身，不能签字留念。更为惋惜的是，2007年12月26日先生与世长辞了。这本书也成了先生的遗作！

这是一本凝聚吴效先先生从20世纪50年代到1981年在新疆高级人民法院办案心血的力作。《三下石城——复查季莲芳被害案件纪实》记录了一个平冤案例。1959年8月，季莲芳响应中央号召，从江苏泰兴千里跋涉，到新疆石河子支援边疆建设，被临时安排住在新疆生产建设兵团政干校集体宿舍，作为学生兵培训。她到达的第二日傍晚，当地举行电影晚会招待这些支边青年。季莲芳在当晚电影散场后，回到宿舍，因要服药，就一人到政干校水房打水。因为打水时间已过，水房关闭。政干校伙房炊事员吕仲英正好路过，将季莲芳骗到菜窖里，施暴强奸。季莲芳说要报告组织，吕仲英遂将季莲芳掐死。案发后，引起极大震动。兵团党委为了稳定人心，指示政法机关不惜一切代价迅速破案，严惩凶手。领导挂帅，组织了四十余名刑侦骨干，大张旗鼓地展开了侦破工作。最后怀疑是与季莲芳同车进疆的郝松所为。经“逼供信（用酷刑或威胁等手段强迫招供，一有供词即信以为真，据以定案）”，取得了口供，案件宣告“侦破”。法院判处郝松死刑，上报新疆维吾尔自治区高级人民法院复核。

案件由吴效先老师承办。当时的吴审判员反复审阅全部卷宗，觉得口供多物证少，证人证词也有迎合调查人员的色彩，案件不够扎实，核准死刑，难免有冤杀危险。但不予核准，案件重大，领导关注，风险也很大。最终他决定亲自到兵团看守所提审郝松，结果郝松翻供。吴效先将情况通报原审法院，有关人员不相信，随即派人再审郝松，郝松又翻供了。郝松，你能不能学学“大雪压青松，青松挺且直”的气节？

面对这种情况，吴效先建议组织工作组再去石河子复查。1960 年 12 月 22 日，包括吴法官在内的五人工作组抵达石河子。经过一周的复查，工作组四人一致认定原判正确，只有吴一人有不同意见，并提出十点怀疑之处。所幸当时新疆维吾尔自治区高级人民法院主要领导人信任吴效先，没有核准死刑，而是指示第三次去石河子进行调查。吴效先通过走访群众，广泛调查取证，最终使杀人真凶吕仲英浮出水面，并于 1961 年 2 月 26 日夜在家向其爱人交代了他强奸并杀死季莲芳的事实。随后，他向吴法官交代了全部犯罪事实，甚至交代了非亲自实施犯罪无法知道的受害人的生理特征。交代过后，经吴效先同意，吕仲英回家安排完后事，自己背着铺盖卷到了石河子看守所。经新疆维吾尔自治区党委和最高人民法院批准，释放了郝松，判处吕仲英死刑，并于 1961 年 12 月 2 日召开万人大会后处决。

这一案件的成功，使吴效先受到了最高人民法院、新疆维吾尔自治区党委的表扬，并被编入《新疆审判志》。最高人民法院原院长谢觉哉给予其高度评价。也果不其然，在后来的“文化大革命”中，吴效先被打成“资产阶级办案专家”，蒙受不白之冤，身心备受摧残。

曾于 2009 年至 2016 年连续 8 年完成了《中国企业家犯罪年度报告》的西北政法 1984 级王荣利师兄对《三下石城》的故事喜爱尤加。他说：“如果聂树斌案、呼格吉勒图案的审判法官，能有吴效先老师万分之一的风骨，那么怎么可能有聂树斌案和呼格冤案！”后来，王师兄还以一人之力将《三下石城》改编了电影剧本《死刑复核》，并通过各种方式宣传，以图有导演能够青睐。想来为王师兄难过，不用说投资方对这样的电影不感冒，就是这样的电影能否获准拍摄也是大问题啊！王师兄已经于2020年4月病逝，斯人已去，但作品长留人间。

> 这部书稿感动人的不只是曲折的内容，不只是流畅的文字，更是半生从事法律实践，半生从事教学的一个正直的老法律人的豁亮赤诚的良心。这种源自三闾大夫屈原先生“路漫漫其修远兮，吾将上下而求索”的精神，赓续了苏武、文天祥的人间浩然正气，是张横渠先生“为天地立心，为生民立命，为往圣继绝学，为万世开太平”的具体实践，是郑板桥、海瑞刚直不阿精神的化身。（郝振宇《良心如镜可对天——读吴效先先生〈平冤十记〉》）

3. 三省吾身

吴效先老师并非给自己树碑立传，在《一个不应该被杀的女人》一文中，他检讨自己“基于愤慨，头脑发热，未加冷静思考，认真分析，没有对案件提出异议，同意了原审判决”（载204页），将一起情夫因奸情故意杀死原配，而将意图杀死本夫（只是与情夫商量，没有行动）的“淫妇”一并共处死刑的案件。这也是无论如何不能用“那个年代”之类的“盾”词来遮挡的。

这位妇女名叫朱芳，湖南省桑植县人。她长相俊俏，有几分姿色，被人称为“白菜心”，言其皮肤又嫩又好。人们常说“美丽无罪”，但这个“白菜心”就是“因美生奸”，最终被送上了断头台。这不由让我们想起了一百年以前的那个有名冤案“杨乃武与小白菜”。葛毕氏容貌秀丽、皮肤白皙，人称“小白菜”。同样是“白菜”，一棵尽管饱经折磨仍得以苟活，另一棵可惜就没有这么幸运了。

吴效先在著作中说，基于对柯传福（奸夫）血腥连杀五人的义愤，情绪化地迁怒到朱芳头上，众口一词把朱芳视为引发血案的“红颜祸根”一并杀掉，有悖刑法原理，非常不当。他认为朱芳是一个不应该被杀的女人，“判处死刑，立即执行，实属定罪不当，量刑过严”。他反思说：

> 可惜当年我没有这些现代文明的法学理论知识，我的一些同事和我的上级也比我高明不了多少，大家都在极左思潮的控制下，讲阶级、讲出身、讲成分。不懂犯罪概念、犯罪构成、犯罪形态，缺乏实事求是精神，缺乏理性思维，几乎都是法盲。

先生真诚期望当年参与此案审理仍健在的侦查者、公诉者、审判者、复核者、评议者、批准者和他一道进行内省，通过内省，认真总结经验教训，使我国司法走上文明、理性的轨道，启示后人不要再犯类似的错误。（第202~205页）

吴效先先生以其实际行动在反省了，因为他不只在内心深处自责，而且形成了文字，告诫我们后来者不要再犯这种错误。情绪化，是司法者的大忌。可是当年参与此案审理仍健在的侦查者、公诉者、审判者、复核者、评议者、批准者呢？我们甚至可以引申一下，“呼格”“佘祥林”“杜培武”“聂树斌”“滕兴善”案的侦查、批准逮捕、公诉、审判者们呢？通读《平冤十记——一位老法官的办案回忆》全书让人有不忍卒读之感，为那个时代，也为我们的执法不慎。

昨日去者不可追，但身为法律中人，今天的我们，如何避免犯这种错误，吴先生的著作给我们有益启示，吴先生更以其为人给我们树立了榜样。但是吴老师始终把自己看作一个平凡的人。他在《后记》里第一句话就是“我的一生很平凡”。在《王某某案件复查风波》中，王某某被判有期徒刑15年，他经过复查，认定案件是错案、假案，决定予以平反。然而，在种种阻力下，经过三次复查，最后硬是判处有期徒刑3年。这令吴老师耿耿于怀。吴老师说，“这一案件没有能够为王某某彻底昭雪冤枉，这不怪他工作不力，只怪他手中无权”。事实上，在这一案中为了坚持正义，他也受到了最激烈的攻击。法谚云“为了正义，哪怕天崩地裂”，但谈何容易！

潘汉年是 1925 年入党的老革命，长期担任中共秘密情报战线的负责人。中华人民共和国成立以后，担任上海市委副书记、常务副市长。1963 年 1 月 9 日，潘汉年被最高人民法院判处有期徒刑十五年，剥夺政治权利终身。冤狱就此形成。1982 年 1 月 15 日，最高人民法院宣告潘汉年无罪，8 月 23 日，中共中央发出《关于为潘汉年同志平反昭雪、恢复名誉的通知》。潘汉年被平反以后，社会反响特别大。最高人民法院也没少挨骂。作为当年潘汉年案的审判人员，也一直有一种负罪感。

参与审判的时任最高人民法院刑庭庭长曾汉周事后曾无奈地说：“我们是奉命办案，没有办法。潘汉年的案子是怎么回事，谁心里都明白，但谁敢说个‘不’字？”

参与审判的时任最高人民法院刑事审判庭审判组组长丁汾经常说这样一句话：“我参加革命几十年，半生从事审判工作，一向谨慎，最怕判错案子，冤枉好人。这辈子记不清办了多少案件，扪心自问还是个称职的审判员，唯独潘汉年案做了违心的审判，一世清明，毁于潘汉年一案，自己都不能原谅自己。”

参与审判的时任最高人民法院刑事审判庭助理审判员彭树华说：“人治司法制度的危害，是我们从潘汉年案得出的基本教训，而结束人治，真正实现法治，是我们法律人矢志追求的目标。”（彭树华著《潘汉年案审判前后》）

> 一次不公正裁判的罪恶甚于十次犯罪。因为犯罪污染的只是水流，而枉法裁判污染的却是水源。（培根）

这些年来，我们的法律人越来越缺少反思精神或者说自责的勇气。我们看到许多模范检察官、法官、人民满意的警官，都在宣扬办案几千件无一错案。这真是好笑的事，机械化作业的工厂流水线上生产出的成品都有一定的次品率，难道他们就是神仙？人人都无错案，那这些年曝光的冤狱是外星人办理的？更好笑的是，你可以去各级法院门口看看，既然人民满意度那么高，那些打横幅的、披状衣的、静坐在门口的老百姓难道是来送锦旗的？那为何各级司法机关如临大敌，不让他们进大院里面？这样说并不代表我认同这些上访人的思维和方式，只是想描述一种现象。在歌舞升平的常态下，各级司法部门都在表扬与自我表扬，都陶醉在自己营造的满意度中。而司法亦是如此，只说成绩，不看不足，特别是不注意反思自己的过失，不注意自省。如果律师天天宣扬自己胜诉的案件以招徕客户还有情可原的话（因为市场竞争需要），那我们的法官检察官警官们是不是应该反思自己，哪些案件做得不好或者说不够好，有些就干脆可以说是“错案”了呢？我知道我的要求有些高，因为我们不是个善于反思的民族。但作为司法者，是不是应该多一些自省、自责意识？我们每个人都做得不够，所以有朝一日我们会遭反噬，自尝苦果。

不是说别人，我自己经常面壁思过！十多年了，我时不时翻看吴效先老师的书，并时刻自省：身为法律人，自己经办的案件、自己的言行是否对得起法律和良知。感谢吴老师，他虽然没有教过我课，但他的精神却一直影响着我的法律职业生涯。为法者、习法者，都来读一读吴效先的《平冤十记——一位老法官的办案回忆》。

感谢母校，有这样好的恩师，感谢命运，能够与吴先生有这么一段未曾谋面的师生情缘。

我和宪法同成长

每到12月4日的“国家宪法日”这一天，现行1982年《宪法》颁布实施的日子，作为一名法律人，我总想和宪法说点儿什么，总想说一说自己和宪法的一生情缘。

1972年，我出生了。这一年的宪法已经18岁了。1954年的《宪法》，是中华人民共和国第一部《宪法》。我国宪法后来几经修改，但仍然是建立在1954年《宪法》的基础上，是1954年《宪法》的继承和发展。

1975年，我3岁了，开始有了记忆。这一年我们国家有了1975年《宪法》。1966年到1976年“文革”期间的“大鸣、大放、大辩论、大字报”这四种公民权利，被写入1975年《宪法》，这无疑是不妥当的。按现行官方的说法：1975年《宪法》是“文化大革命”的产物，是在国家政治生活很不正常的情况下产生的，反映了“文化大革命”中很多错误的观点。

1979年，我开始读书了。我们这一代人基本上是“文革”后接受正规教育的第一代人，因为1978年恢复了高考，中国从“知识越多越反动”开始“尊重知识、尊重人才”，这让我们农村孩子看到了希望。我们的小学老师邵景爱，一个民办代课老师，在1979年就敢对着一群农村孩子说，“我们班里要出大学生的”，这就像今天的我对着大海喊“我要当明星”那么惊世骇俗，但她的预言在12年后实现了，那一年我考入了西北政法。1978年，宪法也有了新版本，1976年粉碎了“四人帮”，其后制定的1978年宪法受“文化大革命”影响较大。因此，党的十一届三中全会后，在1979年和1980年不得不接连对1978年《宪法》做了两次个别内容的修改。但宪法的小修小补已经不能适应时代的发展。形势发展要求制定一部新宪法，取代1978年《宪法》。1980年8月30日，党中央向第五届全国人大第三次会议主席团提出《关于修改宪法成立宪法修改委员会的建议》。1980年9月10日，第五届全国人大第三次会议接受中共中央的建议，决定成立宪法修改委员会，主持修改现行《宪法》。

1982年，我10岁了，读小学三年级，这是我人生中最有记忆的一年，那也是中国百废俱兴、朝气蓬勃的一年。1982年2月，宪法修改委员会提出《中华人民共和国宪法修改草案》讨论稿。草案由全国人大常务委员会公布，交付全国各族人民讨论。这次全民讨论的规模之大、参加人数之多、影响之广，足以表明全国工人、农民、知识分子和其他各界人士管理国家事务的政治热情的高涨。通过全民讨论，发扬民主，使宪法的修改更好地集中了群众的智慧。1982年12月4日，宪法经第五届全国人大第五次会议表决通过并公布实施。时任全国人大委员长彭真指出：

> 这个宪法修改草案继承和发展了1954年宪法的基本原则，充分注意总结我国社会主义发展的丰富经验，也注意吸取国际的经验；既考虑到当前的现实，又考虑到发展的前景。

这就是我们现行的1982年《宪法》。也就是在这一年，因为一位同学偷钢笔，我们班组织了一次“批斗会”，后来作为组织者的我被家长痛打一顿，成为有生之年最有记忆的皮肉之苦。“十年动乱”中各种各样的批斗会、游行示众、大小字报铺天盖地，广大干部群众受到残酷迫害，人格尊严根本得不到保障。1982年《宪法》总结这一历史教训，作出了保护公民人格尊严的规定。“批斗会”这样的行为是严重违宪的，也是“文革”遗毒，我要向这位同学道歉。

1988年，我读高二。那是一个全民经商的年代。这一年，对1982宪法进行了第 1 次修改。为了配合改革开放的需要，肯定了“私营经济是社会主义公有制的补充”，意味着承认“私营经济”。经商发财成了全社会的主流思潮，“越穷越光荣”的时代已经一去不复返了。

1993 年，我在母校读大二，当时对 1982 年《宪法》进行了第 2 次修改。用“社会主义市场经济”取代“计划经济”；用“国有经济”“国有企业”取代“国营经济”“国营企业”。自此，计划经济体制正式退出了历史舞台，拉开了市场经济的竞争大格局。我们这一代人也成了国家包分配的最后一届大学生。从此以后，国人的选择路径越来越广泛，越来越多样。

也是在这一年，我开始接触到“宪法”这门学科，从此心目中更多是政治概念的宪法变成了法律术语和宪法理念，进入一个年轻的法科学生心目中。2018 年，因为全国两会上宪法的修改，全国掀起了学习宪法的热潮。自然而然想起了我的宪法老师费京润先生，可能是我少有地记得姓和名的西北政法的老师之一。费老师教我宪法时已经 50 多岁了，上网搜索了一下，先生还健在，这真是人生之大幸事。据说身体也很健康，这更是个好消息，而且获知了费老师的家庭电话，但不好打扰他老人家，相信他教过的学生太多，一定不记得我是谁，但我却永远记得老师。当时我们使用的教材是《宪法学新论》，淡黄色书皮，是少有的印装还算精美的书籍。网上有师弟褚宸舸的《宪法学教学如何适应国家司法考试？——以西北政法大学宪法学教学改革为例》一文，里面提到了“费京润、李旸著《宪法学新论》，西安：陕西人民出版社，1998”，或许就是以我们那本为蓝本的。

众所周知，宪法这门课不好讲，因为主题太宏大，与普通人的关系有点儿远。讲大了，有点儿像说教，而在此前为应试进行的“填鸭式”教育已经够多了，因此难免形成逆反心理。另外，《宪法》还涉及一些禁忌，如“司法独立”“三权分立”之类，今天都不是太好说，但费老师讲得好。例如他讲到人大制度改革，他说当时的人大是“大牌子、老头子、大章子，高帽子”，但作用是“没啥子”。好形象啊，现在都记得当年费老头讲到这里，摇头晃脑的样子，引得底下的学生一阵哄堂大笑的情景。如果放在今天，孩子们会不会用手机上网，然后又一起“费老爷”事件就此发酵起来？中南财经政法大学时年49岁的女教授翟桔红，于2018年4月25日在向校内本科学生讲授《政治学原理》，谈及“政府结构与功能”时，“偏离教材、教学大纲及课件，错误解释我国宪法修改情况”“错误介绍我国国有企业产权制度，妄议我国人民代表大会制度，片面介绍其他国家或地区政治制度，在学生中产生了负面影响”，后被开除党籍，调离教学科研岗位，取消教师资格。就我看来，法律教学传播正能量是必然的，因为法律就是求真、为善、尽美。但有些如强奸、杀人等罪恶也必然要涉及，否则法学就不是科学，也就没有存在的必要。天天都是正能量，怎么还会存在犯罪？而法律更多就是研究坏人的保护问题。因为坏人的权利法律都在保护，就更不用说好人了，而坏人权利恰恰是这个社会的短板，武汉疫情期间监狱成为重灾区就是例证。

记住费先生，还因为这个少见的姓氏。当年不知为何，对语言学特别喜欢。例如“费”读音分别作“bì”和“fèi”。或许是翻字典、背字典知道的吧？后来在课后我问过费老师，他很惊奇，告诉我俗称后者。读音从俗是必要的。例如“盖”，读音作“gě”，亦可读作“gài”。当年有个知名女演员，叫盖丽丽，大家都读后者，后来没办法，她也只能从俗了。这是世俗的力量。我们法律上亦有类似规定，如我国台湾《民法典》第一条：“民事，法律所未规定者，依习惯；无习惯者，依法理。”

想起了费老师，就想起了当年学习宪法的事，想到了当年，就想起了青春年少的岁月。不只是我认为费老教得好，我的师弟宸舸教授说，费老师对他鼓励很大。低我4级的师妹王敏琴说：“这位老师给我感觉非常正派和正统，讲课有口音，较重。”的确，费老师也像大多数西北老师一样都有西北口音，但对我来讲，感觉还是听得非常轻松，除了山东、陕西口音相近，或许更多是因为对宪法课、对老师的喜爱使然吧！

1999年，我已经是一家基层法院的法官。这一年，将“中华人民共和国实行依法治国，建设社会主义法治国家”写入宪法，1982年宪法进行了第3次修改。我们开始进入了依法治国的时代，作为法律人，我们个人的命运与国家的法治建设同呼吸、共进退。

2004年，这一年我已经进入一家基层法院工作了10年，面临着职业的十年之痒，前面看不到方向，后面看到的都是奋进者。这一年，“国家尊重和保障人权”写入宪法，宪法进行了第4次修改。“文化大革命”结束以后，人们痛定思痛，通过发扬民主和加强法制来保障人权成为全国人民的共识。法律人终于也成了人才，于是在2005年，我作为专业人才通过法官选调的方式来到了岭南佛山，开始了一个法律人的异乡打拼与奋斗之旅。

2014年，我42岁。这一年的11月1日，是中华人民共和国宪法史上一个值得纪念的日子，十二届全国人大常委会第十一次会议通过了关于设立“国家宪法日”的决定。于是每到12月4日，总感到不为宪法写点儿东西、做点儿事都不行，因为这是我们法律人自己的节日。

2018年，这一年我46岁。《宪法》进行了第5次修改。依法治国首先是依宪治国，依法执政关键是依宪执政。这一年，我利用各种机会宣讲宪法，我的背包里总放着一本袖珍版的《中华人民共和国宪法》。说来惭愧，我对1982年《宪法》背诵不了，但由于年龄原因，2018年修正的《宪法》我现在仍然背诵不了，有时条文出现混淆，年龄真的不饶人，于是倍加怀念那青春的时光。

2019年，我47岁了。这一年12月4日，由我策划、历时143天、跨度近5个月的佛山禅城“百行百业百人诵百条宪法”活动，随着“第一百四十三条：中华人民共和国首都是北京”的美妙声音推送，圆满落下了帷幕。来自于百行百业的数百位朗诵者，用他们满怀着对国家、对法治、对宪法的忠诚，向全社会诵出了“最美宪法声音”。来自以佛山为主，面向广东省内外的全国各地的朗诵者有母女、有家庭组合，也有科室组合，甚至是班级组合。听着这些声音，就能想象出那背后有一个多么强大的“亲友团”，这就是宪法普及的意义所在，大家口口相传，宪法飞进千家万户、飞入寻常百姓家。当年12月2日，由广东省人大常委会办公厅、省委宣传部、省司法厅联合主办的“深入学习贯彻党的十九届四中全会精神，加强宪法学习宣传和贯彻实施座谈会”上，省人大常委会主任李玉妹在听取广东电视台节目主持人、媒体人（孙愈）公益普法工作室负责人孙愈关于“百行百业百人诵百条宪法”活动汇报后，予以高度肯定。

与《宪法》同成长，作为法律人，我们生逢法治的盛世，与有荣焉！

人生易老天难老，岁岁重阳。今又重阳，战地黄花分外香。
一年一度秋风劲，不似春光。胜似春光，寥廓江天万里霜。

大学专业是经济法

我大学报考的是经济法系经济法专业，不用说在30年前也不知道法律、经济法、行政法、劳动改造法这几个专业有什么真正的区别，就是今天，对大学本科法学专业划分越来越细也想不通，我认为本科教育更多是通识教育，重点是学好8门基本课：法理、宪法、刑法、刑诉、民法、民诉、行政诉讼法和合同法。过多的课程设置，只会导致学生精力分散，样样通，样样松，我就深受其害，这是我30年后的教训之谈。许多孩子高考填报志愿，看着眼花缭乱的法律志愿有些头晕，就我看来，在大学把法律基础课学好就行，不用纠缠于那么多高大上的专业分类。

1. 歧视劳改系

当年学校有劳动改造法系，觉得名称不好听，用陕西话说就是“不美气”，因为一听就是和劳改犯打交道，估计毕业分配也是去监狱，天天和犯人打交道，人家犯人是有期徒刑，你却是无期徒刑，把牢底坐穿（指很难调出监狱系统），这样的系肯定不能报，想想都晦气。这自然是年轻时的错误认识。2019年，正值我国对首批战犯特赦60周年，热播电视剧《特赦1959》讲述了中华人民共和国成立后对战犯进行改造的历史丰功。我国监狱曾成功地改造了清朝末代皇帝溥仪、日本战犯、国内战犯以及各种反革命犯和刑事犯。改造犯人哪是容易的事？这是一门学科。但那时候年轻嘴欠，天天拿人家劳改法系开玩笑，戏称人家的学生是“劳改犯”，称人家系为“劳改集中营”。还记得拿此事和同学牛凤勇呲牙，最后他都急了，“我们系很快就改名了”，倒是他二哥更幽默，“改名了也是原来的劳改系！”他差点儿要和他哥打起来，还是我在中间硬劝住，现在想来真是忍俊不禁，我算是个啥人啊？挑起事端的是我，做好人的也是我。不过，这个系改名是真的。虽然1988年2月司法部《关于劳改管理专业改名和改为本科的通知》中将由“劳改管理专业”改为“劳动改造法专业”，但到了1994年12月29日，全国人大常委会通过并颁布了《监狱法》。有了《监狱法》自然就不能叫“劳动改造法专业”了。是不是改成“监狱法专业”？当时全国仅西北政法和西南政法设有这个系，师生普遍都感到这个专业不好办，主要原因还是名称不太好听。基于此，国家教委就在1995年1月批准将专业目录中的“劳动改造法专业”更名为“刑事司法专业”。其实在此之前，学校就自行着手更改系名了。1993年5月，西北政法学院的“劳动改造法系”更名为“法学二系”。就这样，1991年劳动改造法系招收的学生在入校时就读的是“劳动改造法专业”，到毕业的时候，即1995年7月份所发的毕业证书上写的是“刑事司法专业”。这怎么想都有点儿货不对版的感觉，说好的“诉判一致原则”（人民法院根据原告的诉讼请求作出相应的判决。一般情况下法院不应该主动对超出诉请的问题进行裁判）呢？

2. 错过行政法

行政法系，30年前也不知道人家是干什么的，以为就像是学校的行政那样，从事有关后勤管理事务的，这有什么好学的？谁知道16年后的2007年，我调入政府法制局，一直从事行政法方面的行政复议、行政诉讼等方面的法律实务和研究，由此开始了我与行政法的不解之缘。或许因为待得时间长，在全国行政法学理论和实务界都算有了点知名度。因为母校的行政法太出名了，许多人顺理成章把我归入行政法专业，我也不做解释，天天滥竽充数待在母校的行政法校友群里。不是我爱做假，实在是因为在我加入的近百个微信群里，这是一个讨论、研究法律兴趣最浓厚、最有深度、最受启发、最有益于工作的群，你让我怎么不喜欢？看样子我就要与行政法终生相伴了，早知如此，当年就选择行政法专业了，真是悔不当初啊！人生的路啊，不是净由自己选择！

3. 选了经济法

剩下还有法律系和经济法两个专业可作选择项，当时认为经济就是与钱有关，特别是法院的经济庭一直是热门庭室，高中同学秦文广分进了经济庭，他天南海北地出差，让我们这些天天在农村出入“晴天一身土，雨天一身泥”的“乡村法官”非常嫉妒，动不动就到他家“吃大户”，正巧他太太也是我高中同学，而且我结婚又晚，自然我蹭他家饭菜最多。但吃了喝了，连个感激也不说，“谁让他在经济庭，那里油水多”。现在想来，真是少不更事。天下大势，分久必合，合久必分。1979 年，经济审判工作开始后逐步建立的法院经济审判庭，2000 年 8 月彻底没了。最高人民法院作出决定，取消了经济审判庭，改“经济审判庭”为“民事审判庭”，自此开始了法院的“大民事”时代，即民一庭（传统民事，包括婚姻家庭、房地产），民二庭（原经济庭的大部分业务，商事，合同纠纷），民三庭（知识产权），民四庭（涉外审判），民五庭（破产业务）等，一、二、三、四、五排列下来，非本院内部人士不清楚，造成辨识上的大混乱，更好笑的是后来检察系统竟然也搞了刑事检察一部、二部，有些排到十部，实在让我看不明白，这真的好吗？还是说回法院，2019 年 7 月，全国法院民商事审判工作会议上通过的《第九次全国法院民商事审判工作会议纪要》，其实全部是商事内容，与传统民事一点儿无关，因为在法律上商事和民事还是有很大的差别。也正是这个原因，最高人民法院以机构改革的方式撤销经济审判庭，使公众对经济法的地位产生了怀疑。

说起来，改革开放以来，中国法学界最引人注目的一件新奇事，大概应当是经济法的崛起。随之，关于民法和经济法相互关系问题的争论，也成为中国法学界的一桩公案。在当今中国法学本科教育核心课程之中，经济法与民法和商法赫然并立，诸多经济法教材内容与民法和商法大量重叠。这种叠床架屋的现象，世所罕见。由此引发的民（商）法与经济法“地盘”与“山头”之争，至今在相当程度上仍然困扰着法学研究、教育乃至法律实践，造成了严重的人为混乱。这就是法学的江湖。经济法是不是独立的法律部门，它与行政法、民商法、社会法到底是何种关系，经济法能不能被其他的法律部门所取代，这些都未有定论。真没有想到，当年作为报考首选的经济法竟然面临着如此大的挑战。

当年，全国经济建设如火如荼，号称“十亿人民九亿商，还有一亿待开张”。农村孩子也不知道哪个法律专业更好，就稀里糊涂凭着“经济”两字好看，而且仗着自己的考试分数又高，望文生义首选了“经济法”。

2019 年 5 月 27 日一大早，多个不同的西北政法校友群里都传来噩耗：王兴运老师去世了。王老师年龄并不大，怎么就突然间去世了？1992 年，我们有门《经济法学原理》的课，教材编著人就是王兴运老师，而授课人也是王老师本尊。王老师 1963 年出生，我们这一级是在 1991 年 9 月入学的，这样算来，王兴运老师在大二教我们课时也不过 29 岁。29 岁是个什么样的年龄？我 29 岁时不过刚刚结婚，但 29 岁时王老师已经出版了专著，那是本薄薄的小册子，不像今天的教科书动辄厚重异常，甚至分上、中、下三册。那时法学还没有繁荣，法学理论研究更是处于启蒙期。学校老师喜欢编著教材，美其名曰“本土教材”，就是在学校南边不远的陕西教育出版社出版，不但印刷质量差（因为不怕没销路，价格也确实便宜），内容也大多抄袭人家司法部统编教材（这叫“规范”），然后再四处抄点其他资料（这叫“创新”），一本书大功告成。更好笑的是，有些老师没有参加教材编著，上课时就痛批本校教材的种种错漏。我这样说并不是说母校的不足，当时就是这样的状况，其他学校甚至有过之而无不及。全民皆商，老师也耐不住寂寞。

> 几乎所有的禁令都被取消了。政府可以办公司，学校可以去赢利，教师可以兼职，官员可以做买卖，倒卖紧俏物资的人可以合法地从中谋利。一个省的检察机关公开声明：对回扣、提成和兼职收入，将不追究法律责任。另一省的工商部门跟着宣布，谁要是想办公司，可以不必申请营业执照，也不必缴纳管理费……（凌志军《变化》）

我个人比较喜欢一些名家的教材，从嘴里省下钱买了一些经典教科书，自己研读，受益终生。王兴运老师编著的这本书还是不错的，尽管内容我今天已经想不起来了，但当年是认真研读过的。今天的我已经想不起王老师教授给我的法律知识了，毕竟过去30年了。但对王老师口若悬河、滔滔不绝的讲课风格有深刻印象。

我个子高，而且爱劳动，经常在课前课后帮助老师擦黑板。那时候也没有今天的投影、课件，全靠老师在黑板上板书。给老师擦黑板是我给老师留下的最深印象。但王兴运老师总是自己擦，而且是边写边擦，下课后整个黑板空空如也。据有的同学回忆，“王老师说学生和老师之间是学与教的合同关系，学生没有为老师擦黑板的义务”。我上学时没有听王老师讲这个理论，或许这是后来王老师为自己擦黑板行为找到的法律依据。

只比我们大不到10岁的王老师就这样走了，真的感到很痛心。我们这代人，上小学、中学时，老师以农村代课老师为主，上大学时，法律还没有像今天这样成为显学，我们的老师大都是留校的本科毕业生，职称也就是助教、讲师，似乎连副教授也不多。那时不知职称的区别，后来读钱锺书先生的《围城》，才知道学校职称中有这么大学问，不禁击节叫好。

> 讲师升副教授容易，副教授升教授难上加难。有这么一比：讲师比通房丫头，教授比夫人，副教授呢，等于如夫人。丫头收房做姨太太，是很普通的，至少在以前是很普通的，姨太太要扶正做大

太太，那是干犯纲常名教，做不得的。

那个年代教师评职称刚刚开始，也非常严格，一个政法学院没有几个教授、副教授，不像今天遍地都是。但职称不重要，重要的是他们对教学的用心，对学生的呵护，他们用心呵护着比自己小不了几岁的学弟学妹，视为亲人，恨不能倾囊相授。那时候的老师不像今天一样博学多才，更不像今天的文凭过硬，但他们和学生一起学习，现学现卖，他们甚至不懂教学方法，但他们对学生的爱是朴素而真诚的，是今天许多老师所不具备的。他们倾尽所有，将知识奉献给学生，视学生为自己的弟弟妹妹。或许，这是今天的高学历老师所缺少的。我们应该反思的是，为什么老师学历高了，而师生关系反而不像当年那样亲密了？

比我们大不了几岁的王老师去世了，非常悲痛，因为老师在，学生就不敢老，尽管我们也已是“奔五”的人了。

4. 时髦的国际经济法

1992年，那是一个春天，有一位老人，在中国的南海边画了一个圈。

那是“经济”这个词最时兴的春天，大批在政府机构、科研院所的知识分子受南方讲话的影响，纷纷主动下海创业，形成了一批现在如雷贯耳的以陈东升、冯仑、王功权、潘石屹等为代表的企业家。

2020年4月17日，全国政协主席汪洋主持召开第十三届全国政协第34次双周协商座谈会，就“建设高素质的涉外法律服务人才队伍”进行专题研究，提出造就一支政治合格、通晓国际规则、能够参与国际法律事务和国际竞争的高素质涉外法律服务人才队伍。

看到这则新闻，恍如隔世，因为早在1993年国家提出了“四懂”（懂法律、懂经济、懂外语、懂电脑）法律人才概念，领导人提出了“20世纪末培养40万法官、40万检察官、40万律师和40万法务人才”的设想（这个设想在2020年才算勉勉强强达到），法律的春天就此到来了。我们经济法学专业也“春江水暖鸭先知”，地处西北的母校也开设了个“国际经济法专业方向”，我成了这个班的首届学生。因为是试点，学生是从我们经济法系三个班按照先自愿报名后综合排名的原则来挑选。这个专业除了学一些国际经济法、国际贸易法之类的带“国际”字号的法律和法律英语外，与其他两个班并无不同。特别是由于我们在大三才分班，三个班同学“你中有我，我中有你”，关系特别好，以至于无论是2005年的毕业10周年还是2015年的20周年同学聚会都是以系为单位、三个班一起、123个同学，相亲相爱的好大一个经济法系家庭。据说由于试点效果良好（思考个问题：在中国所有的试点似乎就没有不成功的。个中原因，请诸位深思），就有了我们毕业后从1995年开始招生的国际经济法系，大学同学寇汉军留校后任该系辅导员，我认识他的多个学生，因汉军同学的关系，身份从“师兄”上升至“师叔”，这就是“因同学而贵”。再后来的建制就是今天的“国际法学院”，我应该算是国际法学院的首届“小白鼠”。

学生是这样临时凑搭的，老师也是“拉郎配”，也是从年轻、英语好的老师中临时凑成了个“草台班子”（非贬义）：国际经济法教研室，等于因为要开设个专业然后专门设立了个教研室。后来，这个教研室出了一批著名法律学者，例如曾任副校长的王瀚。他教授过我《国际私法》，而且使我深深地爱上了转致、反致等与我们日常生活基本上不搭边的法律术语，以至于我今天都记得。2020年春节期间，供职于烟台大学教席的杨曙光师弟和我谈起，说他考研以及后来从烟台中院法官调任烟台大学，都深受王瀚老师影响。好的老师总是在不经意间影响人的一生。

2020年因为疫情，有武汉律师起诉美国总统特朗普，这样的爱国情绪可以理解，但你置法律上的“外国国家元首的司法管辖豁免权制度”于何处？

须知美国“湖广铁路债券案”、日本“光华寮案”我们都是用“国家主权豁免”“恶债”等国际法基本原则来应对的，而且取得了良好效果。历史不容忘记。想起来，30 年前我学过国际法，主权、领土、领海基线等专业法律词语我知道，但这并不等于我就懂国际法。当时学习时感觉好“高大上”，什么 FOB，CIF 之类的，还有英语四六级、国际贸易法、国际经济法、海商法，在西安这么个内陆城市除了纸上谈兵、从课本到课本，到底有多深的实践？现在好多人动不动就喜欢说“我曾经学过什么什么”，以此来证明其有专业知识。其实吧，你应该知道，曾经学过不代表什么，连曾经爱过都比不上，更不代表你专业，因为学过和精通可能有 10~20 年的距离。30 多年了，我从来没有说过我学过“国际（经济）法”之类的话。如果一定要说，我倒是更多地在民法上下过功夫，尽管考试成绩不高。因为我们从来不是为了成绩而学习，更不以成绩论英雄。

试玉要烧三日满，辨材须待七年期。

想起了我的国际贸易法老师，这也是我很喜欢的一门课程，这与授课老师有很大关系。记得这位老师上课讲到法律渊源中的“国际条约和国际惯例”，国际条约好理解，但国际惯例不好理解，特别是对我们这些生活在农村的孩子，又是在西安这样的内陆城市，老师也很难给出形象的讲解。这位老师讲：说国际惯例，大家可能不好理解，我昨天晚上在家备课，太太在旁边听到了，说惯例还不好理解？说她早上去菜市场买一斤豆腐，人家卖豆腐的搭给她一棵芫荽。你买 2 斤，人家就送 2 棵，这不就是惯例吗？解释一下“芫荽”这个词，因为时尚的城里人喜欢称它为“香菜”，而只有我们土气的农村人才如前所称。老师讲到这儿继续说：“同学们，我太太买菜买出了个惯例。如果这豆腐卖给了外国人，然后搭配芫荽，岂不就成了国际惯例？”就这样，一个复杂的法律术语被老师讲解成了日常的市井生活。

感谢师娘，独辟蹊径让师傅领会了“国际惯例”，然后师傅传授给我们，让我记忆至今。2020 年 1 月，一篇 2013 年发表在中科院核心学术期刊《冰川冻土》上的论文被网友用洛阳铲挖出来了。在这篇名为《生态经济学集成框架的理论与实践》的论文结尾，作者写了首诗夸赞导师与师母："导师上海人，国栋之名实；手持倚天剑，学海驾云涛；师娘慈溪女，容德美如玉；守着芙蓉剑，厨房舞翩跹。"咱一个文科生，一个本科生，不敢料想中国的理工科学术已经堕落到这种地步，真是斯文扫地，师娘的美哪是我们学生能评价的？老师的这堂课在 30 年后我仍然清晰记得，但我只记得老师姓周，当年也就 30 岁左右，或许刚刚新婚不久，所以才有老师备课、师娘相陪，"红袖添香夜读书"的佳话。

> 寒夜读书忘却眠，锦衾香尽炉无烟。美人含怒夺灯去，问郎知是几更天！（袁枚《寒夜》）

2018 年 7 月 8 日，佛山校友举办了一场读书会。2008 级的赵星师妹讲到她在学校受到周景安老师的魅力影响选择了国际法专业并读研，在西北政法一待就是 7 年。我突然大喜，终于找到了周老师的名字"周景安"。好的老师总是这样，或许他自己都意识不到，但他的魅力会影响学生一生。感谢周老师，他教过国际贸易法，由于工作原因我用得极少，但他讲课的方式对我影响很大。他用通俗易懂的语言把深奥、抽象的法律术语解读出来，这是讲者的水平，更是讲者的能力，这又何尝不是法学的一种魅力呢？

感谢老师，感谢我的经济法专业，不只是给了我一纸文凭，更重要的是教授给了我赖以谋生的法学方法和终生的法律信仰。

老师教给我的法律故事

人的一生会遇到许多老师，幸运的是你能够遇到一些好老师。好老师教给你知识，更重要的是教给你做人的道理。老师讲的话“千言万语”，但哪怕只有那么一句足以影响你一生，这就弥足珍贵了。这些年我作为普法人四处摇唇呐喊，从来不想“一句顶一万句”，只想于千万句里有一句对别人有所裨益就足以令我欣慰。

利用身边的事例，利用喜闻乐见的方式，寓法律于故事中，一直是我多年的写作和演讲风格。故事有些是我经历的，有些是我身边的人经历的，也有些是我从书上读来的。许多人喜欢这种风格，也有人认为意义不大，但除此之外可有更好的普法方式？普法教育35年了，但普法效果仍然堪忧，这是我经常思考的事。

将法律宣传的形式由过去单一的“大水漫灌”向“精准滴灌”转变，群众从“被动普法”向“主动学法”转变，为人民群众尊法、学法、守法、用法打开一扇方便之门。

法治是文明国家的普遍选择，法治的中国才是未来和希望。身为法律人，躬逢法治盛世，无疑是我们的幸运。不可否认，目前的法治仍然有一些不完善之处，不尽如人意之处，只要我们不失望、不放弃、不懈怠就好。

2018年是母校恢复本科教育60周年。60年来，母校薪火相传，培养了一批批国家法治的建设者，他们坚守在大江南北，特别是西部边陲。这离不开母校老师的辛勤付出，他们或默默、或无名，但他们是中国西部法治教育的奠基石。1991 年我上大学时，那时候中国颁布的法律并不多，除了《宪法》《婚姻法》《继承法》《民法通则》成文法律可以屈指数来。不似今天有近三百部法律（2019 年 11 月 15 日在昆明召开的第二十五次全国地方立法工作座谈会上透露，目前我国现行有效的法律 275 部，其中《宪法》1 部，宪法相关法 44 部，《民法商法》34 部，《行政法》89 部，《经济法》71 部，《社会法》24 部，《刑法》1 部，诉讼与非诉讼程序法 11 部）。我们那时是中国法治的萌芽期，当时的师资力量也不强。老师除了一些“文革”前的大学生（他们接受了正规的法学教育，都是如朝阳大学、中国人民大学等正规名校，但由于被错误划为“右派”、下放，等他们归队时已年届花甲，有心无力了），其他大都是恢复高考后培养出来的本科生、研究生。他们的知识储备肯定不如今天的博士，但他们对学生的关爱、对工作的热情是今天的博导们也难以望其项背的。

1. 那年还没有劳动法

教授过我们《劳动法》课程，后来担任过副校长的郭捷老师曾经在 2015 年、我们大学毕业 20 周年聚会时向我们深情回忆，“你们那时候，授课老师和你们相差不了几岁，老师的学问也是现学现卖，晚上在宿舍里备课，第二天课堂上就卖给你们，老师和你们一同学习、一同成长，老师见证了你们的成长，你们也见证了老师的成长，这就是教学相长”！

确实如此，因为当年还没有出台《劳动法》。1993 年 11 月 19 日，深圳致丽工厂发生的一场大火，带走了 87 名工人的生命，另外还有 51 人受伤。致丽大火已被人遗忘，但是这场悲剧所带来的教训却不能被忘却。处于改革开放前沿的深圳引入了大量外资，市场经济迅速发展。经济崛起的同时，资本对利润的野蛮追求，除了压低人工工资，还在劳动环境、劳动条件、人身安全和福利保障等方面投入甚少，这也是致丽大火发生的主要原因。20 多天后的12月13日，福州市马尾经济技术开发区内的台商独资企业高福纺织有限公司再次发生特大火灾，造成61人死亡，7人受伤。接连两场特大火灾，举国震惊。特别是致丽大火，经《工人日报》率先详尽报道后，引发各大媒体集中跟进，立法保护劳动者权益话题由此进一步升温。

> 这两把大火的确加速了《劳动法》出台。让大家感到，如果再不立法对劳动者权益加以保护，将会导致严重的社会问题。

1994年7月5日，《劳动法》经第八届全国人大常委会第八次会议审议通过正式颁布。谈及新中国成立以来的首部《劳动法》，总是不由得让人将其与那两场灾难相连。时任全国人大常委会委员，同时又是全总副主席、书记处书记的张国祥全程参与了《劳动法》起草工作。“不管付出多大辛劳、经历多少曲折，都要制定出《劳动法》！至少我们这些参与立法的人，这一信念从来没有模糊过。”张国祥说。其后的《安全生产法》《职业病防治法》等一系列法规也令工人权益得到更全面的保护。

2. 影响至今的《经济合同法》

法治是最好的营商环境。我们知道，中外合资经营企业法是我国改革开放之初最早通过的首批法律之一。

> 当时我们想吸引外资来华，但外商说没有法律，他们的权利没法保障，所以不来。

顾明同志在1979年时任国务院副秘书长，他在谈到中外合资经营企业法的诞生时说。时任全国人大常委会委员长叶剑英要求国务院有关部门半年内提交中外合资经营企业法草案。作为应急之作，当时的法律草案吸收和借鉴了不少国外的立法经验，在 1979 年 7 月 1 日中外合资经营企业法与刑法、刑诉法等 7 部重要的法律一起出台。此后，这部法律经过了多次修改。中外合资经营企业法在短时间内迅速出台并实施，彰显了法治为改革开放开路、护航的历史使命，也启动了中国走向世界的法治航程。

没有劳动法，竟然也没有我们时下生活中经常用到的《合同法》。不过，合同毕竟是经济社会的基石，没有合同，人与人的正常经济交往就无从谈起。合同在中国古代就有，《周礼》对早期合同形式有较为详细的规定。“判书”“质剂”“傅别”“书契”等都是合同的书面形式。历经唐、宋、元、明、清，法律对合同的规定也越来越系统。但 30 年前没有《合同法》，难道我上了个假大学？当时已经有 1982 年 7 月 1 日起实施的《经济合同法》以及 1985 年 7 月 1 日实施的《涉外经济合同法》和 1987 年 12 月 1 日起施行的《技术合同法》。

> 本法自 1999 年 10 月 1 日起施行，《中华人民共和国经济合同法》《中华人民共和国涉外经济合同法》《中华人民共和国技术合同法》同时废止。(《合同法》第四百二十八条)

自 1999 年，由于统一合同法的出台和实施，上述三部法成了老皇历。想起了《经济合同法》，想起了教授过这门课的黄志正老师。

> 黄志正，西北政法学院经济法学系副教授。先后在《法制日报》《中外法学》上发表学术论文 10 余篇。主编、参编 8 部教材及工具书，主要有《经济合同法新论》《经济合同法教程》《合同法原理与实务》等。

这是目前能从网上搜索到的关于黄志正老师最全的资料，这个简介大约形成在 2000 年。黄老师是西北大学经济系 1977 级学生，网络博客上有篇

《回家：西北大学经济系 1977 级学生纪念入学 30 周年的致辞》提到了他：我们也向走到另一世界的黄志正同学表示悼念，我们永远记得他。

是的，黄老师已经离开了他的大学同学们，也离开了我们——他热爱的学生。接触黄老师是在 1993 年第一学期，学的就是《经济合同法》。他大高个子，长的很周正，不太像文质彬彬的大学老师，倒更像个"红脸"的关中大汉。讲话带有陕西口音，但字正腔圆，非常有中气。

> 东坡在玉堂，有幕士善讴，因问：我词比柳词何如？对曰："柳郎中词，只好十七八女孩儿，执红牙拍板，唱'杨柳外、残风晓月'。学士词，须关东大汉，执铁板，唱'大江东去'。"公为之绝倒。

我非常喜欢东坡大学士，每读到这一段，就想起黄志正老师。很快，本班消息灵通人士就打探来了老师的底细，据说他刚刚离了婚，据说他因为离婚搞得狼狈不堪。这里面的故事就不用我多说了，无非是他想离婚、对方不同意离婚的老套路。

2020 年的《民法典》1077 条规定了 30 日的"离婚冷静期制度"，在此期间，任何一方不愿意离婚的可以向婚姻登记机关撤回离婚登记申请。这正是："法与时转则治，治与世宜则有功。"（语出《韩非子·五蠹》）

因婚姻被折腾的焦头烂额的黄老师上课是认真的，这也是那时老师的共同特点。那时我们一般是两节连上。下课后，有些年龄大点的男同学就跑去和黄老师一起抽烟，然后一边请教法律问题。我不吸烟，但吸着二手烟听了不少课外法律知识。

> 战国时有个叫尾生的人。一日情窦初开，与一正思春女子一拍即合，月上柳梢头，人约黄昏后。但约会地点可真不好找，那时又没有公园、电影院、舞厅，能想到的地方早就被其他情侣捷足先登

> 了。人说“恋爱中的男女没头脑”，这两人可不是，他们终于想到了一个绝妙的地方，那就是：村东边大桥底下第三根桥柱子下面。这地方可是清静之地，不会有人来打扰。到底是战国时代，百家争鸣，观念开放，才有男子在桥下与女子约会的浪漫故事。后人不知何缘故，竟然提倡“男女授受不亲”，制造了多少痴男怨女，出现了多少人间悲剧。再说那桥下那对约会的浪漫恋人，后来怎么着？结果那晚偏偏大雨瓢泼，桥下涨水，那女子没来。因为人家聪明，下雨是不可抗力，取消约会不构成违约。傻傻的尾生却在那坚守信约，雨水越来越大，仍死抱桥柱而不去，直至淹死。

这就是黄老师在课堂上讲授的“尾生死抱信义柱”的故事。尾生是春秋时期的齐国人，是我们山东老乡。这样的故事真长我堂堂中华威风，毕竟诚信缺失是国人最被诟病的地方，当年是假货泛滥，现在最好的演员不是在舞台上而是在民间借贷的法庭上，真是假话张口就来，我真为国人的诚信着急。2007年，我突然想起了黄老师讲过的这件事，进行了整理，写作出《漫谈契约必须信守》一文，除了在《检察日报》刊载，后载入拙著《无法不谈——一个法律人的行与思》(海洋出版社，2009年6月版)。莫非黄老师就是那时去世的？怎么就突然想起了黄老师，想起了黄老师讲的故事？

以此悼念恩师黄志正先生。

3. 动物相伤

现供职于母校教席的李大勇师弟在微信上留言，黄老师还讲授过一个“驴蜂大战”的案例。

> 不论平地与山尖，无限风光尽被占。采得百花成蜜后，为谁辛苦为谁甜？（罗隐《蜂》）

一个养蜂人在路边放蜂。这可是辛辛苦苦的活儿，要在人迹罕至的旷野里有植物的地方，追逐阳光，追寻绿色。

稍近，益狎，荡倚冲冒。驴不胜怒，蹄之。（柳宗元《黔之驴》）

有一天，有个人牵头驴经过。小毛驴往往很调皮，一不小心将路边的蜂箱踩了一下，这可是“捅了马蜂窝”。现在的孩子只能从书本上知道这个词，但绝对不晓得马蜂的厉害。我老家有句俗话说“让你知道，阎王爷有几只马蜂眼”，就是要“教训某人”的意思。马蜂不好惹，我小时候有惨痛的亲身经历，像猪头一样的大脸让我至今还有后怕症。蜜蜂虽比不上马蜂，但也不是善良之辈。蜜蜂报复性地对小毛驴发起了进攻。试想一下千万只蜜蜂轰炸的景象。最终结果是驴子未能幸免于难，死了。这下驴子的主人不干了，你赔我的小毛驴。

许多人不知道，无论是马蜂还是蜜蜂，对别人造成伤害甚至死亡的严重后果，但这是用它的性命换来的，在蜇了别人后它也会死去。养蜂人也委屈，我在路边好好地放我的蜂，你的驴子踢了我的蜂箱，导致我的蜜蜂死了，不用你赔偿就算了，你还要倒打一耙，这世界上还有没有天理？这个官司怎么判？已经想不起黄志正老师是怎样判案的，只记得黄老师手舞足蹈地讲这个案例，每次听钢琴曲“野蜂飞舞”，我就想起这一情景。

我国古代也有这样的判例。在古代，行政兼理司法，地方的审判权完全归属各级行政长官，所以曾在多地担任刺史之职的白居易也有长期审理案件的经历。《白氏长庆集》中收录了白居易所撰写的“判词”101道，就有一道与此相似。

得甲牛抵乙马死，乙请偿马价。甲云：在放牧处相抵，请赔半价。乙不伏。

写过“在天愿作比翼鸟，在地愿为连理枝”“日出江花红胜火，春来江水绿如蓝”的白居易，他的《判决书》是这样的：

> 马牛于牧，蹄脚难防，在故误而宜别。况日中出入，郊外寝讹：既谷量以齐驱，或风逸之相及。而牛孔阜，奋骍角而莫当；我马用伤，蹶骏足而致毙。情非故纵，理合误论。在皂栈以来思，罚宜惟重；就桃林而招损，偿则从情。将息讼端，请征律典。当赔半价，误听过求。

白居易的判词，从文学的角度来说，行文简洁，文采斐然，可读性强；从法理的角度来说，“不背人情，合于法意，比喻甚明”。这也是我一直强调法律人多读点古诗词的原因，因为人生自有诗意，诗中就有法律。

明朝国戚朱宸濠家里有只皇帝御赐的仙鹤，仆人牵鹤逛街时，鹤被狗给咬伤了。朱家大怒，遂到衙署递状：“鹤带金牌，系出御赐！”知府也不含糊，问明情形后，当即批判：“鹤系金牌，犬不识字，禽兽相伤，不关人事！”判词字字有声，在情在理，驳得朱家无言以对，只得撤诉。

最后再说一个与驴子有关的案例，也是我们那个年代才有的事。20 世纪 80 年代，中国农村实行了家庭联产承包（俗称“单干”），村、队里的牲口等都进行了承包或者分到了农户。有个生产队和一个农民签订了一头驴子的承包协议，约定农民使用生产队的驴子两年，每年向生产队交付使用费 100 元，为了保证驴子的身体，约定的条件是：“按驴子现有重量，如果驴子比交付时轻一公斤交罚款 4 元，重一公斤奖励 2 元”。没想到，这个农民太有经济头脑了，前一年半他用驴子拉砖头做苦力，到下一个半年，他干脆将驴子养起来。到了年底，驴子竟然净增 100 公斤。按协议，这个农民白白使用了驴子两年，这哪有天理啊？

这个官司怎么判决？合同必须信守？农民违反了合同的订立基础和约定内容？时至今日，我也想不出黄志正老师给出的正确答案。“授人以鱼，不如授人以渔”。老师不过是教给我们一种分析、判断案件的方法。再说，很多法律问题不一定有正确答案，只要你能够自圆其说就行了。

今天的社会，与 30 年前我们的那个时代已经完全不一样，现在的孩子（不只是城里还包括农村的）大多没有见过驴子，也只是吃过蜂蜜而没有见过蜜蜂，今天的老师讲授知识已经不能像我们那时那样用农村常见的事物来举例了。

这就是时代的变迁，感恩生活。

我爱背法条

作为法律业内人士，时常有人通过不同方式打听：学法律到底怎么样。

——法学不是显学了？

法律不是中国的传统产物，现代法律更是“舶来品”。在中国100多年的法制化进程中，法律从来都不是显学。21世纪初，因为高校的扩张，据说全国600多所高校设立了法律院系，法学一时呈显学之虚假繁荣状。也正是这个阶段，造成“法学文凭贱如粪土”。经过这10多年的大浪淘沙，法学才逐步回归本色。

——法学赚钱少？

学习法律从来就不是以赚钱为目标。因为公平、正义比黄金还珍贵。如果想赚钱，干脆学习金融、贸易，实在不行学个会计也好。法律人到底该如何对待职业、对待法律伦理尽管有争论，但法律职业绝对不是生意，法律人如同医生一样，必须遵守《希波克拉底誓言》。

> 无论到了什么地方，也无论需诊治的病人是男是女、是自由民是奴婢，对他们我一视同仁，为他们谋幸福是我唯一的目的。我要检点自己的行为举止，不做各种害人的劣行，尤其不做诱奸女病人或病人眷属的缺德事。在治病过程中，凡我所见所闻，不论与行医业务有否直接关系，凡我认为要保密的事项坚决不予泄露。

——法学就业前景不好?

经常从网上看到不少这样的帖子，诸如“法学就业排名倒数第一”之类。我实在不知道这些数据出处在哪里，不会是造榜人躺在床上自己臆想的吧?集我近三十年司法领域之观察，目前许多单位急需法律人才。需要注意的是，我说的人才与人还是有一定差距的。简单而言，法学就业机会相对较多。

——学法律出来后，让人“这也不敢，那也不敢”?

学法律的人相对谨慎（你也可以认为是“胆小”）应该是事实。做生意的人西装革履、大腹便便，但你看到的只是他的风光外表，你看不到他内心的凄凉。现代社会市场竞争，瞬息万变。企业以处理生产、交易、投资等商事活动为常态，在惯性思维中，许多企业家认为刑事责任很遥远，或者认为只要老老实实搞企业就不可能“吃官司”，这其实是一种危险的误区。因为在中国做生意，企业家好似身处“地雷阵”，一不小心就可能锒铛入狱。2013 年 7 月，湖南的曾成杰因非法集资被处以死刑后，有人曾戏称：“中国的企业家不是在监狱，就是在通往监狱的路上。”这句话或许有些夸张，但毕竟“所有赚钱的方法，都在刑法里写着”。人的一辈子不容易，特别是时下的中国已经步入了高风险社会，有时“人在家中坐，祸从天上来”。而法律，无疑是最好的保护伞。

——学法律的人没有真本事，只会“耍嘴皮子”?

我们不能歧视人家艺术家，俗话说“说的比唱的还好听”，因此耍嘴皮子也是一种本事，而能说的前提是肚子里“有货”。要不你也来“耍耍嘴皮子”?

当今世界，俄罗斯总统普京，大家只知道他是克格勃出身，不知道他是法学出身！普京于 1975 年毕业于列宁格勒大学（今圣彼得堡国立大学）法律系，他近二十年的搭档——总理梅德韦杰夫，则在同一个大学获得法律学位。追溯苏俄历史，列宁于 1887 年就读于喀山大学法律系（三个月后因参加学生运动被开除），1891 年毕业于彼得堡大学法律系，获得律师职业资格。说到美国，就更不得了。美国从首任总统华盛顿到现任总统特朗普，共 58 届总统

45 位总统（个别总统有连任），出身法学和律师的有 27 位，正好占所有总统的 60%。美国总统中的律师比例之高是众所周知的。这些偶然性背后的必然性在于现代治理主要是依法治理，法治思维的养成需要一大批法律人！

我们的法律如同现代家庭必备的电脑。电脑出问题的概率也很多，说来解决的方式倒也简单，用我儿子的话说“重启一次，不行就重启第二次”。这有点儿像我们的法律，日常法律常识如“杀人者死，伤人及盗抵罪”，普通老百姓都知道，根本用不上专业律师，但遇到复杂一点儿的问题就麻烦了，你那点儿简单的法律常识就可能越搞越糟糕，不得不烦扰专业人士。而且因为“涉电”，“电老虎”可是杀人于无形。法律又何尝不是如此？简单的法律人人都知道，一旦高深一点儿，在罪与非罪、此罪与彼罪、罪重与罪轻之间，在警察的刑侦、检察院的公诉、律师的辩护、法院的审判（一审、二审）中，有多少分歧与争议。更严重一点儿的，例如涉及死刑的适用，还有那些关系到企业生死存亡的重大案件，这都是法治的底线，身为法律人不能不慎重。原来法院经常提“高压线、生死线、红线”这种词语，现在或许不提了，但法律确实会如“电老虎”一样伤人。

——学法律天天接触阴暗面，让人很痛苦？

俗话说，快乐是比较出来的。接触阴暗面多了，你会更加感受到生活的美好。人的一生应该去三个地方看看：医院、监狱、殡仪馆。去过医院后你会知道健康很重要，去过监狱后你会感慨自由是无价的，去过殡仪馆后你会顿悟生命最重要。朱元璋说“畏法度者最快乐”，你不学习法律，怎么会“敬畏法律”？

——法学不过就是背背法条，没有大学问？

许多家长和考生都有此认识。不多解释了，上购书网站搜索一下吧，网上都有法律书籍专柜，你以为背个法条就是学法律？那还用读大学吗？干脆拿着法条在家自学得了。人人都认识法条上的字，但据说全国有 350 多万警察、30 万检察官、40 万法官、40 万律师（数据不一定准确），另外加上在政府以及企业等各部门的法治工作者再加上学校的老师，少说有 600 万法律人。

这些人都在吃法律饭。我想说的是，法律是门专业性工作，尽管普通人懂一些，但上升到专业方面，还得请教法律专业人士。

2018 年 6 月 8 日，司法部发布了“2018 年国家统一法律职业资格考试公告”，司法考试实行重大改革，考场为考生配备《法律法规汇编》。长期以来，法学一直被外界误认为背法条的专业。不只是涉世未深的学生，就是许多成年人甚至一些领导干部也是这样认为。他们见我开会时总拿本法条，就认为学法律的人不得了，那么厚的法条书都能背诵并记得，于是佩服有加。我个人确实是个“法条主义者”，由于脑袋还算灵光，确实能够记背许多法条，但我从来不认为法律就是法条。因为法条中每个字连小学生也认识，但一旦字字相连成了句子，许多人就看不明白，如不知道法律条款里面的“得”和“应当”怎样区分。司法考试制度的改革，会将学法律与背法条区分开来，原来法律不只是法条，原来考试时是给配《法律法规汇编》的，你只会法条也不一定能通过司法考试。

多年来，无论是案头还是居家甚至外出，我习惯随身带本《法条》，闲来无事，随手翻阅。法律有大美，法条有生命，法言法语让人反复回味。“得”“应当”“可以”，这些法律常用语我经常咀嚼，甘之如饴。至于具体法条，我更是反复推敲。这是我日常工作的范畴，也是保障生活和饭碗的要求。从法条中我读出了法的真谛，其实更多的还是对法律的敬畏。我家里藏书最多的也是法律法规。我在政府法制办工作时，多年来一直提倡公务员案头要有本所在部门的《常用法律法规汇编》，因为现在是法治政府，我国 80% 的法律、所有的行政法规和 90% 的地方性法规都是由政府来执行的。政府必须依法行政，连本法条都没有，谈何依法？依什么法？我的提倡有些作用，但我的目标没有完全实现，我认为政府应当拿出专门经费，配发这些书籍，就像警察配备枪支弹药一样。法律法规汇编不只是普通公务员的工作工具，也是公务员的衣食父母，不懂法、知法、用法和守法，要想当好公务员，要想在这个职位上平安度过，估计有些难。期待着行政机关公务员人手一本法律法规汇编成为标配。

我就是坚定的法条主义者，三十年了，从来不曾改变。

2016年4月12日，“纪念《中华人民共和国民法通则》颁布30周年座谈会”在中国人民大学召开。当时我心中一震，《民法通则》已三十岁了，这是一部改变或者说影响了中国人生活的最重要的民事法律。《民法通则》共156个法条，我能够全部背诵下来。也是，没有那么几把刷子，怎么敢就职于法院十二年。可惜的是，今天《民法典》的1260个条文我是背诵不了的了。我学《民法通则》时20岁，现在“奔五”了。年龄大了，记忆力在衰退，不能不承认这个客观事实。

谈及中国的民法，不能不提及佟柔先生。我读大学时，这是个如雷贯耳的名字，我对民法的兴趣也来源于先生的著作启蒙。可惜的是，他已于1990年逝世，今天的法学后人已经很少知道这个名字了。“人生不满百，常怀千岁忧”。人生除了“厚度”（质量），还需要“长度”（生命）。作为中华人民共和国民法的开创人，佟柔被学界公认为“中国民法之父”。

1986年制定的《民法通则》在我国民事立法史上具有里程碑的意义，它既规定了民法的一些基本制度和一般性规则，也规定了合同、所有权及其他财产权、知识产权、民事责任、涉外民事关系法律适用等具体内容，被称为小《民法典》。我在大学并不是个好学生，例如《民法通则》我学过一年（两个学期），但成绩确实不怎么样。我在学校是经济法专业，总认为与民法关系不大，这就有点儿像《民法典》编纂中经济法学界集体失声，甚至自搞《商事法典》，殊不知最高国家权力机关“我国民事立法秉持民商合一的传统”的定论。大学毕业后，我分配回老家的农村法庭，开始了我的《民法通则》的自学之旅。好在那时候法律并不多，我就用笨办法，对只有156条的《民法通则》进行了背诵式记忆。这办法虽然有点儿笨，但让我受益不浅。

到了2000年，《合同法》《物权法》等新法律都出来了，我注意到有些老法官在判决书中仍然言必称《民法通则》第一百零八条中“债务应当清偿”的规定。足见这一代人受《民法通则》影响之深。不能说民法通则立法技术一定就多么高超，她毕竟受时代限制，但现在看来，在1986年能够制定这样一部法律，难度之大可想而知，因为她的有些理念目前仍不过时。

这些年，我更多研究行政法。1989 年 4 月 4 日，第七届全国人民代表大会第二次会议上通过并颁布了《行政诉讼法》。自此，有了民告官的说法，老百姓对官员、行政机关除了“指手画脚”外，还有了到法庭上讨个说法的权利。在我们这个向来有“饿死不做贼、屈死不做官、民不与官斗”传统的国度，诸位可以想象这部法律的出台有多么艰难。那时我正在读高二，作为一个农家子弟，正忙于备考的我，自然没有可能知道这部法律，更不知道若干年后这部法律会影响我的人生！

1992 年我读大二，学校开设了行政法课程，但我在学习行政权、行政主体、行政责任时，感觉困惑，我的专业是经济法，学习这些行政法律知识有多大用处呢？有部我这个年龄阶段的人都熟悉的电影，改编自陈源斌的小说《万家诉讼》，1992 年在全国上映。讲述的是农村妇女秋菊为了向踢伤丈夫的村长讨说法，四处上访，最终诉诸法律的故事。这部电影叫《秋菊打官司》，成为我们法律界津津乐道的行政诉讼的宣传片。但村民状告村长（正确说法是村主任），依据于自 1988 年 6 月 1 日起试行达 10 年之久的《村民委员会组织法（试行）》，这是行政诉讼案件吗？不管如何，“给个说法”风行全国，这就是当年的法律水平。

1996 年，《行政处罚法》横空出世，我当时在法院的人民法庭工作，尽管单位组织了培训，但我一个办理离婚、债务的民事法庭书记员（当时书记员可以办案，挂法官的名字），不会对行政处罚调查、取证、陈述申辩、听证有多大理解。但今天我能背诵《行政处罚法》的每一个条文，甚至连标点符号也一清二楚。因为这部法律连同其后的《行政许可法》《行政强制法》构成了我们的三大行政基本法，是政府法治人员应知应会的常识课。

2003 年的《行政许可法》颁行，我也没有预知她与我的关系，当时我在法院主要研究刑事和民商事案案件，但今天我基本上能背诵这部法律的主要法条。2007 年，我从法院调入了政府法制局，实现了从民事法官向政府法制人员的转变。从这一年开始，我一方面从事行政复议工作（《行政复议法》与

《行政诉讼法》有相通之处），另一方面开始了我的“职业被告”生涯，手拿《行政诉讼法》上法庭替政府打行政官司，当行政被告，挨老百姓的骂。

2007年，《物权法》颁布，由王利明老师率全国人大法工委民法室的姚红主任、中国人民大学的王轶、姚辉教授“四人组”，在佛山图书馆利用整整两天时间面向500多位听众进行系统讲述。前几年，与再次来佛山授课的王轶、姚辉教授谈起当年的讲座盛况，大家都感慨不已，现在再也难以有这么高规格、这么长时间、这么强阵容的法律讲座了，除了演讲者不会愿意到佛山这样的二线城市，就是能够拿出两个整天的时间来听法律讲座的听众也很难找了。这是个功利的时代，法律已经更多地成了我们专业人士的技艺和饭碗。这部法律的法条我也基本上能够背得出。2020年，《物权法》被编纂为《民法典》的物权编。

2012年，《行政强制法》实施了，这一年我也40岁了。40岁的记忆力已经不如当年，但这部法律的许多法条可以顺手拈来。无他，因为我在政府法制办天天用到它。

2020年5月28日，十三届全国人大三次会议表决通过了《中华人民共和国民法典》，宣告我国开启“《民法典》时代”。作为中华人民共和国第一部以法典命名的法律，《民法典》开创了我国法典编纂立法的先河，具有里程碑的意义。《民法典》被誉为“社会生活的百科全书”，分为七编（总则编、物权编、合同编、人格权编、婚姻家庭编、继承编、侵权责任编及附则），共1260条。《民法典》是“民事权利的宣言书”，其每一个条文都关乎社会的方方面面和老百姓的日常生活——生老病死、衣食住行、婚丧嫁娶、子孙后代都受到《民法典》的规制，都与《民法典》息息相关。《民法典》全面总结了中华人民共和国成立以来我国民事立法和司法的实践经验，对我国现行的民事法律制度规范进行了系统整合、编订纂修，在实践中对社会比较关注的有关问题作了有针对性的规定。面对1260条的《民法典》，“奔五”的我再也没有背诵全文的雄心壮志了，人老要服老，不服？你就去背法条！

2020年10月1日，《行政诉讼法》实施30周年了。作为一名法律人，一名政府法务人员，一名职业被告人，我要向她表示致敬！倒不只因为有了她，我才有了一份饭碗和工作，更多的是因为有了她，我们才有了一种化解官民矛盾的法律途径，老百姓才能和官员坐在一起对簿公堂，老百姓才敢于对“官老爷”说不！她成了保护公民合法权益、化解官民矛盾的法治渠道。有了她，民众少了许多对政府的戾气，政府官员少了许多颐指气使，官员才能虚心听取行政管理相对人的陈述申辩和指责，官民才能坐下来协商化解矛盾。祝福《行政诉讼法》，30岁正值人生芳华，期待着她的下一个30年更精彩！

2007年，浙江卫视推出了一档歌唱类综艺节目《我爱记歌词》，节目兼具歌唱规则和娱乐时尚，只对选手的歌词记忆进行比拼，不比拼歌喉、舞台表现和颜值，只要选手能唱对规定的歌词即可赢取奖金。每次看节目，我就期待着有一档法学版的《我爱记法条》，因为我爱背法条了，法条背多了，对法律就更喜欢。

法条有大美！

毕业论文研究不可抗力

2020年，武汉新冠肺炎疫情暴发，许多法律人都在讨论这场疫情是“不可抗力”还是“情势变更”。全国人大常委会法工委发言人、研究室主任臧铁伟2020年2月10日表示：当前我国发生新冠肺炎疫情，为了保护公众健康，政府也采取了相应的疫情防控措施。对于因此不能履行合同的当事人来说，属于不能预见、不能避免并不能克服的“不可抗力”。根据《合同法》的相关规定，因不可抗力不能履行合同的，根据不可抗力的影响，部分或者全部免除责任，但法律另有规定的除外。

至此，这场争论算是盖棺定论了，因疫情引发的有关法律争端会依据全国人大法工委的意见处理。许多人搞不明白，“不可抗力”“情势变更”两者差别很大吗？是的，尽管全国人大法工委明确了，但事实上仍然有争议，因为法律上的问题太复杂了。1995年，我的大学毕业论文题目是《合同上不可抗力之探究》，因此对不可抗力这个问题还是有点儿研究的，这篇论文确实费了我不少心血。但毕竟是25年前一个本科生写的论文，在法学研究高度繁荣的今天不可能有任何价值。这些年，我一直呼吁本科生特别是法学本科生取消毕业论文，本科生写论文无非是抄来抄去，很少有创新，建议改论文为案例分析，因为法学是一门实践性学科，普通的法学本科生哪来的那么多理论和创新？

我经常说我不是个好学生，因为在校时比较懒惰，但我对学业还是认真的。现在许多人经常说，他在大学里从来不学习然后通过了司法考试，还偶然地考上了公务员。这些话你听听也就罢了，千万别信，因为在这个世界上你付出多少汗水就会有多少收获。那些人不过是想显示自己的聪明，其实这世界上多少聪明反被聪明误。

勤能补拙是良训，一分辛苦一分才。

应该是在1993年下半学期，有位学兄作毕业论文，选择了《试论我国烟草专卖立法之必要性》为题目，这是个既有理论研究价值又有重要实践意义的题目。特别是这位学兄本是一杆大烟枪，因此，对研究烟草立法也算是有切身体会。他在图书馆找了很多国外烟草专卖立法例，又搜集到了我国法学杂志上对此类立法的建议，遑遑5000字的论文出炉了，无非是专卖立法的概念、意义、外国立法例及我国烟草专卖立法的建议。指导老师评价：很好。此处省略800字。应该是有一番固定词语的，可惜时隔日久，我全忘了。学兄很高兴，到我们宿舍大吹一通。那时，我刚刚入门法学不久，但喜欢收集法律法规，怎么我的印象中这部法规已经出台了？学兄对这种不尊重学长的行为大为生气。我找出资料，查明:《中华人民共和国烟草专卖法》，1991年6月29日第七届全国人民代表大会常务委员会第20次会议通过。到底是学兄，他竟然连脸都没有红，大声笑起来，“你看，都已经立法了，说明立法与我的想法是异曲同工，更证明我的论点是正确的”。

我们知道，中国法学发展向来不易。就我所知，现代法学理论与20世纪三四十年代举步维艰时的史尚宽、王泽鉴等大师的理论并无明显进展，除了个别词语的现代衍化以外。现代的法律职业人，首推官员，即使是再学术化的场合，似乎没有官员参与，不受“高层”重视，就感觉规格不高；学者以是某个部门法领域的权威或有一定行政职务为荣；无论是讨论案例还是研究成果，目的就是吸引人眼球的，参与的媒体越多，“宣传”效果就越好。这导致了我们的法学“圈子化”严重，都是在自说自话，实际效用堪忧。这一点，在中青年法学家的评比上最为明显化。纵观古今中外，像中国这样来“评”

法学家的似乎还没有。法学家怎么能来评定？行政权力评价学术水平是否正当？大师的背后是一个个“山头”，这种山头主义在法学界横行的最终结果，是学术失去了创新的动力，沦为了资源分配的工具。

这些年，我国学界不时翻出论文造假的丑闻，现在学生毕业的导师赠言：日后万一闯出祸来，千万不要把为师名字说出来，这就算为师没有白教你。还求什么回报？2019 年春晚小品《儿子来了》很受欢迎，葛优饰演了一个保健品销售员，骗了老人钱不说，还险些骗走其家中的房产证，为此不惜向潘长江、蔡明叫“爸爸妈妈”。“套近乎”这招还挺好使，老人家被骗得一愣一愣的，对骗子比对自家人更信任。葛优的发型、身高、相貌都成了小品中的“梗”，蔡明和潘长江这对老“活宝”继续联手，成为继“白云、黑土”之后又一经典“老年组合”。这也很符合目前的社会现状，假冒伪劣的保健品层出不穷，蒙骗了老人的双眼，榨取了很多人的养老钱。全社会都在全面打击保健品，节目最后翟天临饰演的“亲儿子”是名警察，将保健品骗子绳之以法，可谓大快人心。翟天临在《儿子来了》的表演到位，学霸演员演小品，演技好，群众基础也好，在春晚这个大舞台上可谓赚足了人气。说他是“超级学霸”，还真不是吹，他是北京电影学院博士研究生，刚被北大博士后录取；说他演技好，还真是“一语成谶”，刚在春晚舞台上拆穿“大哥”葛大爷造假骗取老年人，一下舞台，他个人论文造假的事情就被炒得沸沸扬扬。因为他在网络直播时一句“知网是什么东西”，暴露了学霸的造假嫌疑，于是有好事者开始“扒皮”，翻出翟天临之前的一篇论文，一查竟然 40% 重复。就这样一个很优秀的青年才俊，因为论文抄袭，“人设”坍塌。

不只是学界、演艺界，还有体育界。2019 年 3 月，在鲁能 VS 建业的中超之战中，因对裁判傅明执罚不满，鲁能上诉，称其有“四次执法错误”，傅明因此上了热搜榜。不过，这还没完呢！很快，又有万能的网友，搜索出傅明的论文，查重率竟然高达 54.84%；此后，傅明的另一篇论文，查重率更是高达 80% 以上云云，这事到现在也没有结论。

现在的司法界，也不时翻出法官论文造假的事，当事人对判决不满，除了传统的举报、信访等方法，竟然用上了高科技手段，论文查重，你不能不佩服中国人的聪明。据2019年7月份媒体报道，湖南省高级人民法院政治部主任，继博士论文被曝抄袭后，其在2002年1月上传的湖南大学硕士论文也被曝抄袭，总文字复制比52.3%。多年前的论文成为隐形炸弹，于是乎师生关系的最高境界是——“日后你惹出祸来，不要把为师说出来”。

写我的本科毕业论文和指导老师，估计不会连累老师的，因为我的毕业论文还是非常认真的，再说连死刑的追诉时效也不过20年啊，我的论文可是25年前的事了。今天，我这颗近乎老年痴呆的脑袋已经回忆不起到底是先有论文题目还有先有指导老师了。按逻辑来说，应该是自己先报论文写作方向和题目，然后按照专业来指定论文导师。这样的程序是合理的，因为马燕老师在校期间并没有给我上过课。

论文《合同上“不可抗力”之探究》的指导老师就是马燕。记得第一次是向她汇报了写作的题目以及设想，她对我的写作方向表示了肯定并提了建议。第二次见面我拿出了初稿，她看后专门约我进行了详谈，有表扬和改进。可惜这么多年后，我再也想不出马老师谆谆教导的一星半点内容，对不起马老师啊！第三次就是交定稿。论文大约写了15000字，我的字比较丑，当时打印也不像今天一样方便，就请了现供职于潍坊政法委的师弟孙磊帮助抄写。我和马老师大约就有这么几次见面，却结就了一世的师生情缘。

这篇论文获得了马燕老师的高度评价，她说要推荐给《法律科学》，初步判断应该能达到发表水平。诸位法律同人都知道，西北政法尽管由于学校没有博士点，导致种种排名在五院四系中稍显落寞，但《法律科学》绝对是在全国有相当影响力的学术期刊。每次回母校，在编辑部门口我都会留念，因为这是法律人心目中的学术圣地，深知就凭我的能力和水平无缘发表了，也就只能照相留念了。30年前的《法律科学》当然没有今天的知名度和稿件质量，这也正是马老师敢向编辑部推荐一个本科生论文的原因。还有一个重要原因，马老师的爱人来小鹏老师是学报的编辑。马老师推荐我的论文自然是近水楼台。后来此事未果，毕竟我的论文离学报肯定有一定差距，但我一直把这件事当作马燕老师对我这么一个普通学生的关爱与欣赏，这促使我进步，给我勇气。我最终没有在学术上发展，这次“推荐上《法律科学》”也成为我学术研究的巅峰。后来，马燕老师夫妇双双调到中国政法大学任教，我们也就失去了联系。好在有了微信，终于找到了多年的恩师。近 30 年后马老师不一定会记得我，不一定会记得这件事，这只是老师职业生涯中的小事一桩，但于我来说却是人生中永久的幸福回忆。

说到《法律科学》这本刊物，今天的学界都知道韩松老师，因为他算是《法律科学》的“钉子户”了。正是在他的苦心经营下，这本刊物才走出了西北，蜚声全国。因为我写作《但愿冤狱不再有》一文时需要吴效先老师的照片，微信上冒昧救助于韩老师。想不到的是，我就随口一说，韩老师和西北政法著名的摄影师杜超英老师竟然翻箱倒柜。用韩老师的话说，“本来要放弃了，结果找到了”。这就是西北的老师，他们有一种风骨，有一种情怀，有一份对学生的挚爱，有一种我们西北政法人特有的风格。

感谢西北政法，祝福恩师。

政法有我

叁

有位老师家中自费购买复印机

2010 年春节前夕，84 岁高龄的西北政法大学退休教师刘海先生突然与世长辞。刘先生的一生戛然而止，但他却留给人们许多不解之谜。

刘先生于 20 世纪 40 年代考入了著名的北京朝阳大学。提起法学名校，今天是“五院四系”，但在民国时期“北朝阳、南东吴”更为响亮，曾有“朝阳出法官、东吴出律师”的说法，可见两所高校的法学实力之强。朝阳大学培养出来的法科学生在步入社会以后，多数成为民国司法机构中的主力军。推事、承审员、书记官等，都有朝阳大学学生的身影。“无朝不成院，无朝不开庭”成为朝阳大学毕业生遍布全国最客观实在的形容。在 1929 年的海牙会议上，朝阳大学得到了各国代表“中国最优法校”的赞誉。随着政权的更迭，刘海先生转入中国人民大学，再后来又进入中国外交学院攻读研究生，北京见证了他的十年大学经历。本为山东人以及长期的在北京求学的生涯使他习惯了这里的生活，更有作为故都的文化氛围。但毕业后他毫无怨言地服从国家分配，到了大西北，在古城西安度过了他的大半生。尽管其间有机会重回北京，或者与在泉城的妻儿老小团聚，但他最终没有成行。或许西北有他难以割舍的梦？他曾荣获过“共和国创建功勋”金质奖章、国家司法部颁发的二等银质奖章等荣誉。

1. 他人眼中的刘海老师

刘先生长期从事外国宪法研究，但他为大多数西北政法的学生所知悉却是因为实践中国的宪法制度。中国企业家犯罪研究第一人、1984级的王荣利师兄在《怀念刘海老师》中回忆道：

> 刘海老师是我大学时期教授《外国宪法》的老师，他给我们八四级学生留下了难以忘怀的印象。我记忆最深的是刘老师讲课时的姿态以及独具特色的板书。刘老师身体清瘦，却很精神。讲课间，需要板书的时候，刘老师会带点儿夸张地跨着大步迈向黑板前，然后“前腿弓、后腿蹬”以其独有的斜体字体工整地写下需要板书的内容。记得那时对刘老师的斜体字体感觉挺好玩儿，所以自己还曾在做刘老师布置的外国宪法作业时，也曾模仿刘老师用斜体字书写。
>
> 我还清晰地记得，刘老师曾多次在课堂上引用过邓小平在《党和国家领导制度的改革》说过的话：“斯大林严重破坏社会主义法制，毛泽东同志就说过，这样的事件在英、法、美这样的西方国家不可能发生。”那时我们太年轻，还不大懂得刘老师反复引用邓小平同志这句话的意义所在。如今已经人到中年的我们，才知道刘老师的良苦用心。如今再回味刘老师引用过的邓小平同志的这句话，我想说，邓小平同志的这句话也是值得我们反复引用和告诫自己的。

现供职于宁夏高院的侯明光师兄在其回忆文章《怀念我们的“酷”老师——刘海！》中写道：

> 1986年9月17日晚上，推算那时已有60岁高龄的刘海老师，给我们法八四级九班、十班、十一班上了一堂大课，讲的是《怎样学写论文》。这节课后，我在当天的日记里较为“详细”地写了我心

目中的刘海老师。

他是一个特殊的人，他是一个特殊的老师，好多人一见到他就想笑，这笑究竟是敬佩还是嘲弄？他，不是别人，正是我们的外国宪法老师刘海。“假期过得好吗？”“来了要给爸爸妈妈写信”“这些天，气候反常，要多穿几件衣服，以防着凉！”……

一上讲台，刘海老师就用那亲切的语调说出这些极富人情味的话，并且还补充一句“同学们好”！辅之以一个潇洒的敬礼动作！尽管他未戴帽子，但他还是将手举到额头边，微微一笑。他，是一个衣着考究的人，笔挺的西服配上一条漂亮的领带，让人一眼看上去，就觉得他是一个清爽利索的人；他，又是一个工作极负责任的人，你看他上课时拿那么多书，每次都带几幅地图，不辞辛苦地挂在讲桌前，以便同学们参考；他，又是一个“奇怪”的人，每天早上上课间操，他必定在办公楼前的花园小径处做广播操，其动作舒展大方，赢得了同学们的啧啧称道。更为人记忆长存的是，每当他做完操，必定从自己的上衣口袋里掏出一个木制梳子，将那油光可鉴的头发梳理得更加油光可鉴。还有，他上课时不是拿着漂亮、讲究的皮夹，而是提着一只塑料桶——一只红色的塑料桶，里面塞满了同学们的作业以及他的讲义。下课十分钟，他不是闭目养神，更不是抽烟以消除一节课带来的疲劳，相反，他精神高昂，总是教同学们唱歌——日本的、美国的、苏联的，凡是他认为好的，都将曲谱歌词印给大家。请问，有哪一位老师像他这样呢？

他，性格似乎孤僻，不苟言笑，但和同学们特能“谝”（聊天）得来，对同学们特别热情。据说，他将学生的来信整理归类，编成“远方亲人的来信”。他，更不像那些清高的老师，除了上课，恐一学期也见不到一次。相反，他经常到同学们的宿舍去交谈。他，又是一个治学严谨的人。据到过他房子的同学说，在他的房间里到处都是书，到处都是备查的文件资料。他，善于撰稿，曾为好多报纸杂志写过优秀的稿件，现在又成为《中国法制报》的特约撰稿人。他，懂好几门外语，上课时经常用外语补充解释。

我们的老师——刘海，就是这样一个人，一个惹人发笑的人。因为他富有个性，不是庸碌之辈。我想，同学们对他的笑，并非是嘲弄，相反是对他的敬佩之情！不然的话，怎么在他房子的墙壁上挂满同学们敬送的年画呢？

刘海老师是讲《外国宪法》的。他给我们上课，讲到“三权分立”时，他说西方人特别注重“仪式”，做什么都很有“仪式感”，这是很重要的。因为有了这种仪式，才能增强人们的意识！现在年轻人讲自由恋爱，订婚结婚不讲啥规矩、啥仪式，有的随便来个旅行结婚，这不太好！在我国古代，订婚、结婚都有严格的程式要求，现在外国人还在教堂办婚礼，很有仪式感。通过这样的仪式，人们对婚姻大事就重视起来了、严肃起来了，以后也就不可能轻易离婚了。

刘先生在20世纪80年代末就退休了，所以许多知道他名字的学生并没有几个人亲自聆听过他的课。1991年，我刚刚入校，记得当年11月，西安市雁塔区人代会开幕前，在政法学院、西安外语学院（两校是同一个选区）的水房处，总有一张红纸公告，依然是从右向左像斜刮风一样的“刘体”，题头是“尊敬的各位选民”，落款是“您的忠实仆人刘海”。内容呢，无非是作为雁塔区人大代表的刘海先生一年内履职的情况。这是选区的一道亮丽风景，以至于多年后的今天仍然能从网上搜索到校友写的类似回忆。当时的人大代表制度并不为公众所理解，代表自己也以“举举手、鼓鼓掌、说说话、采采访”为宗旨，即便是对以法律为己任的政法学人，似乎亦不例外。但刘海老师却把这个职务看得很重，他这样做绝对不是做戏。我记得有这么一件事。由于长安南路拓宽后，路况较好，车辆行驶速度较快，每年邻近该路的陕西财经、西安邮电、政法学院、外语学院、陕师大等高校都有学生因交通事故受伤甚至死亡。就这个问题，刘老师联合其他代表多次进行调研、建议，还对有关部门进行过质询，最终有关部门在上述校区附近路面设置了减速带，以后又建起了过街天桥，从此师生过马路再无生命之忧。几所学校的师生都赞扬刘代表做了一件大好事。大家知道，目前“有关部门”仍然是最难找的部门，在西安这种内陆城市，30 年前一个无职无权的退休老师要推动减速带、过街天桥建设，有的只是个区人大代表身份，没有点儿毅力是不行的。这只是我所亲历的一件事，相信刘老师在当代表的 10 年中做过的惠民之举绝非仅此一件。在 30 年后的今天，试想如果有人贴这样的公告都是惊天之举，在相对保守的十三朝故都，刘海老师给我们做出了榜样。当年，还年轻的我总认为我这位山东老乡有点儿“迂”，对他的做派有点儿“鄙夷”，认为这样的人也太不聪明了。今天，奔五的我突然明白：明知不可为而为之，何尝不是法律人的一种坚守？今天，我也成为市人大代表。我知道，当代表并没有什么了不起，毕竟佛山就有三百多个，代表的光环总会散去，不辱使命才是代表最基本的担当，而刘海代表就是我的榜样。

退休后的刘海老师走路喜欢靠路边（或贴墙根），给人以谨小慎微的感觉。但中华人民共和国成立前夕，出身农家的刘先生竟然敢坐着飞机独自一人到北京去考大学，其勇气何等可嘉也！更让人佩服的是，考试结束后，由于身上的钱所剩不多，加之又是战乱时期，交通不安全，他竟然一路用脚丈量，从北京走回了济南，这更是何等的毅力！

2. 我和刘老师

1991—1995 年，我以同乡后学的身份或单独或与鲁统民等同学一起多次到访过刘海老师的家。刘老师的家里摆设很简单，除了一些大书架，就是简单的生活用具。没有电视机、没有钢琴，只有一台收音机。尽管整理得比较干净，但显而易见是没有女主人的单身汉家庭。这个家庭较普通，有些不同的是在显眼位置有一台复印机。机器还挺大的，基本上占据了一张办公桌台面的空间。刘老师也像别人介绍宝贝古董一样给我介绍他的复印机。多年后我回想起来，好像是日本的夏普品牌。一个连彩电都没有的家庭里竟然有台复印机，这是刘老师家给我的最深印象。这是一个清苦的知识分子家庭，这也是一个安于清贫的知识分子形象。

再比较显眼的，就是一大堆放在书桌上的报纸杂志。这是一个学者、一个教授的“大财富”。刘海老师给我们介绍说：“我剪报噢，这可是个学习的好方法。”我自小也喜欢剪报，但由于家庭条件限制，自然不能像刘老师这样系统，他专门订阅了《人民日报》《法制日报》《中国检察报》(《检察日报》前身）以及后来的《人民法院报》和《中国律师报》等法律报刊，这哪是一个农村出身的穷学生能做到的？

或许是因为剪报情缘，或许是出于一位长者对后学的提携，总之刘老师和我成了忘年交。他送过我一些贴剪报的专用大号本。看到可能对我有用的文章，就剪下来留给我。一如今天的我，总喜欢将读到的内容、有用的报纸送给自认为有用的那些朋友，也不管人家是否喜欢。现在已经是资讯高度发达的网络时代，我这种做派已经老旧了，我知道这一点，但总是积习难改。太太总是笑话我这些行为的可笑与古旧，但一个人的习惯是很难改变的，而且已经40多年了，也就没有必要改正了。当年刘海老师送我的那些剪报，我都保存着，可惜现在没有时间，自然也就没法再次浏览了。但这种精神财富，让我无比富有。感念恩师，尽管他没有给我授过课。

有些报纸内容，刘老师也需要留存，就复印下来给我，他留原件，用的就是刘老师家里自购的复印机，这在90年代初的家庭是绝无仅有的。现在想来，一方面是刘老师的工作需要大量复印资料，另一方面可能与他的为人清正有关。我们这个国家，当年有个顺口溜：“外国有个加拿大，中国有个大家拿”。用点儿单位的纸张，复印自己和孩子的学习资料，这样的事我们大多数人都做过。但刘海老师的高度自律、知识分子的清高与耿直使他不愿意占公家的便宜，当时学校每个教研室都有复印机，而刘老师所在的家属院与教研室并没有多远。正是这些与众不同的做法，刘海老师被视为“怪人”，加上其他种种原因，他的朋友似乎并不多。人就是这样，你不随大溜就容易被划为“异类”。

我粘贴剪报用的是农村人糊报纸的方法，将胶水大面积涂抹在报纸背部。这是拿农村干农活的经验来做学问人的事。刘海老师细心地教我，在剪报的四个边角处涂上少许胶水，既实用又美观，还有利于以后的整理。这真是个省钱又省力的好方法。剪报的习惯我一直坚持到现在，这使我能够掌握大量的资料。家中几十本沉甸甸的剪报本是我的多年积累和重要的家庭积蓄。刘海老师离开我们多年了，但这个老派知识分子的精神常常让我想起，让我沉思，让我缅怀，促我奋进。

我在90年代初见到的刘先生是清瘦的。但刘先生是大学里体操单杠大回环和马拉松成绩多年校纪录保持者。说来你也许不相信，我亲见当时60多岁的先生，竟然仰卧起坐一气能做一百个；俯卧撑能做三百个，稍息片刻，再做两次，总共能做一千二百次！还记得第一次见他是在他位于学院家属区的家里，他的手很柔软、很温暖。或许看出了什么，他用拳头拍拍自己的胸部，并屈缩肱二头肌，“哈哈，我天天练哑铃，你们年轻人也比不上我的体格（健壮）”。

退休后的刘海老师与家庭分居两地，仍然独自居住在政法园内的房子里。这让许多人对刘老师的家庭生活颇有联想。岂不知刘先生与师母是高中上下级同学，两个年轻人曾经有一段美丽的爱情传说。师母出身富裕人家，门第的悬殊让师母家人坚决反对。家人人为制造出一条人间的天河，将一对有情人相隔绝。但几年以后他们竟然意外重逢。“金风玉露一相逢”，便有了一个美丽的爱情神话。

刘老师尽管掌握了宪法，特别是外国宪法的理论前沿，但即使到了晚年，他仍然拒绝使用代表着现代化的手机。何止手机，就是学校统一装配的家庭电话，他也自行撤除了。他长期保持着与学生通信的习惯，把每位学生的来信分门别类，整理得井井有条，阅读和回复昔日学生来信是他生活最大的乐趣，也占用了他相当部分的精力，因为给他写信的学生太多了。尽管后来有了电话、手机、网络，他却执着于这种传统的通信方法，几十年不变。退休后的刘老师仍不愿意享清闲，就连他室内的墙壁上还贴着一张警示条：谈话请勿超过十分钟。但他对待上门求助的学生，却从来不动用此标准，而是娓娓道来，不厌其烦，真正的两重标准，体现了他对学生的关爱。

刘海先生的生活是清贫的，似乎也没有为儿女们留下珍贵的财富，但他却长期资助一些贫困生，且从不宣扬。刘海先生因为时代局限，没有在法学界留下巨著，也没能形成自己的理论传世；但得知他辞世的消息，许多学生纷纷以各种方式表达了一个共同的敬意，因为“刘老师对我的一生产生了重大的影响”。

这样的谜团式悖论在刘先生身上还有许多许多。“谜”一样的刘海先生是老一代知识分子的写照，他们经历过许多，他们不愿意诉说，随着他们的离去，这些谜也随之永远地成为不解之谜。刘海老师已经于2010年2月2日猝然病逝，时光不禁回首，刘老师已经离开我们十年有余了。

万山不许一溪奔，拦得溪声日夜喧。到得前头山脚尽，堂堂溪水出前村。（杨万里《桂源铺》）

1995年大学毕业后，我分配回老家的基层法院工作。从繁华的都市到了封闭的农村法庭，落差很大，刘老师在我的诉苦回信中引用了南宋诗人杨万里的诗激励我奋进。后来，我想把考研作为摆脱现实的一种路径，他来信告诉我北京的某高校某专业可能更适合我。这多么像慈父对孩子的关爱和呵护啊！可惜，由于我意志不够坚强，特别是对知识的渴求程度不够，最终我的学历还是停留在本科上，这在一定程度上限制了我的发展，也给我的人生选择设定了许多限制，后悔啊，更对不起刘老师当年对我的教导！

1999年，我结婚了，给刘老师寄去了我和太太的合影照。刘老师很快复信：“祝福你找到了革命的伴侣……”2000年，儿子出生了。我给刘老师报喜，他回信说：“既为人父，当行父责……”2005年，我通过选调，从青州老家法院到了广东的一家法院工作。他来信说：“我相信学堂会在岭南干出一番事业，我等待着南方传来的好消息……”

2005年，是我大学毕业10周年，国庆节期间同学们相约在西安聚会。10月2日下午，我找到了昔日熟悉的刘老师家，可惜“小扣铁门久不开”，只得伤心离去。次日再敲，仍然没有那熟悉的声音响起。疑刘老师外出，又因行程匆匆，只能留下一封“寻隐者不遇”的信于门隙下塞入。等我假后上班，一封熟悉的信已经放在我办公室。“你应该早写封信来（约定时间），我因事只出去了两天”，刘老师信中的抱怨让我内疚，我知道刘老师希望见我的心情。刘老师的心态有点儿变老了，他开始怀旧和伤感，这让我痛苦不已。但世事多变，岂能尽如人愿？

许多人看到这里，一定不相信，以为我是在杜撰。你不会打刘老师的手机？你不会让邻居给刘老师捎个口信？事实上，你的猜疑绝对是错误的。刘老师尽管掌握了宪法，特别是外国宪法的理论前沿，但他没有手机。何止手机，就是学校统一装配的家庭电话，他也撤除了。我曾经敲其邻居的门，人家说与他没有来往；想让对门给刘老师代收一下我带去的礼品，对门毫无商量的余地。我不知道内中缘由，但我感觉得到，刘老师似乎在家庭关系、邻里关系的处理上，有点儿异于常人。相信熟悉他的人，甚至他的亲人也不可能不承认这一点。人都有其弱点。

3. 师恩难忘

2010年2月21日，春节后第一天上班，标注“刘海老师亲属”的网友突然加我。她就是刘老师的女儿，她给我带来了刘老师的噩耗。我的脑袋当时一阵轰鸣，因为一直把刘老师想成60多岁的样子，怎么会突然间离去呢？她从网上搜索到我写刘老师的文章，通过网络找到了我。好在还有网络，要不真不知道这个消息。因为人世纷纭，因为刘老师的自我封闭，因为地域阻隔，我和刘老师失去了沟通的便捷渠道。

2015年，在《都市女报》上刘卫女士在其文章《父亲：我不知怨你更多，还是爱您更多》中写道：

> 对我来讲，父亲始终是个难解的谜，他那传奇般的人生经历，和常人看来无法理解的生活方式，注定了我和他之间非同寻常的父女情……
>
> 他以学校为家，对学生像慈父般的关怀。他为家庭困难的学生交学费，甚至陪着家远留校的学生一起过春节。他舍弃家庭而换取了自己事业上的成功，我不知道，这是否就是一种忘我的伟大精神？他给妻子和孩子寄扶养费和每年寒假回家住上十来天，在极其有限的时间里扮演几天丈夫和父亲的角色。我不知道，这样就能否称得上是一位好丈夫、好父亲？
>
> 父亲唱歌也很好听，是那种纯正的男中音。记得父亲唱过这样一首歌：我不是不爱你啊，亲爱的姑娘！为了建设祖国，我毅然去了远方……他的歌声使我如痴如醉，我甚至都以为这是世界上最好听的音乐了。父亲还喜欢吹口琴、拉小提琴。晚饭后，我们一家人围坐在一起，沉浸在悠扬悦耳的音乐氛围里，其乐融融。我抬头向母亲望去，只见她抿着嘴唇儿露出发自内心的微笑。这时候是我们家最开心、最幸福的时刻了。
>
> 我还天真地问过父亲：您走这么长时间，不想念我们吗？父亲说，他晚上睡觉之前，经常打开影集看照片，他又指着自己的心说，你们全在这儿呢。

刘老师去世很突然，按照他后事从简的安排，没有举行告别仪式。这让我和他的许多学生们一样失去了一个表达情感的机会。但这正是刘海老师的风格，他最怕麻烦别人！

我只能面向西北，向刘海老师道一声“一路走好”！

青州老乡赵金科老师

赵金科，回族，山东青州城里南营人，西北政法大学教授。编著有《刑事侦查图解》《刑事侦查学》《狱内侦查学》等教科书。

这是一段能找到的关于赵金科老师的生平，一个人的一生就这样简单，哪怕你生前显贵，无非也不过一张纸（悼词），但这一纸里记录了多少人的悲欢离合。

1991 年我入学时赵老师已经从劳动改造法系主任位置上退休了，但在一个农村孩子眼中，一个系主任、一个研究犯罪侦查的大学者，有点儿像神探一样让人感到畏惧。但因为老家都在青州，就硬着头皮去搭老乡关系，俗话说："出门在外靠老乡，老乡见老乡，两眼泪汪汪。"在离家三千里的西安故都，能够有个同县老乡，自然是"他乡遇亲人"了。

1. 刘阿姨也是青州人

赵老师的太太刘艳玉阿姨，她也是我们青州人，在学校卫生所工作，有那种女大夫特有的热情与温柔。我一直认为医学与法学是相通的。希波克拉底（前 460—前 370 年）是一位古希腊医生，据说现代西方的医学科学体系就是从他那里开始的。而今，希波克拉底最为让人纪念的是不是医学技能，而是他留下的《希波克拉底誓言》。这个誓言总共只有 500 多个字（按中文计），但是产生的影响却非常深远。几乎所有学医的人，入学的第一课就要学《希波克拉底誓言》，而且要求正式宣誓。在其他领域里，如律师、证券商、会计师、审计师、评估师、推销员等，都拿誓言作为行业道德要求。这个誓言成为人类历史上影响最大的文件之一。

法学和医学两门学科均属于人类最古老、与世俗社会息息相关的实用型学科。从某种意义上讲，这两种职业对经验的要求更甚于知识，都是基于实践理性的职业。在社会分工日趋专业化的现代社会，法官与医生都应当走“专业化”的道路，培养专家型法官和医生是法院与医院适应现代社会发展需要的必由之路。于是 20 多年前就有“复转军人可不可以去法院”之争。不去法院不知道告状难，不去医院不知道看病难。社会公众之所以习惯把法院与医院相提并论，是因为两者都是在灾祸、麻烦降临时相告、相求、相托的地方，两者都是解疑释惑、消灾除难的地方。我国著名妇产科专家林巧稚曾说过：“医生的对象是活生生的人，他们有思想、有感情；看病不是修理机器，医生不能做纯技术专家。”而经典法学教科书则告诉我们，法官不仅要具备能够“谦恭地听、睿智地答、审慎地想、公正地判”的美德，而且应具有行动迅速、遵守诉讼效益、力争高效的美德。这对我们的医生和法官是多么严格的要求。但不可避免的，法官和医生都是为生计操劳的凡夫俗子，都可能面临金钱的诱惑。在希波克拉底时代，市场经济还没有出现，现在人与人的关系也完全不同于 2400 年之前，但是《希波克拉底誓言》的基本内容还是应该遵守的。

走进学校大门，正对面是行政楼，右边就是学校卫生所。刚入学时需要对身体复检，就是在那儿进行的。一大帮子男生，集中在一起，在一个 40 多岁男医生的粗暴喝令下，脱光了衣服。那正是个青春期刚刚萌动，对“性”略微有些概念的年龄，大家都赤裸裸的，都有点儿不太好意思，用双手捂住“裆中央”，那个男人粗暴地喊起来：“把手拿开。”我在大学四年对卫生所的感觉从来就没好过，好在那时年轻，身体好，也就是个头疼脑热，喝点儿热水，睡一觉就好了。现在想来，所谓的医者仁心，其实并不是所有的医生都那样，毕竟林子大了，什么样鸟儿都有，这倒不是我的偏见，我们宿舍几个去看过病的说起这个医生也是直摇头，大家都本能地怕他，去卫生所都提前祷告不要遇到他值班。就我看来似乎没有大事，主要还是沟通不力，语气生硬。这可能与西北人的性格有关，更与人文关怀缺失有关。

2019 年 9 月 12 日，是母校新生开学典礼的日子，94 岁的功勋教授马朱炎作为老教授的代表，受邀在主席台上就座，见证新生入学。散场时由于主席台台阶较高，年事已高、腿脚不便的马老先生无法自行走下台阶，搀扶着马老先生的杨宗科校长俯身便将老师背了起来，平稳地背下主席台，这一瞬间被现场的摄影师记录了下来。杨校长的举动感动了许多人，要知道校长也是 56 岁的人了。据说校长事前已经因台阶搭设较高批评了有关人员，但因为时已晚无法补救。相信不只是杨校长，大家都会俯身背起我们的老师，因为中华民族向来崇尚尊老爱幼的良好道德风尚。希望母校的教职员工不再那么简单粗暴，推己及人，更多考虑别人的心理感受。

现在网上有个段子：刚才看到新闻，说一男子做手术被误切了一颗睾丸，赔了 200 万元，现在想到我每天出门都要带着价值 400 万元的贵重资产，就感到小心翼翼。每当看到这个段子，我就想起 30 年前的体检。提起那次入学体检，那位医生摸了我们的“两个子弹”（睾丸），让人挺不好意思，记忆至深。2004 年 3 月进行的湖南省公务员录用工作中，对女性报考者进行一系列形体特征方面的限制，其中有一条：乳房必须对称。换句话说，如果乳房长得不对称，哪怕考试合格，德才兼备，也要“一票否决”。人们不明白，公务员和“乳房对称”有什么必然的联系，乳房不对称，是会影响政府的形象呢，还是妨碍做好本职工作？乳房必须对称，也缺少可操作性。这个不对称，是指一个乳房大，一个乳房小呢？还是指一个乳房高，一个乳房低呢？经媒体曝光后，2004 年 3 月 2 日举行的湖南省招考国家公务员和机关工作人员情况通报会上，湖南省人事厅介绍说，新的公务员录用体检办法取消了“女性应做常规妇科检查”的提法，原标准中包括“乳房对称”在内的所列妇科医学检查的内容、程序性操作规定和有关医学检查术语等表述，均被取消。

这何尝不是法治的进步，当年公务员体检中其实类似的身高、视力、体重、肝功能检测等方面的限制性规定比比皆是。回到 30 年前的入学体检，那位粗暴的医生竟然戴着医用手套，将中指挨个儿伸入我们的屁眼中检查。我方明白，我们农村人骂人心眼坏时经常说“生个孩子没屁眼”可能是真的，否则就没有检查的必要性啊！太深刻了，30 年了，那次体检的经历如在眼前。

2. 青州人在政法

说一说当年在西北政法的青州人。1993 年新生开学季，同级、同乡、同在青州二中复读的牛凤勇领来了 93 级新生，这就是万明，据他说这一级还有一个叫宏伟的青州人。于是我们三人一起兴奋地跑到新生宿舍找到了刚刚报到回来的宏伟，还有来送新生入校的宏伟的父亲。老人家在学校内著名的小饭店“蜀香园”（招牌菜：鱼香肉丝，我到现在也不知道鱼香味是怎么制作出来的，一直将其视为重大“商业秘密”）请我们“打牙祭”，我们放开吃了一餐，还喝了些啤酒。年轻气盛，也不知天高地厚地吹了一通，大叔听着只是笑，很少插话。我和凤勇抬杠（那时万明刚刚入学，还不敢在我们老生面前顶。后来，日渐熟悉，他就露出了峥嵘面目，成了胜我等一筹的顶牛大王），赵大叔不时宽容地给我们圆场。现在回母校走过那个地方（饭店已经不在了），想起来那些年在这里喝过的酒、吹过的牛都不由得脸红，原谅年少的无知吧！

风儿啊吹动我的船帆，情郎啊我要和你见面，向你诉说心里的思念。当我还没来到你的面前，你千万要把我记在心间。(《船歌》)

当年吹过的牛，在今天已经是最重要的谈资！宏伟读书非常刻苦，是典型的好学生。这与万明截然不同，万明特别活跃，学习成绩也可以。我和宏伟在学习上交流多，与万明在喝酒上交流更多一些。大学毕业，我分配回青州法院，凤勇进了我们隔壁“公司”——检察院。两年后，宏伟进了法院系统中赫赫有名的潍坊中级人民法院，万明则跟着凤勇进了同一家检察院。于是每次宏伟回青州省亲，我们四个人都要见个面，见面就是喝酒，然后感慨人生。这个小城不知见证了我们当年多少的豪言壮语。那些酒后的张狂与年少的轻狂，在外人看来是少不更事的狂妄，今天更多的是当作励志故事在传说。小城已经没有“哥”，但仍然有“哥的传说”。

在老家工作多年后，我们四人开始陆续逃离了那座小城。万明是领跑者。当年他已经从检察机关调到了县委组织部，“进了组织部，年年有进步”，那是个容易进步的地方，而且部长也很看重他，后来这位部长又成了县委书记。你知道，我想说的是他的前途一片光明。2008 年，我在广州见到了这位县委书记，他还说起这事。他感慨道：“万明，青州盛不下啊！……”这次辞职在小城的官场产生了强大的轰动效应。其后，凤勇经不住我们“公安做饭、检察端饭、法院吃饭”“金公安、铁法院、可有可无检察院”的调侃，于 2004 年打破了铁饭碗下海做了律师，再次惊动了的当地政法界。其后传来宏伟选调到深圳特区法院的消息。2005 年，我考选到了佛山禅城区法院。就此，西北政法的四个青州人先后跳槽。要检讨的是，我们开了个很不好的头。据说当地在相当长一段时间里官方有个不成文的说法，不再招收西北政法的毕业生，因为这个学校的学生太不安分，留不住。但愿这只是坊间传说，但愿不要因为我们影响后面的学弟学妹们的就业。

3. 追忆赵老师

尽管离乡多年，尽管学识渊博，但赵金科老师对同乡后学颇为提携，不以打扰为忤，特别是他的爱人刘艳玉老师，爱用青州话和我们交谈。还记得我们四个人一起，在校期间多次到赵老师家拜访。赵老师和刘阿姨对我们像待自己的孩子一样亲切，忙不迭地拿出各样的水果和糖果给我们吃，一起看新闻联播，一起用家乡土话“拉呱”。

据1981年入读西北政法、1985—1991年在西北政法劳改管理（法）系任教，现为广东开放大学副校长的孙平师兄在其《青春的念响》一书中回忆：

> 赵金科老师是西北政法学院劳改管理系第一任系主任。他是我国刑事侦查理论的权威，早年接受过苏联专家的培训。1955年，苏联专家柯尔金教授和楚贡诺夫教授来我国培训刑事侦查专业，讲授《苏维埃犯罪对策学》，培训两年，听课的是我国高等院校的在职教师，有中国人民大学、北京大学、武汉大学、吉林大学、华东政法、西南政法及西北政法的教师共11人。这批教师后来成为我国最早的一批刑事侦查专业的教师。1981级使用的司法部全国统编教材《犯罪侦查学》的编写者中就有赵金科老师。后来赵金科老师还出版了一本《刑事侦查学》，由陕西人民出版社1989年出版。
>
> ……
>
> 赵金科老师一直担任劳改管理系、劳改法系的系主任。他为人谦和，我与他共事6年，从没有看到过他发脾气，对同事总是那么和蔼可亲。他有两件事我记忆深刻：一是注重个人的仪表，穿着非常整洁。有一次在无意中发现他用炭笔描眉，男同志很少描眉的，估计他是感到眉毛较细，所以描眉。至于是不是每天都描眉，不得而知。但是，赵老师每次在人们面前时总是那么神采奕奕，精神饱满，给人的感觉非常舒服；二是他对饮食禁忌非常注意。有一次我陪他去陕西省第一监狱，中午在监狱食堂用餐时，他把面前的一个碗拿起来用鼻子闻了一下。我知道他是回民，有饮食禁忌，所以早早就给监狱接待的干警交代了，让他们注意中午有回民就餐。但是，我在北方生活多年，周围也有许多回民兄弟，但像赵老师有这么严格饮食要求的人还真不多见。现在想想，赵老师在工作上也是十分严格的。

这是孙平师兄眼中的赵金科老师。描眉这事我没有遇过到，不过身为回民的赵老师确实是非常注意饮食禁忌的，也正是这样的原因，记忆中竟然没有同赵老师一起吃过饭。赵家是青州的望族，他有个哥哥在常州出任阿訇并担任市政协常委职务，赵家在我们青州回族中颇具影响力。青州的回族在山东影响也较大，如2005年在中央电视台《百家讲坛》主讲《马瑞芳说聊斋》的马老师也是青州回族。我在青州工作期间，连续多届全国人大代表都由回族人选出任，而且历届青州市政府中必然有一名回族副市长，青州更是连续多年的全国民族团结先进市（县）。

我大学毕业后回到青州工作。2003年，赵老师和刘师母也从古都西安回到了我们的青州小城居住，而且赵老师夫妇还有了项新工作，照看孩子。这是赵家大姐的女儿，叫达莱。巧的是她和我儿子阳阳年龄相仿，与我家住得又近，于是周末我经常抱着孩子去看赵老师。还是一如在学校，赵老师和刘师母忙不迭地拿东西，但这次不是给我吃，是给我的孩子。

2005年我举家南下，和赵老师、刘师母告别，他们鼓励我勇敢去闯。后来一直有联系，但毕竟远了，沟通少了。2005年毕业十周年返校，我专门拜见赵老师，达莱一见我，就立即想起了曾经与她在山东那座小城里建立了深厚友谊的小伙伴，她着急地问："阳阳怎么没来呀？"儿子确实要和我一起来的，这个计划早在一年前就定下了，可惜，因为当年9月初工作调动，我独自一人到了广东，打乱了一切旧有的安排。

赵金科、刘艳玉夫妇向青州市少数民族教育基金会捐赠20万元，用拳拳爱心支持家乡民族教育事业的发展。

在捐赠信中他们说：我们的根在青州。青州的水土把我们养大。虽然十几岁都离开了家乡到外地求学、工作，但我们童年时代的成长离不开家乡父老乡亲的关爱培养，离不开那些可尊可敬的老师启蒙、授业、谆谆教导，也忘不了在求学路上那些伸出援手的老乡。即使我们不在家乡的时日，我们的父辈和兄弟姐妹也都得到了乡亲们的关照和支持。我们怀着感恩的心情，愿为鼓励家乡青少年学子的进取尽一点儿绵薄之力。

这是2013年10月28日，我老家的媒体《今日青州》发表的题为《老教授心系家乡教育：耄耋老人捐出20万，助力家乡教育发展》的报道。看到消息，我打电话给赵老师、刘阿姨，向他们表示感激和钦佩，这是一代学人对故乡的眷恋和回报。

如今，赵金科老师归真（穆斯林用语，意为过世）了，他永久地离开了我们。尽管我没有能够聆听过他的法科授业，但他的正直、他的谦逊、他的故土情怀却永远激励着我。

怀念这位没有教过我学，但一直用其人格影响着我的老师、同乡贤达。

当年我曾建议撤销仲裁机构

每天读报这个习惯伴随我40多年了。40年来，不管生活怎么变化，不管时代怎样进步，这个习惯都完整地保持了下来。尽管今天网络阅读已经成为主流，但我仍然每日阅读上至《人民日报》下到《佛山日报》约十份报纸，因为读报已成为我的终生爱好。我读大学时，学校给每个班级都订了几份报纸，像《参考消息》《陕西日报》等，但喜欢看报的人不多。同乡的牛凤勇是《学生通讯》社记者，出于新闻人的敏感，写了篇学校订阅报纸没人看而造成浪费，建议取消订阅报纸的文章发表在学校刊物上。结果很快被采纳，或许这是他当学生记者期间为官方采纳最快的报道，但可害苦了爱读报的我。我们俩至今仍有个未有定论的辩论，大学生要不要看报纸、学校要不要订报纸、学校订的报纸学生不喜欢看是什么原因造成的，是简单粗暴取消订报还是应该班级同学票决报纸的种类……这样的辩论自然是不欢而散，好在不影响同乡友谊，但班级的报纸没有了这是事实，这等于取消了我为同学们服务的一个机会，因为我最愿意干这些体力活，给各宿舍派报纸，其实我的私心是先睹为快，"假公济私"。班级订阅的这几份报纸对一个求知若渴的青年人来说，显然是不够的，于是每天最幸福的时光就是下午在阅报栏前读报，《人民日报》《中国青年报》《中国法制报》（后改名《法制日报》）及《中国检察报》（《检察日报》前身）和《人民法院报》，一一浏览过来，有批阅天下奏章的感觉。2017年到中国台湾参观地标101大楼，在全球最高的餐厅用餐，同行的台湾朋友介绍一定要到一个必游景点——厕所，因为在这里如厕，俯视窗外有“君临天下”的错觉，立即脑海中浮现出30年前在报纸橱窗前读报的那种感觉。我还有剪报的习惯，有些报纸内容有收藏价值，隔日趁管理员换新报纸时花1角钱买下，这是我最好的晚餐。和管理员熟悉了，有时帮他换报纸，他就送我几张报纸作为回馈，这更是最珍贵的礼物。

1. 改革骗子大赛

1992年我读大二。少年心事当拏云，那正是“地命海心”的年纪。有一个国字号的机构借着邓公南方谈话之机搞了个“中国改革建议大赛”，在《人民日报》等多家权威报刊上发布了启事。

1992年9月，我来到霸州市南孟镇挂职副镇长。10月里的一天下午4点多钟，办事员孙海平拿着一张《人民日报》对我说：“田镇，这里发表了中国改革建议大奖赛征文启事。”我看到报纸上发了半版的参赛说明，尤其引人注目的是奖励项目：金奖1万元，银奖5000元，铜奖3000元。我对孙海平说：“可以参加一下。”后来，我就写作了《关于工资改革的建议》；孙海平写了《关于农村教育改革的建议》。1993年春天，我接到了一封印刷体获奖通知，只有“人名”和“获奖作品及编号”是手写体。通知告诉我：“您的作品经专家初审已经进入400名获奖行列。请您于1993年4月20日之前汇寄150元人民币作为出书经费。逾期视为自动放弃获奖机会。”150元大约相当于我两个月的工资，面对获奖和奖金的诱惑，我有些犹豫。因为我的建议已经进入获奖行列，即使获得铜奖也有3000元的奖金啊！正在犹豫不决的时候，孙海平兴冲冲地过来，把一张纸放在我的办公桌上，说：“田镇，我获奖啦！”看完孙海平的获奖通知，我把获奖通知也拿了出来，说：“咱们两个都获奖啦！第二天早晨，刚一上班，孙海平兴高采烈地来了，他都乐得闭不上嘴了：

“田镇，你看，我媳妇也获奖了！”看到一模一样的获奖通知，我产生了怀疑：莫非这是一个打着获奖旗号的骗局？第三天早晨，孙海平告诉我：他的小姨子也获奖了！我对孙海平说：“不要给组委会汇款，我怀疑这是一个大骗局！”“我们四个人同时获奖，这说明了什么？这说明了这个奖要么评奖不严肃，要么就是以骗钱为目的。”为了提醒更多的“获奖者”避免上当受骗，我给《中国青年报》写了一篇提示性新闻《中国改革建议大奖赛怎么了？交了建议还交钱》。1993 年 5 月 4 日，《中国青年报》用大字标题刊发了我的新闻。一石激起千层浪，这则新闻引爆了广大读者。《工人日报》《光明日报》和中央电台“午间半小时”迅速跟进报道，《中国青年报》更是“跟踪报道”，坚持以每周一篇的数量报道中国改革建议大奖赛大骗局。一直到 1994 年年初，才抓住了利用中国改革建议大奖赛骗了 240 万元人民币的大骗子王正中。后来，有关部门介入此次活动，对建议进行筛选，整理出版了《中国改革建议大奖赛集粹》，分为上、中、下三册，出版社是改革出版社。总算是给参与者一个安慰。

搜索到网上这篇《揭秘“中国改革建议大奖赛”大骗局》的文章，正如文章所说，这个大赛吸引了许多人参加，特别是在校大学生，一腔报国志，更何况还有不菲的奖金。我也写了两个建议，一个已经忘记了，另一个就是关于撤销仲裁机构的建议。现在想不起什么因由了。那时候的仲裁机构比较混乱，有设在工商局的经济仲裁委员会，有设在科技局的科技仲裁委员会，在房管局还有房地产仲裁委员会，总之机构林立、五花八门。撤销了仲裁机构，案件怎么办？——建议加强法院建设。相信学法律的学生都很明白这一点，因为每个法律人都有个法官梦。

如上所言，果不其然我也获奖了，果然是要寄钱，如上面主人公田镇长的遭遇如出一辙。我是一定不会上当的，除了学法律的有防骗意识外，那时就是吃饭财政，肚子都吃不饱，怎么可能有闲钱图虚名？那时候的我那么穷，都想骗别人的钱花，怎么可能会上当呢。只要是投稿者都会人人中奖，然后要求寄钱领取证书和奖杯。这样的骗子伎俩现在仍然没有绝迹，看来总是有人甘愿上钩。

2. 仲裁往事

司法的本质是定分止争、裁判是非与曲直的，从本质上讲司法是无利益的。这就像分蛋糕，不管如何分配，不管是谁来分配，都是就现有蛋糕来分，而不可能在分配的同时把蛋糕做大。这是司法的局限性、被动性、非产业性所在。但在中国，这一判断可能会失灵，因为中国的司法确实存在利益化，而且诉讼费等会成为一个地方的经济增长点。这就导致像踢球一样存在主客场，像做生意一样存在不正当竞争，准司法性质的仲裁也存有这种情况。

说到仲裁，先讲一个笑话。1995年夏天，我到老家邻近的“蔬菜之乡”山东寿光拜访从事律师工作的马少波同学。马同学热情接待，他的所主任、潍坊著名的律师庞德月也给面一见。那时我刚刚从经济法（涉外经济法）专业毕业，必然要谈及“高大上”的涉外业务，庞主任介绍以“ZHONG CAI”居多。很奇怪，一个县级市竟然有那么多涉外仲裁业务？后来才知道是“种菜”。寿光的农民到国外种菜，自然也可能发生一些涉外纠纷，包括离婚、赡养、借贷、侵权等。这都是地方方言惹的祸。

说到地方差异，就是在仲裁机构之间也存在。2013年五一前后，中国国际经济贸易仲裁委员会和其上海分会都在“劳动”，它们吵起来了。一方面，贸仲会义正词严发表声明，那厢上海分会则在其官方网站首页上高悬《上海分会声明》。两个声明看似都有道理，更重要的是，这本是两个非常有权威的法律机构！无论是仲裁还是诉讼，都是决断的方式，偏偏这两个负有仲裁职责的机构发生了争端，它们之间的争执怎么解决？靠法律？它们两个都代表着法律。靠领导？估计也只有这条路了。两个法律机构经过博弈，最终和平共处了。要说起来，责任应该打在当年国务院法制办的头上，这是仲裁机构的管理和协调部门，可是自1995年《仲裁法》实施到现在20多年了，连个仲裁协会都没有组织起来！上级管理混乱，底下有利益之争，这就是仲裁乱象的根源。

现在想起30年前撤仲裁委员会的建议挺好笑的，一个刚刚读了两年法律的大学生哪知道法学的“如此这般江湖”。随着1981年《经济合同法》和1983年国务院《经济合同仲裁条例》的颁行，我国成立了各级经济合同仲裁机关，确立了经济合同仲裁制度。

> 这一时期的国内仲裁带有浓重的行政色彩，其表现主要有三：首先是仲裁机构附设于各级政府的工商行政主管部门内部；其次是仲裁立法不统一，据不完全统计，其间有14部法律、82部行政法规和190多部地方性法规都有仲裁规定；最后是实行地域管辖和级别管辖，仲裁程序的启动不以仲裁协议为必备条件，在仲裁制度上实行只裁不审，或一裁两审，或两裁两审的制度。仲裁事业的不断发展，逐步反映出行政仲裁制度的很多弊端，因而在一些法学大家、有识之士如时任全国人大常委会副委员长王汉斌、法律委员会主任顾昂然、政法大学校长江平教授等人的倡导下，促成了我国仲裁制度的根本性改革。其最重要的标志，是我国仲裁史上的里程碑——1995年《仲裁法》的制定颁行。《仲裁法》施行前在直辖市和省、自治区人民政府所在地的市及其他设区的市设立的仲裁机构，必须依法重新组建；未重新组建的，自《仲裁法》施行之日起届满一年终止。

这是著名仲裁法学者、宋连斌师兄的研究成果。现在看来，在1993年我就能对仲裁机构提出撤并应该是有点儿前瞻性的。其后1995年《仲裁法》的施行，一举改变了仲裁机构“诸侯混战”的局面。还记得20多年前学习仲裁法的情形，但感觉与自己相距很远，因为那时的我在县城法院工作。没想到，10年后我偶然成了佛山仲裁委的仲裁员。

3. 我的仲裁员生涯

这些年，感谢各位当事人的申请，我从事了一些仲裁案件裁决，我深知自己的能力浅薄，但我尽心尽力，用自己的法律知识和良知在维护公正。一些人听说仲裁员首先想到的是“赚外快”（仲裁费），尽管不多，但集腋成裘、聚沙成塔，十年下来也是笔大数目。但你没有看到的是为了写一个裁决书，我往往要用两个礼拜天，第一个礼拜天看案件写初稿，第二个礼拜天再看一遍，然后发送给秘书，这个过程让人备受熬煎。因为要力求公正，坚守法治，因为法律和良知高于天，为了正义，哪怕天崩地裂。

办仲裁案件，最重要的是学习了一些法律知识。法律人都知道，现在的法律专业分工太细，不遇到案件是不会静下心专门研究某个方面的法律的。一起房产抵押借款纠纷案件，申请人是银行，被申请人业主供房还贷10多年了，一直正常履行合同，后来不知什么原因连续3个月没有还贷，然后银行申请仲裁，要求提前解除借款合同，以按揭房产优先受偿。让人没想到的是业主竟然无正当理由拒不到庭。考虑到这样一裁决就会给业主造成很大损失，出于法律人的良心，开庭前我用手机给当事人打了个电话，说明了事情缘由。后来这个案件以业主主动还贷、申请人撤诉结案，案件最终得以圆满解决。这样的事我干了不少，搭上了电话费，有时也会引发投诉，有个当事人甚至投诉我说邮寄地址错误（没收到《仲裁裁决书》），偏偏这个地址是他在短信中告诉我的（我截屏转给了裁判法官）。这个世界上有好人，但有些坏人的恶你想象不出。我一直深信，人在做天在看，我们为了公平正义而活着，为了自己的良知而坚守。

2019年，广州仲裁委两任主任一周内落马，这个新闻在仲裁圈子引发震动。我在法律圈子一晃也30年了，这些年见证了一些法律人的辉煌，也见证了一些身边熟悉的法律人包括法官、检察官、警官、律师，还有仲裁员，他们从法律的执掌者变成了被羁押、审判、改造的对象。1947年，在“二战”后纽伦堡的废墟上，由美国主持的审判纳粹时期德国司法官员的法庭开庭。

那些曾经身披法袍、手握法槌、头顶法学专家学者等高贵头衔且面相庄严的前法官们，这次乾坤大颠倒，成了被告。

> 正是他们，在经过严谨、缜密且富于逻辑性的“法理论证”之后，催生了臭名昭著的《纽伦堡法案》，使“反犹排犹”的条款“剑”得以从司法的“剑鞘”中抽出；也正是他们，挥动法槌，将成千上万“玷污种族”的犹太人和“社会蠹虫”“社会渣滓”驱赶进集中营，接受死亡的“洗礼”；同样是他们，为了保证“德国种族的完美性”，做出惨无人道的判决，对智能低下者强制性绝育，令残疾人、精神病患者在“快乐”中死亡……（德国法学家英戈·穆勒著《恐怖的法官——纳粹时期的司法》）

六十年过去了，可人们依然还要追问：法官缘何如此恐怖？我们看到，任何人在罪恶面前都没有天然的免疫力，大法官如此，我们普通人更是如此。身为法律人，即使从事法律岗位，能够将法律作为自己的唯一生活方式，自己成为法律的模范遵守者和执行者还是很难的。

在法学界，有一则“最高人民法院当被告”的逸事还时不时被提及，说来最先发现权就是我。老百姓状告最高人民法院？在今天，不只是普通老百姓感到不可思议，就是大多数法律人也想不明白。如果真的可以，那么管辖权如何确定？最高人民法院是最高司法机关，它有最终裁判权，大家不知道的是，最高人民法院真的当过被告。而一审法院，竟然是北京市西城区人民法院。这难道是要逆天的节奏？

> 20世纪80年代中期，最高人民法院郑天翔院长为了解决法官的住房问题，跑财政、找城建，终于被准许在西交民巷建一幢六层的宿舍楼。当这幢楼房建到三层多的时候，相邻的老百姓为采光权向北京市西城区人民法院提起诉讼，西城区人民法院送达的

> 起诉状副本上赫然书列“被告：中华人民共和国最高人民法院，法定代表人：郑天翔。”最终，西城区人民法院判决最高人民法院败诉，最高人民法院只好将第三层楼拆掉，只留了一幢两层的宿舍楼。

这是我最早在法律界传播的桥段。而且，写进了我的第一本著作《无法不谈——一个法律人的行与思》(海洋出版社，2009年6月版）中的一篇《为什么法律界惊讶省府成被告？》。这个事例每隔不久就被网络传播一番，有支持的，也有质疑诘问的。想起来，我还真是害怕，因为没有证据。法律以事实为根据，以证据为支撑。你没有证据，岂不就是造谣？

20世纪90年代末，我听一位法律人士谈及此事。可惜因为时间久远，已记不清何时间、何地点、谈话人是谁了。在2000年左右，我曾向最高法院的老法官杨洪逵、马群祯先生求证过。可惜如今他们已经仙逝多年了，向他们致哀！2005年，我听一位法律学者再次讲过此事，但未见文字稿件，况且现在学者的话也不敢太信，就这样一桩公案，我竟然斗胆“编造”了出来。这还要感谢《羊城晚报》的冯树盛编辑和《无法不谈——一个法律人的行与思》编辑庞从容师妹，有胆识敢率先发表这样的文字，现在想来都后怕，因为没有直接证据啊！后来收到供职于人民法院出版社的郭继良先生寄赠的《郑天翔司法文存》，郑老讲道：

> 现在我们院里宿舍非常紧张，可以说是特别紧张。前细瓦厂那个地方盖不了多少房了，那地方按规划只能盖六层，现在还在打官司，为施工用地整整拖了半年。同志们的困难解决不了，现在前细瓦厂的房子起了二层，早呢。(见第311页，《在最高人民法院机关干部职工大会上的讲话［摘要，1988年4月28日］》)

说实话，要不是对这事有专门关注，从这段话里还真解读不出有这么一桩官司。向最高人民法院致敬！向郑老致敬！这才是法治国家的象征！仍然有人质疑，郑老讲的“打官司”有可能是我们常说的有争议，而不是真正的“官司”（诉讼）。毕竟没有查找到案卷资料，而且如果有这个案件的话，其影响力远远大于“德国红磨坊”案，那是法院判决皇帝败诉，咱们这个可是下级法院判决上级法院败诉。

这就真相难寻了，但我们宁愿相信有这么一个官司。我们要实现法治国家，首先要让法治成为法律人的信仰。这需要对法律的敬畏，更需要对法律的情感。建设法治的罗马城，要从法律人信仰法律开始。

女孩的心思你别猜

网上有言：凡是回忆大学生活的文章，不写恋爱的都是耍流氓。确实如此，我一直认为婚恋是大学的一堂必修课，因为每个女孩子都要经过几个不靠谱的男孩，才能找到真爱！男孩子也是如此，可惜，这堂课我逃课了！

1. 婚恋是门必修课

2019年12月12日《南方周末》的一篇重头稿件《北大自杀女生的聊天记录："不寒而栗"的爱情》引发了广泛关注。这是一个青年男女因恋情发生的悲惨故事。故事的女主人公、北京大学法学院大三学生包丽躺在医院重症监护室已经两个月（2020年新型冠状病毒肺炎疫情期间的4月11日去世）。自2019年10月9日服药自杀陷入昏迷后，她再也没能醒来。一个多月前，医生就已经向家人宣布其"脑死亡"。在自杀前她发出的最后一条微博是：我命由天不由我。北京大学的女生，因为婚恋交友不当，学法律的人竟然相信了命运，人生的花朵在未开放的年龄已然凋萎，让人唏嘘不已！

婚恋向来不是简单的事，婚姻是人类永恒的主题。婚姻中有说不完的是非，道不尽的恩怨。许多人从婚姻中享受到了幸福，也有不少人被婚姻折磨得死去活来。婚姻给不少人增添了奋斗的力量，使他们的人生成功；也有不少人的事业毁于婚姻，葬送在男女之情上。男女双方情投意合，相敬相亲，同舟共济，皓首偕老，"在天愿作比翼鸟，在地愿为连理枝"是千百年来人们对于婚姻家庭生活的美好憧憬和理想。恩爱和睦、幸福美满的家庭，是人生旅途的温馨驿站，是事业兴旺的坚强后盾和力量源泉。在这个喜欢成名成家的社会里，我们发现人人都说婚姻是门学问，可是却从来没有人敢称自己为婚姻导师。婚姻不是科学！因为幸福的婚姻生活不可复制。这也是我写作《离婚为什么》（知识产权出版社，2011 年 7 月）的原因。

真心为这个轻生的北大女孩子感到痛惜。我们知道，生活从来不可能轻松，但生活中不能没有活下去的勇气。要求生活轻松是不可能的，但活下去却是可以做到的，虽然这也很难，可终归是自己能够掌控的。更重要的是，尽管法学院大三的女生一定学过《婚姻法》，学过一些婚姻法律知识，但没有老师告诉她：每个女孩子都要经过几个不靠谱的男孩，才能找到真爱！我们总是宣扬一见钟情式的恋情，我们总认为初恋是最美好的，总相信“金风玉露一相逢，便胜却人间无数”，其实那都是肥皂剧哄骗小女孩的，世上哪有那么多的美满姻缘？！“说书唱戏”都是人在编、人在演，当不得真！只有经过几个不靠谱的婚恋对象，才能最终找到自己的合适伴侣，对于男女都一样。如果你一定问我和太太是不是一见钟情，我也一定会告诉你：是的！因为我太太也可以证明！

这些年我每次给妇女讲婚恋法律课，总是建议她们在婚恋成功结婚前期，进行试婚。这绝不是我作为男人有占女孩子便宜的想法，或者是认为我是男性所以代表了男人龌龊想法的观点绝对是一种“重大误解”。其原因就在于怕男人有打呼噜、口臭、不讲卫生等恶习，毕竟遇到这种毛病有时难以忍受。通过一段时期的试婚，可以发现这些隐疾（能够忍受的另当别论），可以选择婚姻而不是别无选择；另外，还有一些诸如生理之类的“难言之隐”。试婚当然可能对女性有一定的伤害，但总比登记结婚后很快就离婚更好一些。我想问的是：你让一个女性结婚后因为男方性功能障碍离婚好，还是直接在试婚阶段发现问题而分手好？那些嘲讽的人，是不是应该给个道歉？

2. 我的大学恋爱史

写到自己在大学的恋爱实在不容易，“非不为也，实不能也”。因为我的初恋还没有开始就已经凋落，说来都是因为贫穷，贫穷限制了我追求异性的权利。有一次在广州聚会，偶尔聊起大学里谈恋爱的事。汪翔同学说：“王学堂那时候连饭都吃不饱，哪有闲钱谈恋爱？”知我者，翔子也。那时候正是长身体的时候，总是不敢放开吃。吃过饭，总习惯往菜盘里倒点儿热水，然后连汤带油一起喝下，就是因为穷。这个习惯 30 年了，到现在还没有改变。有时孩子笑话我，农村人的习惯永远改不了。“一粥一饭，当思来之不易；半丝半缕，恒念物力维艰”。这么好的习惯，何必要改呢？古语说“饱暖思淫欲”，吃不饱饭还思什么春啊？！等到大学毕业，吃上了“公家饭”，才按照每年 10 斤的增长速度发福，5 年内从苗条至丰满再到肥胖，才想到成家立业的大事。悲催啊，在催肥到 200 斤后，我又开始减肥，真是“早知今日，何必当初”！

我在大学读书时，学校与西安医科大学相邻，有些同学很喜欢同那里的学生拍拖，“一个医院一个法院，两院联姻最般配”。后来，据我所接触的法官同行看，与医院联姻的真不是少数，例如我自己也是这样。这倒不只是“两院联姻”的利好，因为在我老家那个小县城，可供选择的适龄结婚对象其实是相当少。而医院，一般来说收入还行，地位亦与法院相配，那里女孩子又多一些，难免就成为法院男法官的首要择偶之选！可惜，因为西安医科大这所学校没有自己的老乡，也就没有机会与女医生建立某种联系，最后我只好退而求其次，回到老家找了个女护士相伴至今。

学校附近是陕西师大，那里美女如云，有个高中时的女同学就在那里读书。但可惜落花有意流水无情，她喜欢老牛同学比我更多一些，我就只能识相地靠边站了。偏偏妾有心郎无意，牛同学每见她都带上我当超级电灯泡，后来都不知道她的毕业去向。难道说男女之间真的没有纯粹的友谊？

学校对门是西安外国语学院，里面女孩子更不少，但据说人家的眼光高，以找老外为目标。我这种土著的农村人，自然就“大儿锄豆溪东，中儿正织鸡笼。最喜小儿亡赖，溪头卧剥莲蓬”，种地去也！

在不远处的西安公路学院，有我一个同学，而且是初中、高中双料女同学。她经常来我家找她的同学、我彩云姑姑玩儿，也顺便看看我（我们三个同级）。当年，计划生育导致的男女比例失调恶果已经显现，农村大龄未婚男青年虽不似今日这么多，但性别悬殊的苗头已经出现。我爷爷奶奶就怕笨笨的我找不到媳妇，都说这个女孩子不错，我也觉得是，因为“孝顺孝顺，以顺为孝”。可惜，我年轻时满脑袋封建思想，诸如“太熟了不好下手”之类。

> 领导下乡检查计划生育政策，见一老农，上去就问：“老乡，你知道为什么近亲不能结婚吗？”老农搓着手，憨厚地说：“呵呵，亲戚，太熟了，不好下手。”

这个“梗”就在这里。再说，西安公路学院也是一个“狼多羊少”的理工科院校，可惜我那如花似玉的“准媳妇”没几天就被她同班一男生强行霸占，以至于后来我去找同学玩儿，倒有点儿像“第三者”的感觉。

> 先占制度是最为古老的取得财产的“自然方式”之一，早在罗马法中已成为一项被罗马法学家深信不疑的原则。是指以所有的意思，先于他人占有无主的动产，而取得其所有权的法律事实。换言之，是蓄意占有在当时为无主的财产，目的在于取得财产作为己有。先占制度的价值在于：实现物有所归，有利于物尽其用，同时它提供了一个关于私有财产起源的假说。

现在想来不能怪别人下手快，“劝君莫惜金缕衣，劝君惜取少年时。花开堪折直须折，莫待无花空折枝”，谁让你不快下手呢？羞怯，耽误了我的好姻缘。

学校附近还有所中专西安财经学校。也不知道现在还有没有，毕竟这些年学校撤并得厉害。要不是有那么一段故事，我当年都不知道有这么所学校，因为西安高校太多了。1993 年 10 月，我有一天回宿舍，老大说：“你的好事来了，要请客。”因为母亲的去世，大学四年是我非常压抑的一段青春时光，能有什么好事，我猜测不出。在讹诈了我一包红梅香烟后，他说：“你的姻缘来了。”姻缘来了，我怎么不知道，难道他们几个是月老？后来才明白，是有位漂亮女孩子来找老乡，说是山东潍坊的，恰巧老大在路上遇到了，立即就想起他那守身如玉的兄弟，送上门的小绵羊怎么能让她跑掉，立即把她引到了我们宿舍。可惜“寻隐者不遇”，平常总在宿舍床上躺着看书的我那天不知道怎么发神经去图书馆了，就这样和女神失之交臂。一听说有这样的好事，我按捺不住激动的心情，按照她留下的地址立即跑去找她。那真是一个长相别致、我见犹怜、让人心动的姑娘，仔细一聊，原来是她要回潍坊老家，怕路上不安全需要找个同伴，这样的护花使者自然非大块头的我莫属。难道说兄弟我的多年情缘就这样来了？这么好的姑娘为什么没有修成后果呢？

我和她见了两面，第一次就是这次，第二次是约定乘车回家的时间，然后是一起坐上火车，我在青州市站下，她本来也应该在这一站下，因为到她家这里下车路途最近，但她却要在潍坊下车。青州到潍坊这一段我委托了同行的同学，同学自然很热情，一则有山东人的古道热肠，二则有英雄护美的男人侠义，三则同学也认定她是我的什么人，自然要为兄弟“两肋插刀”了。我知道，我和她是没有什么的，果真如我所料，后来就没有后来了。

她是潍坊临朐县人，这个县我太熟悉了，因为现在的太太也是这个县的，看来我与这个县真的有缘，带我上大学的许晓国大哥也是这个县的，当年还有许多“正义网”法律博客的网友，如时任县检察院副检察长的王乐成，一直是我的良师益友。这个女孩子也是高考移民那种，通过关系移到了陕北，然后才考上了这所中专。这在我们山东，在那个年代不是什么丢人的事，也不是秘密，恰恰相反，大家都认为这是人家有本事，谁让你没有办法把户口迁移到容易考学的地方呢？

既然不歧视高考移民，为什么我和她后来就没有后来了呢？说来还是因为贫穷。尽管她告诉了我她家是临朐，但这是她偷偷告诉我的。她说她们宿舍的人特别嫌贫爱富，因此她一直把潍坊的姑姑家当作自己的家，对外就说是潍坊市人，这也可以理解。2018 年 8 月，一个刚刚考上北大的姑娘少不更事，随口发出了“感谢贫困”的感慨，引得天下人议论纷纷。相信即将开始的大学生活会告诉她，贫困不但不值得感谢，反而会给她带来无限的屈辱和自卑。我这样说，是因为我在大学期间也经历过这样的岁月和生活，尽管当年吃过的苦在今天已经成了骄傲的资本。

明明她家在临朐，可以和我一起下车，而且买票可以省下 5 角钱（从西安到青州半价票 24.5 元，到潍坊 25 元），再说即便买到潍坊的票，到青州下车路也方便一些，也省钱、省时间，她何必到潍坊呢？“我想去姑妈家多待几天再回老家，家里没有暖气，太冷了。”狗不嫌家贫，儿不嫌家穷，就这样的人，即使是她肯嫁，你说我敢娶吗？我当时信奉大丈夫何患无妻（我 1999 年元旦结婚，时年和太太都是 27 岁，但在小县城都算大龄男女了），这样的女孩子就是讨不到老婆也不能娶啊！毕竟不是同路人。

夫妻是缘，是善缘是孽缘，无缘不聚。子女是债，是讨债是还债，无债不来。

3. 一条围巾

我读大学时校内有一条不成文的规矩：若是女孩看中了某位男孩，就会给他织一条围巾。其理由可能有二：一是说明她虽然是苦读十年寒窗的大学生，却不是一心只读圣贤书的书呆子；二则代表此男生已“名花有主”。大学校园里就有了戴着形形色色围巾的男孩子，像一道流动的风景。

我就有这样一条围巾。我的一位小老乡暗恋上了一位大师兄，于是入乡随俗为他织了一条白色的围巾，像一条洁白的哈达。在“送达”人选上，小女孩不知怎么就想到了我，或许是因为我喜欢开玩笑、脸皮厚的缘故。她用精美的外包装包裹起这象征着爱情的围巾，托我做“冰人”。看着眼巴巴、沉浸在幸福之中的小师妹，谁又能忍心拒绝呢！我把围巾投递给了师兄。“不行，我不要”，没想到他一口回绝，奈我千般劝万样求，自是金口不开。投递未成功，我这位“快递小哥”只得气咻咻地退回了“邮品”。女孩接过围巾，脸色就有点儿那个了。这个小女孩，或许身后有许多追求者而不为所动；或许从小学到中学一直是全家人的“宝贝疙瘩”，根本就不知道人生字典里有“失败”二字。“这条围巾给你，你要吗？”看着小女孩逼视的眼睛，我嗫嚅了。经过再三思忖，快递小哥“贪污”了这条围巾，就算是自己的妹妹吧！后来，女孩竟然追上来问“你为什么没有戴围巾”，我大窘，只得以“天不太冷”之类借口来解脱。

结婚后，这条围巾就交给了我的妻子。我也把这段故事讲给了她，“你没戏”，妻子肯定地告诉我，“你这人没那份浪漫”。但每当夫妻过招，她总会恨恨地“拎着你的围巾，去找你小老乡吧！”我到哪儿找，不用说围巾找不到了，30 年后我都想不起这个女孩子的姓和名了！这就是我的大学情史。

女孩儿的心思你别猜，猜来猜去也猜不明白。

中国名吃“西工大包子”

我这一辈子，想来其实挺无趣的，因为都快 50 岁的人了，几乎没有任何爱好。

1. 我不爱玩儿

现在国家发展旅游产业，每个黄金周都成了“人山人海”的看人大赛，但我从小就不爱旅游，除了家穷没闲钱，更重要的是我一直认为所有的旅游无非是有山有水，所有的山、水在我眼中都一个样，无非如袁枚所言“文似看山不喜平，画如交友须求淡”。我缺少一双善于发现美的眼睛，认为旅游不过是从自己待腻了的地方到别人待腻了的地方花钱，特别是恪守“君子不立于危墙之下”的古训，“有危险、人多的地方不去”是我的人生信条。

我直到今天都不喜欢旅游，再说那时也穷苦，因此在学校四年连华山都没有登过。当年是因为穷，为了省钱，现在不去，是因为感到危险。1991 年中秋，班级组织团队活动，晚上游览西安古城墙，我也是第一次“爬（城）墙”，看到了一城灯火。2005 年毕业十周年聚会，重上古城墙，正是“久有凌云志，重上井冈山（古城墙）。千里来寻故地，旧貌换新颜”。十四年过去了，人已老，但城墙因为刚刚修缮的缘故，却显青春之姿，让人感悟良多。

物是人非事事休，欲语泪先流。（李清照《武陵春·风住尘香花已尽》）

有一次，陪宿舍老大和他当时的女朋友、后来的太太常嫂去临潼，参观了华清池、兵马俑，景点有名，更难忘的是我的照相事故，老大安排我给他和漂亮的女朋友照相，那是我第一次接触照相机，明明不会照，但年轻人爱面子，看人家照相就是“按一下按钮”，以为很简单，拍出来几乎没有几张能用的照片，很遗憾没有留下老大和大嫂的青春靓影。我今天的拍摄技术还是非常差，主要就是那次照相事故留下了阴影，再说学习摄影需要时间，我的时间都用在法律上了。“世间安得双全法，不负如来不负卿”。

但有一次旅游还是记忆深刻。那是1992年我和张晓飞同学还有他的时任女友、后来的太太任老师一起骑自行车去西安的翠华山，同行的还有班里的多名男女同学。前面说过我不爱旅游，这次亦是如此，关于游玩的情景一点儿印象都没有了。这次游玩给我留下印象的是两位人力车轿夫的对话。一位年轻的说：“最不想抬那些当官的人，说话难听，而且给钱很抠门。”那位年老的说：“农民倒是说话好听，但没有钱坐你的车轿。”真是智慧在民间啊！30年了，这件事一直没有忘，2006年到江西三清山看到轿夫时还想起这两句对话。

某些人员在游览名胜古迹时，或者陪同外宾、外国专家游览名胜古迹时，有乘坐人力车轿的情形。这不仅会在劳动人民中产生不良的影响，而且是和我国机关所固有的优良传统不兼容的。为此，特规定：今后各级国家机关工作人员在游览名胜古迹的时候，或者陪同外宾、外国专家游览名胜古迹的时候，陪同人员和外宾、专家都一律不准乘坐人力车轿。

这则《国务院关于国家机关工作人员在游览名胜古迹时不准乘坐人力车

轿的通知》，1957年10月11日发布在《国务院公报》（1957年第44期）的通知可谓是目前政府文件中的长寿星，都63年了啊。通过专业检索目前仍然有效，真是古董级的规定了，说好的红头文件定期清理机制呢？

2. 我对吃喝没要求

不只是好玩的，就是好吃好喝什么的，对于我来说更是浮云。我长达近20年基本上不吃猪肉，就是在今天我的生活也是以青菜、简单的面食为主。太太曾经笑话我说，嫁给我后跟我过的是清汤寡水的苦行僧生活，真是苦了她，但没办法，谁让我对这种生活甘之如饴呢！写一个吃的事，当年因为穷苦，吃饭主要是为了填饱肚子，但有些好吃的东西永远不能忘记。

2018年10月，在西北工业大学80周年校庆庆典上，除了捐献亿元的企业家校友外，还有校友干脆捐献了一架飞机。这让我们文科院校出身的人真是眼热，咱文科生只会耍嘴皮子（我向母校图书馆捐赠了自己的2套著作）。相信文科院校也在着急，看看人家的校友，这或许就是传说中的“别人家的学校和校友”吧。

西北工业大学，我很早就熟悉，知道得比我的母校都早，完全可以说，我是先知“西工大”后知“西北政法”。一个山东的文科高中生怎么会知道地处西北的一所工科院校？难道因为西工大是985、211？也不是，我上大学的20世纪90年代那时候还没有这些排名，再说文科生就是关心中文、政法、师范专业，你一所工科院校即便是再出名于我一个文科生何干？

知道西北工大是因为一部影响我人生至今的长篇巨著，那就是路遥先生的《平凡的世界》。书中孙少平、少安的妹妹孙兰香的大学就是“北方工业大学”。而当年路遥先生（他的母校是延安大学，他也安葬在该校的后山上，我曾专程到先生墓地拜谒）为了写作他所不熟知的理工科院校生活，曾经在西北工业大学和师生们吃住了一个多月。这才是真正的艺术来源于生活、德艺双馨。

1991年，我到了西安，就慕名去路遥先生体验过的西北工业大学，顺便看了该校内的退役飞机。除了近距离接触一下作家笔下的名校，还顺便找山东老乡。当时的学生一个人出门在外，流行找老乡。我想找的是我们一个县的同乡。可惜的是，同乡是城里人，咱一个农村人，那年代城乡二元化差别明显，明显看出人家不太待见，就简单打了个招呼，然后呢，就没有了然后了。大约到了1997年，我到当时的女朋友、后来成为王太太的集体宿舍，遇到一位男士，闲聊中我们曾见过一面，竟然就是1991年的那次机缘。最后我们俩一人骗走了一个益都中心医院的护士，城里人和农村人在这里找到了平等。

人生到处知何似？应似飞鸿踏雪泥。

这次西工大之行还是找到了两位老乡：一位是寿光的郑建设；另一位就是诸城的王立庆。尽管不是一个县，但同属于潍坊地区。四个人一见面，山东话一说，远在他乡听乡音，特别亲切。我就感慨了，同样是西北工业大学的学生，前面那位和人家差别怎么就那么大呢？这差别更来自这两位仁兄对我的关照。

大家都是穷学生，最好的关照就是吃，包括后来去过西北纺织学院、西安机械工程学院等高校，留给今天有记忆的只有吃了。说是“饕餮”，也不像今天有什么鲍鱼海参，那时候不兴吃这个，穷学生也吃不起。我最爱吃的就是西北工业大学的包子，简称“西工大包子”，这可是西北工业大学的一个知名产品，只记得西工大的包子确实好吃。我不是吃货，20多年过去，也想不起到底怎么好吃了，但当时确实是“舌尖上的美味”。

那时没有什么微信、邮件，电话还要靠楼下传达室大妈喊人，联系主要是靠写信。两位老兄经常来信要我们去吃西工大的包子，我欣然前往。还有什么东西比吃对正处于长身体阶段的我们更有吸引力呢？绝对没有了。后来，建设和立庆两位老兄也来访过西北政法，来而不往非礼也，自然也要好好回请、招待。山东人的礼节多，热情、礼貌待客是第一条。想不起我们学校有什么知名品牌饭菜，以我当时的经济条件，也根本吃不起什么品牌饮食。

别人看到的是西北工业大学捐献飞机，我首先想到的是“西工大包子”。看来，我当年也是个小吃货啊！刚刚上网搜索，这个品牌居然还在，真是“铁打的品牌，流水的学生”。下次去西安一定再去尝尝，找一找当年的感觉。30 年过去，立庆和建设兄一直与我们有联系，在老家时还能一聚，如今我漂泊岭南，我们就只能靠微信沟通了。想起西工大的包子，想念我们的青春年代，怀念我们在西安结下的友谊。

还有一段与“西工大包子”相关的佳话，上面关于“西工大包子”的文章发在微信公众号“法律学堂”上，不承想竟然火了，点击量迅速破万，估计大多数转载的都是西工大的学子吧？他们也馋包子了。

> 我叫何建华，是当年西工大包子公司的经理，现在就职于西工大饮食服务公司，西工大包子当年声名远扬，大街小巷随处可见，除了有特殊的配方外，还有很多原料，遗憾的是当时没有申请专利，说句良心话，现在的包子比我们过去的口味差远了。

俱往矣，感谢何经理的留言，感谢当年的包子师傅。这篇文章除了结识了何经理，还结识了一位田老师。她是大学同学石东彦的太太，本是西工大子弟，现在供职于该校，又和我同龄，自然对包子记忆犹深。舌尖上的中国，难怪要火啊！如果我们的法律也像“西工大包子”一样，会不会人人喜欢？

3. 我看过的电影

除了吃、喝、玩外，还有个“乐”。那时候每两周末就在现在的行政楼和大礼堂之间的空地上播放露天电影，票价是 2 角，我也不太喜欢看电影。现在尽管小区里就有大型影院，但也就看过《我不是潘金莲》《我不是药神》等体裁与法律相关的片子，说来还是感觉到时间宝贵，舍不得时间。

在学校期间，有部法国译制片《美女与狮子》，也忘记什么内容了，只记得美女和狮子共舞带来的震撼，或许是那个时代的大片。美女自然是那个青春萌动的男孩所喜欢的，更重要的是这部片子中的女主角不是我们传统的林黛玉形象，而是一种健康的甚至是狂野的美，这是那个年代所缺少的，或许也是30年过去后仍然有印象的原因，原来美女并不都是小鸟依人、袅袅娜娜、弱不禁风的样子。

> 同在飞天舞厅工作的刘流（冯巩饰演）和宁娃（任梦饰演）离了婚，但因住房问题一时难以解决，他们只好还住在两间一套的单元里。两人还拟定了一份《离婚合同》，商定互不干涉对方的生活。歌手月蓉对刘流倾心已久，见刘流已和宁娃分手，便大胆地向他表白了爱意。刘流尽管很喜欢月蓉，却仍旧情难忘，时刻在关注宁娃的一举一动，并在暗中保护她。宁娃后来真正感受到刘流身上的许多可爱可贵之处，内心又萌出缕缕眷恋之情。于是，她开始干扰刘流和月蓉的“好事”。刘流指责宁娃违反了“合同”中的有关规定，而宁娃则一不做二不休，把“合同”撕得粉碎。故事的最后，深陷在宁娃和月蓉情感漩涡中的刘流，独自坐在体育场的观众席上细细地品味，苦苦地思索。

这是20世纪90年代冯巩和任梦曾经合演过的电影《离婚合同》。刘流的苦恼就是因为离婚合同只是两个人签订的，并没有到民政部门办理离婚登记。这种合同是君子协议，当不得真的。在写作《离婚为什么》（知识产权出版社，2011年7月版）时，我又一次想起了这部电影，于是有了《离婚到民政还是法院》的文章。

> 经常有人问我，离婚时是选择去法院好呢还是民政好一些？我总是告诉他/她，选择民政协议离婚好一些。民政部在《2009年民

政事业发展统计报告》中曾提道：从近5年的情况来看，离婚人数逐年上升，平均增幅为7.65%。国务院2003年颁布了新修订的《婚姻登记条例》，正是在这一年，我国离婚的夫妻数量开始递增。当年有133.1万对夫妻离婚，比前一年增加15.4万对。该报告分析认为，2003年以前，离婚还需要单位或村（居）委会出具书面证明。为保护自己的隐私，许多夫妻不得不维持名存实亡的“死亡婚姻”。而如果财产分割没有争议，条例出台前，大家更愿意去法院办理离婚，因为法院判决不需要单位证明。婚姻登记手续的简化使得人们更愿意去民政部门“好聚好散”，而不再“对簿公堂”。

我国现行法律规定了民政协议离婚和法院诉讼离婚两种离婚方式，除此之外，并无其他。协议离婚法理上又称“两愿离婚”或“登记离婚”，我国《民法典》中称作“双方自愿离婚”，是婚姻关系因双方当事人的合意而解除的离婚方式。在敦煌莫高窟藏经洞发现的唐朝人书写的《放妻协议》，一改我们对古人婚姻的观念。这份古代的离婚协议书主要内容如下：“凡为夫妇之因，前世三生结缘，始配今生之夫妇。若结缘不合，比是怨家，故来相对……既以二心不同，难归一意，快会及诸亲，各还本道。愿娘子相离之后，重梳婵鬓，美扫蛾眉，巧逞窈窕之姿，选聘高官之主。解怨释结，更莫相憎。一别两宽，各生欢喜。”从这份协议书来看，这对唐朝夫妻离婚的原因，完全是由于感情不和，而文中的“一别两宽，各生欢喜”，即是现代人说的好聚好散。此外，这名唐代离婚男主角还宽宏地祝福女主角，选择一个“高官”再嫁，这样的心胸令人称奇。

协议离婚与诉讼离婚相比具有以下特点：一是程序简易、便捷；二是离婚协议易于当事人自觉遵守和履行；三是避免了讼累，缓解了婚姻当事人的仇视和敌对。所以我们老百姓常说“好合好散”。“好合好散”是一种理想的选择，犹如合同的合意解除。

尔侬我侬，忒煞情多，情多处，热似火。把一块泥，捻一个尔，塑一个我，将咱两个，一齐打破，用水调和。再捻一个尔，再塑一个我。我泥中有尔，尔泥中有我。我与尔生同一个衾，死同一个椁。（赵孟頫《我侬词》）

30年过去，那些“吃喝玩乐”的事在眼前闪过。正是：

故国神游，多情应笑我，早生华发。人生如梦，一尊还酹江月。

西北政法的宿舍有空调吗？

离开母校太久了，许多往事的回忆还得靠搜索求证。在搜索“西北政法大学”时，很奇怪地发现系统竟然默认出来了“宿舍空调”。不只是西北政法，我试着搜索了一下中国政法、西南政法、华东政法，竟然都有这样的组合。看来，考生报考政法学院，除了关心学校的教学质量、毕业生就业，还关心宿舍是否有空调等问题。

这真的超出我意料，但想想也是必然。2018 年，我老家一位高中同学来电话，说她读大学的女儿因成绩优秀需要从山东大学交换到中山大学读书。我不知道这种制度的存在，因为在我读书的那个年代是不存在这种制度的。人家问的也不是这些事，同学只是想问一个问题，中山大学的学生宿舍有无空调？不是父母溺爱子女，毕竟在炎热的岭南，夏天如果没有空调可怎么过啊？好在我到访过这所大学的学生宿舍，自然给出了肯定的答案。可怜天下父母心！

1. 空调旧事

在我们上大学的 20 世纪 90 年代，那时学生宿舍是肯定没有空调的，因为我最早接触空调是在大学计算机机房。那时候计算机还是贵重的教学仪器，进入计算机机室还要花 2 角钱购买鞋套。“旧时王谢堂前燕，飞入寻常百姓家”。现在计算机已经是家庭必备品了。2018 年儿子和外甥双双考上大学，我分别赠送电脑作为礼物。计算机现在都改称“电脑”了，而且人手一台，这在 30 年前即便是高干家庭做梦也不敢想象的啊！

也就是在电脑室我才知道了有“空调”这东西。我老家山东与北京相距不远，气温差别不大。我看中央电视台的新闻联播，大热天领导人会见外宾，都是西装革履，也不见周围有风扇。总是想不明白，那么热的天，穿得那么厚，怎么可能身上没有汗？我们村最有学问的人说，这些领导人的衣服是特制的，脖子后面有个小风扇，于是领导人的镜头出来我都很细心地看他们脖子后面。可惜的是摄影师大哥技术太好，总是看不出破绽。也不是大人诚心欺骗，相信那些农村人也不知道竟然有种制冷工具叫空调。可别笑话我们村里人，我们村可是个有 500 年历史的小村，而且人才济济，可以肯定地说，我在村里都不算优秀的。2019 年我们这个村编写了部村志《邵市村纵横》，回顾我们村的历史真是“涨姿势”。

上学时的宿舍没有空调，那是否有风扇？现在想来，当时学校的教室里已经装有吊扇，每到夏天在头顶呼呼作响，有时影响老师讲课效果，因为噪声太大了，就关掉几个，只留几个转。现在回想起来宿舍里似乎没有吊扇，因为当时都是双层床，如果有风扇在屋顶，会影响上铺学生的安全。

> 睡在我上铺的兄弟，睡在我寂寞的回忆。分给我烟抽的兄弟，分给我快乐的往昔。

那夏天怎么过？太热了放暑假。平常可能就靠蒲扇这种手动“风扇”了。这个物件可能现在的孩子已经不认识或者说不会用了，毕竟现在没有空调的家庭也肯定有风扇，或许在最偏远的地方还有蒲扇留存。今天的我实在想不起那些酷热的日子是怎么度过的了。人就是这样，有些困难只要坚持一下也就过去了。当年就这么个生活水平，大家都热，都在煎熬。但今天的孩子已经与 30 年前的我们完全不同了，他们一出生家中就有空调（我们家第一台空调就是因为 2000 年孩子出生而购买），据说现在许多中小学甚至幼儿园里也有了空调。入读大学，除了关心学校的排名，还关心学校所在的位置、环境，更有住宿条件。这就是社会的进步。不能让今天的孩子再吃我们当年的苦，也正是我们当年的苦才换得了今天孩子的甜。这就是付出，这也是传承。

写了这么多，还是要给出答案：西北政法的学生宿舍是有空调的。

2. 比我大 2 岁的蚊帐

经常想起母校，想起那个校园，想起那些传授我学业的恩师，还有在那儿抛洒的青春。想起了母校，就想起了自己的少年情怀，少年心事当拏云。因此，不愿意批评母校，毕竟“儿不嫌母丑”。2014 年开学季母校出名了，一如其他学校，现在出名都得加双引号。因为强制新生购买生活用品，被微博投诉然后媒体跟进然后学校开始辟谣。能想象母校的不易，家大业大，“罗锅上山——钱紧”。也能想象学生的愤怒，毕竟母校自从下放到地方后，主要从西北 5 省招生，六七百元的费用对贫苦家庭的孩子来说还是蛮沉重的。这也不止母校独有，不过是她不好彩，被曝光而已。为母校的学弟学妹们赞一个，当年我们也遇到过这种事，但敢怒不敢言。今天，这批深受自由价值观，特别是在自媒体时代成长的年轻人，是法学的未来和希望，他们才会真正追求和实践法律的公平和正义。

1991 年 9 月 4 日我到校报道，也要交钱购买一堆生活用品，也不能说是强制购买，但你不买人家就不给你宿舍钥匙，用现在流行的词来说算“被自愿”。我当年买了一堆，特别有意思的是蚊帐，居然发现上面有生产时间，1970 年。我是 1972 年出生的，比我还大 2 岁。蚊帐的质量可想而知。用了一年半载之后，就有脱线的地方。也不能怨人家质量不好，主要是男生调皮，在床上不老实。那时候穷，大多数人还是将就用了 4 年，较真起来是 3 年，从 1991 年下半年至 1994 年下半年，印象中西安上半年是没有蚊子的，到 1995 年 7 月我们就离校了。“在家靠娘，出门靠墙”，蚊帐除了防蚊功能，更重要的是形成了一个封闭空间，慢慢地有了隐私观念，形成了没事不打扰别人、有事先隔帘相问的礼貌习惯。

> 入户抢劫的将处 10 年以上有期徒刑、无期徒刑或者死刑，并处罚金或者没收财产（《刑法》第二百六十三条）。这是抢劫的加重情节。根据《最高人民法院关于审理抢劫、抢夺刑事案件适用法律若干问题的意见》："户"在这里是指住所，其特征表现为供他人家庭生活和与外界相对隔离两个方面，前者为功能特征，后者为场所特征。

突然间想到，当年的蚊帐正是形成了一个"户"的隐蔽空间。蚊帐给我留下了深刻的记忆。何止蚊帐，还有学校的许多东西，那都是记忆。

3. 曾经上课带抹布

2016 年，因为法律培训去哈尔滨理工大学学习了两天。这座"冰城"已经有 7 年没有来了，在这个春暖花开的季节，重访久违的校园，自然感慨不已。最让我感慨的是一块绑定在座椅上的小坐垫。许多南方的朋友没有见过这个，即便是我，也已经多年没有见过了。抚摸着小小的坐垫，就像一个久别重逢的老朋友，一下子将我的思绪扯回到 30 年前大学时代。

我先解释一下坐垫的用途。这个物件儿在南方基本上没有用，或许可以武断地说在长江以南都很少用。估计今天就是北方也不一定常见，毕竟现在的学生桌椅升级换代更新很快，许多已经不是光滑凉爽的桌椅面，似乎也不太需要了。但在 30 年前，在我就读大学的西安，绝对需要。

座椅都是这种硬木质座椅。我不知道这种椅子的历史和来历，但我知道，30 多年前它确实很流行。我就读的高中会议室是这样的，我们小县城的电影院座椅也是这样的，我就读的西北政法的阶梯教室座椅也是这样的。这样的座椅有好处，人一离开，它就自动竖立，有利于减少灰尘蒙面，但缺点也相当明显，那就是凉。我是5月底到冰城的，这时气温已经是20多摄氏度了，但手摸到这样的座椅表面，仍然冰冰的，难怪座椅要绑定坐垫了。调皮的我“老夫突发少年狂”，刻意不用坐垫来找当年的感觉，但不长时间就感到屁股发凉，近50岁的老汉再也不敢逞能了，赶紧将坐垫垫上。坐垫明显是工厂生产的系列产品，轻、薄、设计精美。1991年的西北政法似乎也一人一块坐垫，但绝对没有今天的这么漂亮。当年，即使最爱美、爱干净的女生，也是拿着妈妈或自己亲手缝制的坐垫，似乎市场上很少有这样的工业产品。或许是男孩子粗心，至少即便有也不这样精美。但我好像一直没有坐垫。当年的我青葱年少，小伙子睡凉炕——全靠火力壮，似乎还能忍受，即使是在寒风凛冽的西北高原，也不像今日的养尊处优。

不用坐垫主要是为了省钱，那是一个连吃都不敢放开肚皮的年代。不过还是能吃饱的，如果不考虑吃好的话。如果不带坐垫，那有一样东西就一定不能少，那就是一块抹布。西安的尘土太大了。每天上课，第一项工作就是擦拭桌面和座椅上的尘土，于是每天上课前尘土飞扬。大学毕业十周年、二十周年我都到访过昔日的教室，已经比当年干净了许多，现在的师弟、师妹们也就没有了这种体验，当年是真脏啊。擦拭干净，女生就在凳子上铺置坐垫，而我们就直接和桌凳亲密接触了。想起苦涩的当年，今天的我没有耻辱，也不感到遗憾，相反有一种骄傲，因为那样的日子我们都挨过来了。我们为昔日的苦难而自豪，这些痛苦已经转化成今天骄傲的资本。

在哈理工这所著名的高校，在这个教室，看到了久违的“老朋友”，让我想起了30年前。让我向过去时光打个招呼，时光一去不复回，但青春的岁月毕竟永远镌刻在我的脑海里。

所有的日子，所有的日子都来吧，让我们编织你们，用青春的金线，和幸福的璎珞，编织你们。

……

是单纯的日子，也是多变的日子，浩大的世界，样样叫我们好奇，从来都兴高采烈，从来不淡漠，眼泪，欢笑，深思，全是第一次。

……

（王蒙《青春万岁》）

影响我一生的法律书

许多写大学校园生活的文章，往往集中在吃、喝、玩、乐上，这些确实是年轻学子的重要活动，但毕竟“盛年不重来，一日难再晨。及时当勉励，岁月不待人”，大学最重要的生活还是读书。

> 三更灯火五更鸡，正是男儿读书时。黑发不知勤学早，白首方悔读书迟。（颜真卿《劝学诗》）

尽管我们提倡快乐读书，好读书、读好书、读书好，但读书毕竟是件辛苦的活儿，而且用文章也不好描述，天下的读书都是一样的。除了课堂上的教材和老师传授，在大学自学是很重要的。回顾一下影响我至今的几本法律书。

1.《经济纠纷案件中的民事责任》

“1956 年参加最高人民法院审理日本战犯时，我才 26 岁。虽然是 59 年前的事了，但我依然记忆犹新。”2015 年是抗日战争胜利 70 周年，在 9 月 6 日的《人民法院报》上亲历日本战犯审判的沈关生法官的专访吸引了我。

> 沈关生，毕业于东吴大学法科，最高人民法院原局级审判员、

高级法官培训中心原教授，1993年经国务院批准享受国家特殊津贴，参加过沈阳特别军事法庭对日战犯的审判。

他的老师就是赫赫有名的倪征燠先生（1906—2003年），是与中国20世纪法制史同行一生的人，用倪老自己的话说是：“我的一生没有离开过一个‘法’字”，他是远东国际军事法庭的中国检察官顾问，参加了东京大审判、后任国际法院法官。

对我来说，知道沈关生先生，是因为他的著作《经济纠纷案件中的民事责任》，这本书后来多次再版，除了启发我以案例为教学方式，更重要的让一个经济法专业学生打开了用《民法通则》（现为《民法典》）分析案例的方式，明白法律原来可以这样学，经济合同案例可以用民法方法分析，如果说我今天对民事法律有点儿研究，就是受益于此书。

2.《刑法学原理》（全三册）

《刑法学原理》（全三册），是由著名的刑法学泰斗高铭暄先生领衔主编的法学巨著。这本书全面、系统地研究和总结新中国成立以来特别是改革开放以来中国刑事法律的理论与实践，并联系古今中外进行历史和比较研究，深刻探讨刑法总则的各项规范、制度和刑法的基本原理。全书分为三编三十七章，共三卷。

还记得我在西安小寨一家书店看到前两卷的欣喜，尽管书价不菲，但仍咬牙买下，因为这本书代表着当时刑法研究的最高峰，第三卷是在济南英雄山书市购买的，后来该书又收录到《中国文库》。见到该书的不同版本总会购买，这本书家里有三四套。时下的我，更多的是手捧《刑法学原理》回想读书、买书的岁月，这本书打开了一个法科生对刑法的兴趣和视界。尽管我大学毕业后没有从事过刑事审判、刑事辩护，但对刑事案件情有独钟，也算稍有所得，此书功不可没。

3.《中华人民共和国民法通则讲座》

2020年开年因为武汉新型冠状病毒肺炎情，法律人网上学习热情高涨。时值中国《民法典》即将出台之际（5月28日全国人民代表大会表决通过），在“无讼”举办的直播中，人民大学法学院院长王轶分享了关于民法典编纂的观点。在讲座中王轶教授一度哽咽，整个直播间同时观看的数十万法律人无不动容。

> 《民法典》修订这件事，自1949年中华人民共和国成立，我们开始了多次尝试。如果从1954年进行第1次《民法典》起草算起的话，到今年已经66年过去了；如果从第2次《民法典》的起草，也就是1962年算起的话，到今天已经58年过去了；如果从第3次《民法典》的起草，1979年来算起的话，41年过去了；如果从第4次《民法典》的起草，2001年算起，19年过去了。这些年，多少民法学人黑发变白头，又有多少前辈的民法学家带着无限的遗憾和期待离开了这个世界。我博士后期间的合作老师、北大法学院的魏振瀛老师，他进入重症监护室之前，专门把我们（他的学生）叫过来，用最后的力气、微弱的声音，讲了半个多小时他对《民法典》起草的想法，讲了他对《民法典》的期待，进到重症监护室以后，他都已经说不出话了，仍然示意我给他讲讲《民法典》编撰进展程度。

《民法典》寄托了一代又一代民法学人的梦想，岂止民法学人，是所有法律人的共同梦想。魏振瀛先生是中国民法权威，我早知他的大名，源于一本作为最高人民法院“民法培训班”教材的《民法通则讲座》的小册子。1985年开始起草《民法通则》。佟柔、江平、王家福和魏振瀛四位教授作为立法机关的咨询专家，他们后来被称为“民法四先生”。当时魏振瀛先生提出，要把“法无禁止即自由”写进《民法通则》里，这句话让江平老师都很震惊。因为那个时候，连物权都不能提，很多法还没制定。在法律起草过程中，不断面临是“资产阶级法律”的攻击。《民法通则讲座》除了魏先生的讲座稿，还收录了佟柔、谢怀栻和江平等民法大家的讲稿，真是让人醍醐灌顶。今天，我自认为对民法还有一点儿研究，也就是源于这本书的启蒙，原来法律这样有趣。与动辄上百万字的巨著比，这本书真的是个小册子，但他对我们那一代法律人的意义却不亚于鸿篇巨制。魏先生的《民法》（面向 21 世纪课程教材）我也读过，但总不如那本小册子过瘾。这也告诉我们，好书不一定要厚。

4.《中国民法学·民法债权》

> 《中国民法学》是中华人民共和国成立以来第一部巨型的民事经济法律的学术专著。按照说明，全书分为五卷《民法总论》《财产继承》《财产所有权》《民法债权》《知识产权》。

这套民法书，曾经影响了我们那一代法律人，这就是《中国民法学》。这套书的总编是新中国民法的开创人、被学界公认为“中国民法之父”的佟柔先生。1993 年，这套书刚刚出版时，我就省吃俭用，从牙缝里挤出钱购买，这套 5 卷书并没有一次出版齐，多年后我才在不同书店买齐整套。

2019 年 7 月 13 日，中国社会科学院学部委员、法学研究所原所长王家福，因病医治无效逝世，享年 89 岁。这一噩耗在我们法律人的微信朋友圈刷屏。尽管我们大部分法律人没有机会承蒙王先生的言传身教，也没能与王先生有过一面之缘，但对于我们法律学人来说，王先生无疑是一个“神存在”。

王家福教授是中华人民共和国最早提出“依法治国、建设社会主义法治国家方略”的少数几位学者之一。改革开放之初，王家福就在《人民日报》《法学研究》等刊物上发表文章，呼吁发扬社会主义民主、加强社会主义法制，强调“要法治，不要人治”。1996 年 2 月 8 日，王家福在中南海怀仁堂，为中共中央常委作题为《关于依法治国，建设社会主义法治国家的理论和实践问题》的法制讲座。王家福提出："建设社会主义法治国家，是建设有中国特色的社会主义伟大事业的根本大计。"在王家福等学者的倡导和推动下，1997 年 9 月，党的第十五次全国代表大会报告正式认可了上述提法，明确提出："进一步扩大社会主义民主，健全社会主义法制，依法治国，建设社会主义法治国家。"1999 年 3 月，第九届全国人民代表大会第二次会议通过了宪法修正案，修改后的宪法第 5 条增加了一个条款："中华人民共和国实行依法治国，建设社会主义法治国家。"从此，法治终于成为我们这个国家的治国方略。2018 年 12 月 18 日，党中央、国务院授予王家福同志改革先锋称号，颁授改革先锋奖章，并获评"推动依法治国的理论创新者"。

我知道王家福先生就得益于这套《中国民法学》的《民法债权》。据书籍扉页介绍：

> 《中国民法学·民法债权》不仅有较高的学术水平，而且有很大的实用价值。它是立法机构的工作人员、司法工作者、律师、企业管理人员、经济工作者、科研工作者和政法院校师生的必备工具书和参考书，也是广大群众在日常生活中正确处理和解决财产问题的法律顾问。
>
> 该书从理论与实践的结合上，系统地论述了我国现阶段的各项财产制度及其他民法制度。该书的一个突出特点，是吸取了中外新的资料和国内近几年来科研的新成果，并与世界三大主要法系进行了比较研究，从而论证了中国民法的特色，同时也为完善我国社会主义的民事立法，创立一部完整统一的具有中国特色的民法典提供了宝贵意见和参考资料。

这本书的主编就是王家福先生。现在回想起来，我的民法学基础除了那本《民法通则讲座》外，就是这套《中国民法学》丛书，那真是民法知识的海洋，我像一只海绵一样贪婪地吮吸着。因为这 30 年法学理论日新月异，知识的更新突飞猛进，这套书更多成了当年美好的回忆，在今天已经更多的是收藏价值了。感谢王家福先生，给一个饥渴的年轻人打开了一扇民法的窗户。先生驾鹤远去，带走了一个法律时代的传说。一晃三十年，总是回忆起那些美好的青春时光、那个知识饥渴的年代。

5.《人民法院案例选》

他是最高法院的民法大家，他创造了一种独特的案例评析体。他的实务见解和析案思路影响了一代法律实务人。他离开我们整整十年了。

2015年的一天，我从供职于《人民法院报》社的郭继良先生的微信上读到这里，心口隐隐作痛，因为这位先生有恩于我。真的是时如白驹过隙，杨先生离别我们，似乎就在昨天，但日子就这样无情地流逝！我相信，对今天的法律人来说，“杨洪逵”这个名字已经不熟悉或者很陌生。世事就是这样无情，风流总被雨打风吹去。

但由此上溯至十年以前，甚至20年前，如果不知道杨洪逵，你都不敢说你是学法律的，更不用说在法律界混了。因为他是法律大家，这不只是恭维，其实是法律人的共识。1992年，最高人民法院设立中国应用法学研究所编辑《人民法院案例选》，供全国法院裁判案件时参考。作为一个在校生，我在学校对面的古都政法书店里发现了这本书，从此30年了一直不离不弃。

《人民法院案例选》已经打造成为司法研究的品牌出版物，是改革开放以来出版时间最长、出版册数最多、影响最为广泛的案例研究刊物，是司法裁判、法学研究、法律教育、法律职业资格考试的重要参考资料。本刊的编辑与其他案例刊物的编辑相比，其作为“研究者”的身份更加突出，而且这一点在《人民法院案例选》的

优秀编辑杨洪逵等同志身上得到了最充分体现。（2018 年 4 月 13 日《人民法院报》）

想来更幸运的是，在那个没有“微博”“微信”等即时通信工具的年代，在那个单位电话都是分机的时代，作为一名“最低人民法院”（中国法院分最高、高级、中级和基层四级，但法院系统一般戏称“基层人民法庭”为“最低人民法院”）的普通法官，一个法律爱好者，我有幸与杨先生有过五年（2001—2005 年）的电话情缘。

我大学毕业后，被分配到一处基层人民法院工作，在五处人民法庭工作了五年，因为爱写点儿东西，后来被调到法院研究室从事法律研究等工作。在 2001 年年初，看到《人民法院报》第二版杨洪逵先生主持的《现在开庭》栏目，就仿照该专栏格式写了个案例，并冒昧投给了该版的责任编辑姬忠彪，抱着“有枣没枣打一竿”的心理。有一天我外出回到办公室，同事说“告诉你件大事”，当时吓了我一大跳，“最高法院的杨洪逵先生叫你给他回个电话，是想用一个案件”。噢，我的心太激动了，法院系统中没有几个人不知道杨先生的鼎鼎大名，能与杨先生联络又是何等的荣耀！我第一次听到了杨先生那高亢、富有磁性的声音。

弘润石化助剂有限公司诉闫东晓在其院墙上喷涂商业广告损害赔偿案。这本是一起小案例，闫东晓为做广告在原告的院墙上喷涂了商业广告，原告提起了赔偿之诉。本是一件司空见惯的小事，案件也是调解结案，但该案引起了杨先生的关注，他让我写得长一点，可参照《人民法院案例选》的格式。该案例先是刊登于 2001 年 11 月 16 日《人民法院报》的《现在开庭》专栏，杨先生进行了点评，后又载于 2002 年第 1 辑（总第 39 辑）《人民法院案例选》。身为国家司法考试五位拼题人之一的杨先生在 2003 年司法考试试题卷三第 47 题中将该案进行了改编，足见其对该案之重视程度。在孔祥

> 俊先生《法律解释方法与判解研究——法律解释·法律适用·裁判风格》，该案例又被以《一则涉及与时俱进地解释法律的案例》为副题，运用法律解释方法进行了点评。该案例还被许多城市居民视为治理“城市牛皮癣”的经典案例，建议政府起诉“乱涂乱画”之人。

程鹏诉紫薇婚庆服务社婚庆不到位应退还部分服务费和赔偿精神损失案，是一起婚庆公司因过失致顾客受精神损害的小案件，载于《人民法院案例选》2002 年第 2 辑（总第 40 辑）。该案由此成为违约之诉与侵权之诉适用的经典案例。2004 年国家司法考试试卷三第 19 题更与本案事实、法理基本相同。天津外国语学院法学系副教授、张晓军先生更是对本案推崇有加，以《违约与精神损害赔偿》为题目，费以两万余文字对该起调解书不足二百字的案件进行了理论分析，载于《判解研究》2004 年第 3 辑（总第 17 辑）。当年许多婚庆公司的网站上都有关于该案件的内容，成为婚庆服务界的必读科目。正是归功于杨先生的慧眼才使这一小案例得以令法学界、婚庆界关注。

孟宪元等诉孟宪传等因未被刻名将其在墓碑上的名字凿除赔偿案，载于《人民法院案例选》2002 年第 3 辑（总第 41 辑）。该案例涉及墓碑是否具有“不可逆转的特定纪念物品”属性的认定，对此，杨洪逵先生再次给予了深刻而到位的理论点评。我当时供职的山东青州法院一名审判人员的家庭正遇到类似情况，他们家庭成员每人复印了一份该文章，最后事情得以圆满解决。

张仁宝诉王振英剪断架设于王家房上通向张家的照明、电话线要求恢复原状、赔偿损失案，是一起现代社会常见的邻里纠纷，载于《人民法院案例选》2002 年第 3 辑（总第 41 辑），身为责任编辑的杨先生指导我在分析现行法律规定的同时，指出了我国法律对“安设权”规定的空白，为立法提供了鲜活的实践案例。

民法界都知道，杨洪逵先生是司法界悬赏广告进行研究的先行者之一，《人民法院案例选》在 1997 年以前选用过两起类似案例后，多年再未用过此类案例。但其对我编写的“刘全军诉庄好德恶意履行悬赏广告合同要求返还奖金案”却给予了很大的关注，该案载于2002年第4辑（总第42辑）《人民法院案例选》，是当时全国首例公开见诸报端的恶意履行悬赏而引发的民事案件。

雇主张慎忠诉雇员冯国林在从事携款提货的雇佣活动时发生重大过失致所携款丢失赔偿案，是我在青州法院庙子人民法庭工作时承办的一起案件，载于2003年第2辑（总第44辑）《人民法院案例选》。

贴现人工行潍坊市东关支行诉付款人中行青州支行以承兑汇票被法院冻结为理由到期拒绝付款请求立即付款案，载于2003年第3辑（总第45辑）《人民法院案例选》。该案例所涉案件先是由山东临沂法院的一名法官两次在人民法院报上进行了理论分析，使本案引起了较大分歧。我在文章中对这起案件的法律关系表达了不同的观点认识，杨洪逵先生在责任编辑按部分又做了不同的点评，从3个角度反映了不同的法律视角，也凸显其深厚的法学理论功底。

杨春荣等因其亲属自备运输工具在为被告经营的石料厂拉运石料中翻车致死诉孙世荣按雇佣关系承担人身损害赔偿责任案，载于2003年第4辑（总第46辑）《人民法院案例选》。

原告李某夫妇诉店子铁矿人身损害赔偿案，是我审理的一起普通民事案件，意识到该案蕴含着较深层次的法理，后以“原告在被告没有管理责任的河道溺水身亡责任自负”载于2001年11月4日人民法院报《现在开庭》专栏，栏目主持人杨洪逵再次予以点评。

就这样，近两年时间我在《人民法院案例选》等中央刊物上连续发表近十篇理论应用文章。文章发表多了，有些人羡慕，有些人忌妒，有些人就发挥想象，说我与杨先生有什么样的关系，我至今没有见过杨先生。是巧合亦是天意，后来，我又在《中国妇女杂志》《法制日报》《检察日报》等中央媒体发表过一些东西，就不时与采访杨先生的一些文章同登一期。读完后，我就打电话给杨先生谈点感想，他总说："是有那家记者电话采访过我，我还没见到样报（刊），实在太忙了"，但忙归忙，对我向他请教的问题，杨先生总是耐心解答，引经据典，不厌其烦。山西《政府法治》杂志的刘成梅女士因为朋友的一起婚姻纠纷，经我介绍她向杨先生求助，后来，按照杨先生的观点陈述于法庭，最终得以达到预期。这再次说明了基层法官对杨先生观点的认可和杨先生在司法实务中的泰斗地位！

因为供职于最高法院研究室的青州同乡吴兆祥博士，我对杨先生有了进一步的了解。吴博士认识我，还是杨先生介绍的，他说："你们老家法院有个王学堂"，吴博士在法院领导面前转达杨先生的话时，让我好好骄傲了一把。杨先生毕业于赫赫有名的北京大学法学院，最早他负责人民法院案例选除刑事部分的民事、商事（经济）、海商、知识产权、执行、行政等多个部分，可谓学贯多个学科。对此，获耶鲁和哈佛大学双博士、以《政法笔记》闻名的冯象先生曾在《南方周报》上专门撰文介绍。我把这期报纸寄给他，他给我打电话说，这人把我宣传"大"了。

刘延昌等诉于海、青州华裕纸业有限公司人身伤害赔偿案，载于《人民法院案例选》（2004 年民事卷），这是杨老师给我编入的最后一个案例。

最高法院公报编辑部的马群祯先生曾对我说，杨先生是好人，这是最高法院一位同事对他的评价；杨先生是个大学问家，法院系统如我等都这样认为。我记起文学名著《白鹿原》中朱先生有"学为好人"的名言。学，才成好人；好人是与学问画等号的，杨先生就是如此。为了表达对杨洪逵先生的敬意，经征得杨先生家属的同意，我将发表在 2005 年 12 月 8 日《人民法院报·天平周刊》上的纪念文章《学为好人》的稿酬转交其近亲属。十年过去了，与先生家人再无联系。呜呼，天何不公，竟不留斯人！

沧海一粟，我们只是这一段法治历史的经历者和见证者。感谢那些先生和那些法律书陪伴了我人生最青春的一段时光，培养我像法律人一样思考问题，影响了我的职业人生规划。

西北情结

西北政法算不上好学校

西北政法是我的母校。自从30年前开始了和母校的第一次亲密接触，就开始了我和她的一生一世情缘。

1991年我进了西北政法的大门，那时候的母校现在想来真是土里土气。这只是今天的看法，在30年前，那可是我心目中的法学殿堂。在那里，我像一个饥渴的孩子一样吮吸着法学知识的营养，在那里我的青春正野蛮生长。

1995年，经过4年苦读，我得到了西北政法的一纸本科毕业文凭，开始了至今25年而且永远也不可能改变的法律职业人生涯。

今天的我，作为法律职业人，尽管痛苦、尽管劳累、尽管郁闷，但高考改变了我，一个农民的孩子通过读书实现了理想，这是人生的转折和命运的青睐。更重要的是，学习法律给我打开了一扇通向理想的希望之门，自主的人生才有意义和价值。于是更感谢命运眷顾，让我选择了法律。我认识点字，有了一份养家糊口的工作；我字写得不好，现在办公主要靠电脑；我不会开车，现在有了优步、神州专车等出行服务；我个性刚直、为人少圆滑，但有幸选择了法律这一职业，将性格缺憾遮掩掉了。这就是母校给予我的馈赠，感恩亲爱的母校！

没有天哪有地，没有地哪有家，没有家哪有你，没有你哪有我。假如你不曾养育我，给我温暖的生活，假如你不曾保护我，我的命运将会是什么？

1. 备受歧视的母校

每当别人咨询我报考母校时，我总是实话实说，母校没有西南政法那样的辉煌，也没有中国政法那样的荣光，还没有华东政法那样的海派气象，更没有中南财经那样的联手强强，也不要套用“211”“双一流”这些学校评价标准了。总之，母校只是几百所法律院校中的普通一员，尽管可能培养了一批现在看来有点儿名气、在公检法司等各方面崭露头角的西北学子。许多人很奇怪，都说你爱母校，再说人人都愿意粉饰母校的荣耀，你怎么能这样“长他人志气，灭自己威风”？我必然要爱母校，我不过是秉承法律人的实话实说，我爱我的母校，正如人的出身不可选择一样，母校也没有选择。但我不愿意因此就回避母校的缺点，恰恰相反，我应当着重告知外人母校的不足之处，这既是回避制度（任何人都不能当自己的法官）的要求，以防止立场偏颇，也是作为介绍人的法律责任，因为我是个负责任的人。

例如，母校连校友会也长期内没有合法成立，就是因为她的普通。在网络上搜索，关于“党员干部参加老乡会、校友会、战友会”的点击量不少，因为根据《中国共产党纪律处分条例》第七十四条：“党员领导干部违反有关规定组织、参加自发成立的老乡会、校友会、战友会等，情节严重的，给予警告、严重警告或者撤销党内职务处分。”可以说，当年大多数校友会都是非法的，因为都是自发成立的！不是大多数校友不守法，是因为人家不给你合法的机会！或许这与大多数人的认知不一样，因为一些名校如北大、清华经常组织校友活动，难道说他们也是非法的？清华、北大的校友会是合法的，但如果你的学校不是清华、北大，像我的母校这样的，就很难说合法。因为国家一直不提倡建立校友会，根据就是1986年原国家教委（86）教政字009号《关于一般不要倡导组织校友会的通知》，“校友会的活动虽可能有积极的一面，但如果普遍建立这种跨单位、跨行业的团体，会助长门户之见，甚至产生一些流弊”。就是这样的文件，竟然长达30多年一直有效，国家教育部门从来没有松口过！我是校友会的积极倡导者，母校虽非名校，但我爱她，就像清华、北大等名校的学生爱他们的母校一样！为了成立校友会，有时都觉得法律白学了，因为明明知道它们的错，但却没有任何办法，我甚至想提起规范性文件备案审查，因为这是违法的“红头文件”。这份文件的位阶虽然较低，既不是法律，也不是行政法规，仅仅是行政规范性文件。但是这却并不妨碍它们成为校友会成立的壁垒。2019 年 1 月 26 日《教育部、国务院学位委员会关于宣布失效一批规范性文件的通知》，对不利于“放管服”改革的规范性文件进行了专项清理，决定宣布失效一批，已失效的文件不再作为行政管理的依据，这里面就包括对校友会的限制性文件。这算是迟来的爱！这是不是歧视待遇？法律人最厌恶歧视，每一个人都可以有自己的校友会，都有机会参加合法成立的校友会活动，这才是法治社会的公平与正义！我爱母校，也爱校友，我更爱法治！

教育上的歧视不唯中国有，国外也有。美国的“小石城事件”是美国反对种族主义歧视的“一个重要的里程碑”。1954 年，联邦法院在一起案件中判决取消了公立中学关于种族隔离的限制。1957 年，在阿肯色州的首府小石城，有 9 个黑人学生被同意进入高中就读。但开学那天，该州的州长居然出动了国民警卫队，封锁学校，不准黑人学生进入。州政府都这么蛮横，白人学生的态度更加可以想象了。在州长的纵容下，白人开始制造暴乱，最后发展到艾森豪威尔总统出动了美国军队的精英——101 空降师 1000 人占领了小石城，控制了国民警卫队，才让这 9 个黑人孩子进入学校。上学都要惊动军队打“内战”，可以想象这 9 个黑人学生的压力，更可以想象，他们入学后的处境，在这种压力下，还能坚持上学，这 9 个孩子真是好样的，值得所有一上课就想逃学的孩子们学习。当时的美国白人怎么也想不到，50 年后他们最讨厌的“黑鬼”居然能当上美国总统！这就是我们立法禁止歧视的原因。

劳动者依法享有平等就业和自主择业的权利。劳动者就业，不因民族、种族、性别、宗教信仰等不同而受歧视。（《就业促进法》第三条）

2. 母校的著名雕塑

许多人知道母校的大名，与网上的“宪法顶个球”不无关系，这里面也含有更多难言的意味。2014年起设立了“国家宪法日”，每到这一天全国上下都在热烈庆祝，室外有上街的，室内有搞讲座的，全国上下“到处逢人说宪法”。大家都知道，宪法日活动你不搞得隆重一点儿，别人会说闲话的，说连个庆祝活动都没有，看来宪法真的没用啊！这都缘于母校那尊全世界闻名的雕塑——宪法顶个球。

《宪法》能顶起地球。这是1998年10月西北政法校庆40周年时陕西省司法厅赠送的礼物。政法学院校庆，作为有直接联系的司法厅祝贺一下不稀奇，我在校期间的1993年恰逢建校35周年，陕西省司法厅也赠送了礼物，毕竟政法学院原来是司法部属院校，又有相当部分毕业生从事司法工作，与司法厅自然有千丝万缕的联系。

> 雕塑的底座是一本巨大敞开的《中华人民共和国宪法》。在书的上方有两根支架，支架上是一个偌大的地球。地球的正中，是祖国的地图。雕塑要表达的意思倒也直白清晰，意在形象地反映《宪法》的非凡地位和作用：宪法支撑着整个世界的文明和进步。

“宪法顶个球？”我们知道，中国语言博大精深，在陕西话里面说“球”是形容人傻、颟顸，是骂人的话。我在南方一见到人的名字里有个“球”就想笑，在南方“球”字并没此含义。有人说《宪法》无牙齿，没有监督机制，你随地吐痰，有人罚款，违反了宪法竟然没有人管，因为《宪法》不能作为判案的根据。对于法院可否像运用其他法律法规一样来适用宪法条文作为裁判案件的依据、解决纠纷，在我国向来有争议。1955年7月30日，最高人民法院《关于在刑事判决中不宜援引宪法作论罪科刑的依据的复函》中明确：

中华人民共和国宪法是我国国家的根本法，也是一切法律的“母法”。刘少奇委员长在《关于中华人民共和国宪法草案的报告》中指出：“它在我国国家生活的最重要的问题上，规定了什么样的事是合法的，或者是法定必须执行的，又规定了什么样的事是非法的，必须禁止的。”对刑事方面，它并不规定如何论罪科刑的问题，据此，我们同意你院的意见，在刑事判决中，宪法不宜引为论罪科刑的依据。

由于《宪法》条文不能在判决书中引用，母校图书馆前的那尊著名的不锈钢雕塑成了被嘲笑的对象。

我们都熟知“法律必须被信仰，否则它将形同虚设”这句名言，出自美国法学家伯尔曼。说出了如此名言的伯尔曼先生在不同的场合都讲过这个“故事”：

即便是一个五岁的小孩，从来没有学过法律，他也会说：这个玩具是我的！别动它！这就说明他有财产法或物权的朦胧意识，因为法定的财产神圣不可侵犯；

如果他说：他打了我，所以我才打他的，他应该道歉和罚站。这就说明这个孩子已有侵权法甚至刑法的观念，因为伤害他人或侵犯他人合法权益，就应该受到惩罚；

有时候他会说：你曾经答应过我的！不要反悔！这表明他已经有类似于合同法的意识，每个人都要对自己的承诺负责；

当他说“爷爷奶奶给的零花钱我不能独吞，我必须给妈妈一些”时，这就有了税法的观念，任何人的收入须有一部分要上缴政府；

有时候和小朋友闹了别扭，他会说“我要把你做的事告诉老师”，这就是诉讼法，私下解决不了的纠纷，就必须通过诉讼的途径；

这个孩子如果说“这是爸爸允许做的”或“爸爸说不可以，我们还是不要去做吧”的时候，那就说明他已有宪法的观念了，因为前者的“允许做”是一种获得“授权”而取得正当性的观念，而后者的“爸爸说不可以就不能做”，则说明宪法是最具权威性的法律。

听了伯尔曼的解释，相信即便是没有受过法学教育的人，也多少能对法律类型有了初步的了解。所谓“大”学者，正在于具有这种深入浅出、春风化雨的神功。

常听人说西北政法人有一些共同的特点，这也不奇怪，毕竟在人生最重要的阶段，在同一所学校共同受熏陶4年，老师和教材基本上都差不多，因此难免有一些共同的特征，我把它称为“西北本色”，勤奋、吃苦、钻研、上进。这些都是西北人的优点，但作为一名西北人，更深知我们的一些缺点，如固执、较真、虚荣等。我知道许多校友可能没有这些缺点，更多的是说自己有上述缺点。在我看来，学校没有好坏之分，只要你喜欢她，你没有虚度时光，她就是你心目中的好学校。

我不是个好学生

法律人所共知，国内有五所政法学院。法大占京首都之地利，西南得风气之先，华东居上海之便利，中南与财大强强联合后顺利晋级211。相比之下，西北政法不显山难露水甚至更显几分落寞。但“世间有风情万种，我依然情有独钟”，因为只有她是我的母校！当年我们跨越高考这座独木桥，来到了这所政法学院；四年中，我们平等地接受老师的法律熏陶；四年后，我们拿着同样的一纸文凭，唱着“同学们！同学们！快拿出力量，担负起天下的兴亡”的《毕业歌》走出了校门，如同蒲公英的种子般随风撒落在天南地北。

离开母校多年了，常常梦回母校。那里有我青春年少的张狂，那里有我四年的努力与彷徨；那里有我年轻的欢乐与痛苦；那里更有我人生的成长与磨难。“几回回梦里回西安，双手搂定雁塔山……”

流光容易把人抛。红了樱桃。绿了芭蕉。（蒋捷：《一剪梅·舟过吴江》）

或许在外人眼里，我还算有一些光环，但想起母校，就常常想起年少时的张狂与鲁莽。我实在不是个好学生，我有愧于母校的培育之恩。

当年的我不太喜欢学习。或许是因为大多数学生出身贫寒，或许是因为地处偏远，奠定了西北学生酷爱读书的风气。1991年我读书时学风出奇的好。但有些东西，现在看来真的没多大意思。例如，1992年邓小平同志发表南方谈话，记得年初传来那篇著名的《东方风来满眼春》，我一个农村孩子也没有读出其中的微言大意，只是记得我们系党支部副书记在课堂上讲“扭住经济建设这个中心不动摇”的“扭”字多么形象、多么有深意，用语多么精辟！他在课堂上连连发问：为什么不用“抓住、逮住、把住、搞住、拿住”？这都是“白头宫女在，闲坐说玄宗”的旧事了。这也反映了当年的我们法学水平，这样的课值得认真学习吗？这些年我有时也出席会议发表个不算重要的讲话，但我本能拒绝“狠抓”之为，因为抓得“太狠”就会“抓死”了，这些年官场语言之粗俗、之好笑，简直是糟蹋中国的文字。

当年的我没有任何特长。1991年我洗掉脚上的泥土，像一个莽撞的农家孩子迈入了大学的殿堂。我突然陷入了一种迷茫。从一个多年在学校、班级中的佼佼者，到现在的不会篮球、更不懂羽毛球等体育运动，唱歌、跳舞等文娱活动就更不用提了。甚至于我一直认为自己写作还是比较出色的，可是，我们班上不但有现任职于广州知产法院的王仕弟这样的天才诗人，就连写散文，同宿舍的刘争远水平远远高于我，他的文字有一种我所不具有的灵性，而且他“醉里挑灯看剑，梦回吹角连营”那种豪气也是我学不来的。“眼前有景道不得，崔颢题诗在前头”的那种苦楚真是无法与人言说。武也不行，文不也行，我在这钢筋水泥的城堡里找不到了自己，迷失了自信。

当年的我体育是弱项。四年时光，尽管学习成绩还算优秀，只因体育不到80分不能评优秀学生。好在天见犹怜，大三那年得了个“学习单项积极分子”，这是我在大学四年中的最高荣誉。

大学期间，体育三次不及格，因此当年毕业时没有学位证。毕业后留校在83级年级办公室（相当于现在的院系）负责文体工作，体育教研室要求组建足球队，我以足球规则中有“合理冲撞”属于野蛮运动为由拒绝成立，后体育教研究室主任仇老师找年级办王主任寻求支持，但王老师当面告知，全权由董老师决定。直到我1985年离开年级办才成立。十多年后学校分配单元房，学位证可加0.3

分，我申诉：体育是一门课，学位规定是三门课不及格不予颁发。时任院长王天木认为申诉有理，责令补发（毕业班）！（母校董少谋老师微信的朋友圈）

看到这里不禁感慨万端，看来西北政法对体育的要求严格是历来有传统的。我读大学期间也因为体育不及格差点儿挂科，差点儿没有学位证，现在想来都好悬。我也不知道，为何体育课成绩总是那么差，尽管我个子高，那时也没有像今天这样发福，而且出身农村，劳动是我的天职，但我从小只会劳动不会体育运动。我最喜欢的是睡懒觉，这个爱好保持到今天。好在那时不提素质教育，体育课还被认为是副科，所以我也不用担心。但到了大学，早操依然是起不来，同宿舍的争远同学就要经常代我点名。幸好那时老师只是喊学号，我的是（910）306，争远同学对这个学号比自己的还熟悉，都是替我应号的结果。感谢同宿舍的兄弟！

早操可以别人替点名，其他可就惨了。例如800米长跑，费了吃奶的劲儿才勉强及格，也不知道有没有老师给的"可怜分"。太极棍，用张延同学的话说："王学堂哪是太极，分别是猴棍？"但勉强也算及格了。篮球算我的长项，不过投球也不理想。总之，在西北4年，体育课就是我的"坑"，现在想起来仍然是心阵阵作痛。特别是因为体育不到80分，我在西北4年与三好学生无缘，都是体育拖了后腿。

岂止如此，有门体育课竟然第一次考试挂了。已经想不起什么课了，任课老师是西北政法无人不知、无人不晓的薛峰老师。他是个美男子，除了体育，还擅长美声唱法，又是舞坛高手，真是"琴棋书画"样样全才，是我们学生心目中的"大神"。体育不及格，正如上面董少谋老师讲的，就面临着学位证的问题。先来思考个问题，学位证不过是学习的证明，有何必要与体育课挂钩？我到现在也想不通这里面的因果关系。

禁止不当联结原则是对行政权行使中的不当联结行为进行规范

和调整的法律原则。所谓不当联结是指行政机关以是否作出某项行政行为来要求相对人履行一个与此无正当关联的义务。

但当时学校的规定就是这样，好在学校给一次补考的机会。为了防止第二次再不及格，我想到和老师沟通一下，看来那时候就知道搞关系了，你小子也不傻啊！打听到了薛老师的家（前面讲过，薛老师是我们学校的名人，找他的家不难），然后买了张过年的贺卡就给老师送去了。敲开门，薛老师自然认识我，因为老师一般对班级里特别优秀或者特别差的学生都有印象，我属于后者。说明了来意，老师说："可能是紧张，下次补考时不要紧张，一定会过的。"可爱的薛老师给了年轻人足够的理由，保住了一个年轻人的面子。不管薛老师接受不接受，硬给他扔下贺卡，就跑掉了。看来礼品真的很管用，补考正好 60 分。感谢薛老师，体育过关了，保住了我一张学位证，后来薛老师来佛山，我还专程致谢此事，感谢这位收受我"一张贺卡"贿赂的老师。

今天的我已"奔五"，益发知道身体健康的重要性，没有好的身体就没有一切。我先从减肥开始，让自己瘦下来。由于工作忙碌，我基本上靠绿色出行这样的方式来锻炼。很后悔年轻时候没有珍惜那些体育课和锻炼的机会。

当年的我对法律似乎也不太感兴趣。今天的我喜欢"无法不谈"，痴迷法律，但当时的我似乎更喜欢文学、历史。读史也不系统，似乎偏重于民国以后；至于文学，偏重于陕西作家。现在许多学生毕业就手拿"司法考试资格"做敲门砖，而我到现在也没通过司法考试。很多人听我这样说很狐疑，你一个天天自诩为法律人、以卖弄法律条文谋生的人，竟然没有通过司法考试？是不是真的啊？这个，我身为当事人自然比外人更清楚一些。我曾经跟法院的同事开玩笑：通过了司法考试，恭喜你，你可以当法官了；通不过司法考试，恭喜你，过些年你可以直接当法院院长。

我于 1996 年通过了律师资格考试，1997 年通过了最高法院组织的法官资格考试，2010 年成为政府公职执业律师，这就是我的法律证书。还是反思下我为什么没通过司法考试。

首先是没动力。我们经常对自己也对孩子说别压力太大，实际上人人都知道没有压力是做不成事的。这便如弹簧，你给它一定的压力，它就会有相应的反弹力。压力太大也不行，弹簧折了。成了法官，还有律师资格了，认为反正会在法院工作一辈子，我至今使用的信箱和网络名也是 QZFYWXT，这就是我工作的“青州法院”的第一个字母。曾经认为会在老家法院工作一辈子，谁想到人生会转变航道，不但漂泊到了岭南的法院，后来又到了政府法制局、司法局，再后来，谁知道人生还有多少转变呢？2009 年 8 月 12 日，全国人大常委会法工委对最高人民法院、最高人民检察院作出了《关于将取得律师资格人员列入法官检察官遴选范围问题的意见》(法工委复〔2009〕5 号)，批复同意“将 2002 年以前经全国律师资格考试取得律师资格担任执业律师以及从事其他法律工作的人员列入法官、检察官遴选范围”。也就是说我当年的律师资格证书与司法资格证书价值等同，这样一来就对司法考试更没大的需求。

其次是没努力。个人努力还不够，只是买了三本考试教材，也就匆匆忙忙看了一遍，上考场全靠自由发挥了。现在想来，结果似乎不算太坏，大约第一次是 220 多分（分数线 240 分），第二次就 350 多分（及格线 360）分。就这分数很对得起自己了。想当年，同级同学牛凤勇老兄背着一袋子书上的潍坊，结果是老天爷看到了他的辛苦，他考中了，他成了上面的“分子”，而我成了通过率中的“分母”。

再次是没精力。当年孩子小、家务事多、单位事也多。更重要的是考司法考试还得偷偷看书，因为领导总认为你是不务正业，或者有跳槽做律师之想法。为了给领导留下个好印象，又不敢明目张胆地复习，而是利用晚上时间。一分辛苦一分才，这是必然的。不付出怎么能有收获？

最后是想多了。现在想来，司法考试是需要标准答案的，但我总是喜欢卖弄自己的才学，认为人家的答案值得商榷。例如，《刑法》总是考虑用张明楷还是高铭暄老师的观点，《合同法》是梁慧星的还是崔建远老师的观点，结果吧，真的“想多了”。你是去考试的，又不是命题人。把考生和命题人的角色混淆了，考试成绩就可想而知了。

不多说了，没通过司法考试，成了我多年心底隐隐约约的痛。但有这么个证书对我真的有很大用吗？我不知道。当初，我们同学更多的是在公检法队伍，我们那一届据说是国家正式包毕业分配的最后一年，政法学院的毕业生首选就是公检法。尤以法院居多，因为法学院的教学模式就是“以审判为中心”，所以认为只有进法院才专业对口，才学以致用。可惜由于各种各样的原因，以及人生发展的不同际遇，相当部分当年在法院工作的同学包括我离开法院，成了法院的逃兵。但身为前法官，我们对法院、对中国的司法怀有深深的感情，此情绵绵无绝期！

我虽然不是个好学生，但我仍然感谢母校。在这里，不只实现了从农村人到城里人的身份转变，更重要的是教给了我赖以谋生的法律技能，解决了饭碗问题。身为法律中人，交往也往往以法律业者为多。交谈几句，别人会问：“您是不是西北（政法）的？”这往往让我很吃惊。难道说我们西北人有明显标志不成？看我不解，对方解释说：“你们西北的学生对法律有几分较真，这是比较突出的特点。”或许是当局者迷，仔细想来，有几分是这么回事儿。

西北政法的学生痴爱法律，喜欢探究法律。我们在佛山的西北校友一坐下来就是诸如“检察官凭什么在法庭上向法官起立”之类的问题。吃饭之前先来一通法律辩论，是我们西北政法人的光荣传统。通过理性辩论，实现知识的增量，正是我们所追求的。

> 我们的西北政法，好大的一个家，永远那个永远，那个我要伴随她。

值此入学30年华诞之时，让我，一个普通的西北政法学子，为母校唱一支心底的歌。感恩生活，感恩当年，感恩政法！

愿生命化作那朵莲花

愿生命化作那朵莲花，功名利禄全抛下，让百世传颂神的逍遥，我辈只需独占世间潇洒。

告别无休的征战，告别不息的厮杀，告别无休的征战，告别不息的厮杀，用血泪换一个千古神话。

我这个年代的人都知道或者熟悉这首歌，这是1990年版《封神榜》的片尾曲。“愿生命化作那朵莲花，功名利禄全抛下，换一个千古神话”，唱起来容易，但人生毕竟漫长，每一步都处处惊心。这首歌最近被网民提起，是因为2016年苏妲己的扮演者傅艺伟被朝阳群众发现吸毒涉罪被抓。

1. 人人心中有个“苏妲己”

1990年版的《封神榜》于1991年下半年开始在陕西卫视播放。也有可能我看的是重播版本，毕竟一个农村孩子刚进城没有多大见识。当时我们刚刚入学，从繁重的高考炼狱中解脱出来，那年代似乎也没有找工作之忧（因为国家还分配工作），真是无事一身轻，就有时间看看电视剧。印象中完整看过的就是这部《封神榜》了，好像还有一部描写反映20世纪80年代中期陕西高校知识分子生活现状的《半边楼》，故事情节已经几乎没有任何记忆了，除了刘欢演唱的主题歌“拆了一半的半边楼，还有一半没拆到头”。记忆深刻的《封神榜》与里面的祸水红颜苏妲已不无关系。这就像反特电影中的女特务、《西游记》里面的女妖精一样，妩媚动人，穿着艳丽，举止妖娆，让我们这些正在成长的大男孩兴奋、着迷了。

大饭堂里，用过晚餐后，厨房的师傅们就早早清扫卫生，我们这些被称为“天之骄子”的年轻人也一起帮忙，抬电视机、搬桌子、拉凳子。当时的师傅大多是农村未能升入大学然后进城打工的高中生，尽管平时因为“一步之差”双方互相看不起，一边是年轻的大学生看不起这些被自己撇在高考门槛儿后的手下败将。一边是年轻的师傅们仇视大学生，你大学生有什么了不起，还不是我来给你打饭，想多点儿就多点儿，我看不顺眼就少点儿。这也是权力。

得罪了书记没法活，得罪了队长干重活，得罪了会计用笔戳，得罪了保管要秤砣，得罪了卖菜的师傅还三勺顶两勺！

说到学校食堂与学生的矛盾，那时流行罢饭。起因是饭菜质量不佳，特别是北方主食是面食，馒头又小又黑又硬，现在想来都佩服那时候的食堂，能把这么多缺点集于一身。西安高校大米也是主食之一，但蒸出来的米饭竟然发黄，也不知道是不是陈化粮。再就是饭菜里有老鼠屎、钢丝球等异物。那时候国人没有食品安全概念，当时有部 1982 年的《食品卫生法（试行）》，试行了 13 年直到 1995 年才去掉了“试行”二字，而到了 2009 年才以《食品安全法》代替了《食品卫生法》。别看两字之差，“食品卫生”是指食品应当具有的良好的性状，也就是食品要达到的标准和要求，而“食品安全”则含义广得多。

关于法律名称是叫“食品卫生法”，还是叫“食品安全法”，绝不是简单的概念问题，而是表现出了立法理念的变化。由原来的修改“食品卫生法”转变、升华为制定“食品安全法”，超越了原来停留在对食品生产、经营阶段发生的食品安全卫生问题进行规定，与“食品卫生法”相比扩大了法律调整范围，涵盖了“从农田到餐桌”的全过程，对涉及食品安全的相关问题做出全面规定，在一个更为科学的体系下，用食品安全标准来统筹食品相关标准，避免目前食品卫生标准、食品质量标准、食品营养标准之间交叉与重复的局面。

2015年，《食品安全法》修改又提出了四个“最严”（“最严谨的标准、最严格的监管、最严厉的处罚、最严肃的问责”），确保广大人民群众“舌尖上的安全”。这已经是后话了。

学生与食堂之间矛盾有其天然性，毕竟学生来自“五湖四海”，口味“众口难调”，但你得允许学生提意见，当时不是不允许提，而是你多次提，学校方以及食堂管理方总是有千条理由在等着你，给你解释。不尊重学生的学校，蕴含着无限危机！可惜，那些带“长”字的学校官员看不到！就此引发的罢课、罢操、罢食现象时有发生，是为学校一景。但在看电视剧这事上，双方迅速合好，而且一度感情最融洽，我在校四年，学生与食堂的小规模冲突是有的，但没有大的摩擦，现在想来或许就与一起看过电视有关。不像今天的高校，食堂工作人员与大学生就是买卖合同关系，双方连一句多余的话都不多说。于是平常很和谐，一有冲突就不可收拾。

时下许多高大上的人士一听“冲突”就反感、就害怕，但社会学家曾告诉我们：低暴力、高频度的冲突在很大程度上具有了“清洁社会空气”的作用，“它通过允许行为的自由表达，而防止了被堵塞的敌意积累的倾向”。作为社会积怨的“排气孔”，纠纷如果能够得到有序化解决，使积压的不满情绪及时、有序地释放，冲突对社会来说，就起到一种“安全阀”的作用。这是个较新的观点，特别是对我们国人来说。从目前的恶性刑事案件来看，我们不能排除有嫌疑人的个体自身原因，但冲突的化解机制相信也不无反思之处。日本学者棚濑孝雄认为，冲突有六种表现形式：①拳斗；②决斗；③仇斗；④战斗；⑤诉讼；⑥理想的冲突。纠纷（冲突）绝对不是只有害处而无一利，恰恰相反，一定范围内可控的纠纷会促进生产力发展，宣泄社会不满情绪，建立良好的秩序，提高法律的认同价值，促进社团整合。我们所说的“理想的冲突”就是低暴力、高频度、可控制的冲突。

西北政法的饭堂师傅和学生关系好还有一个重要原因，就是法律咨询。有个段子说“政法人人会法律，连政法厨房的大师傅都外出代理案件”。或许有演绎成分，但毕竟那时法院对公民代理不像今天这样严格限定为两类：“当事人的近亲属或者工作人员；当事人所在社区、单位以及有关社会团体推荐的公民”。很多大师傅就是附近的农民，亲戚朋友遇到法律事件咨询在政法学院打工的人也正常。据说有些师傅外出揽案件回来，就趁吃饭时请教老师或高年级学生，竟然最终也打赢了官司。农村官司也就是那些简单的离婚、宅基地侵权、民间借贷什么的，也没有高深的法理，只要把法律关系梳理好，焉有不胜诉之理？我就遇到过多位师傅的咨询，肯定要热情解答。那时每逢学雷锋纪念日、国庆节、重阳节等节庆，尚且经常外出去长安县、南大街等地摆摊义务咨询（看央视大型公益寻亲节目《等着我》，知道了西安一个叫李静芝的母亲，从 1988 年开始寻子 32 年，“念念不忘，必有回响”，终于在 2020 年 5 月找到。我在校时学生社团组织到西大街等地摆摊搞义务法律咨询。印象中有过母亲咨询过拐卖人口的犯罪刑罚问题。当然不一定是李静芝大姐，那年头这样的拐卖案件高发，类似这样的母亲太多了），何况是掌握自己饭菜大权的大师傅呢？我在学校期间也颇得他们的关照，饭菜给得多一点儿，对正在长身体的年轻人来说是一种口舌之惠，这也是法律价值的体现，更是自我价值的体现，感谢那些不知名的师傅。

看电视最讨厌广告，广告时间就成了上厕所时间，但年轻人肾好库容量大，有时就借机互相交流一下观剧感受。有些年纪稍大的心肠好的师傅知道年轻人正是长身体的时候，借着播广告的时间，拿出事先煮熟的糖水稀饭让大家在大饱眼福的同时来点儿物质食粮。那时候的饭堂也经常克扣学生，而法科大学生往往崇尚民主、平等、公正理念，但一起看电视剧这件事很好地拉进了双方的感情。后来，电视剧看得少了，学生习惯去看电影，饭堂与学生之间的天然矛盾再次发作，好像还发生过罢饭纠纷，一时惊动了学校高层。看电视剧，也是一种建设“和谐饭堂”的好方式。

还是回到《封神榜》。每次傅艺伟出演的苏妲己出场，大家鸦雀无声，只听到粗粗的、清晰的喘息声。那个穿着前卫、长相俊美、表演大胆的“祸水红颜”让正值青春萌动的男孩子屏住呼吸，就有点儿像今天的观摩成人片，别笑，这是实情。有个年轻的师傅儿来了句：“我操”，满屋的人哄堂大笑。你小子，胆子也大大了！笑过，大家立即平静下来继续追剧，他不过是说出了人人心中有但不好说出口的话！风骚迷人的妖精，是男人心目中的女神啊！现在家里都有了电视，甚至一家有几台电视，但还有那种看电视的激情吗？傅艺伟出事后，我才知道，原来她在1990年版《封神榜》中饰演苏妲己一角时也不过是26岁，那时候的年轻人成名真早。现在看到一些我们那个年代声名鹊起的影视名星，似乎也不过比我们大几岁的样子。但他们一直是我们的偶像啊！更让人难过的是，这些偶像因为各种原因“人设”纷纷倒塌，让人无限感慨人生。

2. 上海潘平毁容案

1993年夏季，美丽、文静的上海青年女教师潘平被学化学的男朋友李行华以极其狠毒的手段毁坏了面容。潘平受伤时，曾极力呼救求助，然而站在旁边的凶手却无动于衷，竟眼睁睁看着花容月貌的女朋友被烧得惨不忍睹。这起恶性案件是中华人民共和国成立40年来上海发生的最惨痛的毁容案件，在全国也引起了强烈反响。案件最终判决结果曾经在中央电视台《新闻联播》播出过，足见影响之大。当时在学校的饭堂还引发了死刑是否适当的大争论。在被告席上的李行华不断表白自己是深爱潘平的，当录像播出潘平毁容后的画面时，他做出无限痛苦的模样，表示愿意用余生照料。就我所知，其后毁容案犯也是判处死刑，因为毁容比直接剥夺人的生命在一定程度上还严重，“人活一张脸，树活一张皮”。至于说愿意照顾被害人，这样的头更不能开，不然所有失恋的可能都会把对方毁容致残了，“我毁了你，你就是我的了”。因爱生恨的男子毁了女孩面容，是“我得不到，别人也休想得到”的占有心理，而爱情的真谛，是付出而不是占有。因为李系投案自首，庭审现场还围绕“自首能否作为从轻量刑的依据”展开激辩。这些无论是情理还是法理，都大有可争辩的空间。

2018年10月，广西灵山10岁女童杨晓燕在卖百香果回家途中被同村男子杨某强奸后死亡。广西壮族自治区钦州市中级人民法院一审认为，杨某奸淫幼女，致人死亡，其行为构成强奸罪，因性侵系10岁的未成年人，手段极其残忍、情节极其恶劣，应从严惩处；杨某犯罪后自动投案，如实供述，系自首，可从轻或减轻处罚；但其罪行极其严重，决定对其不予从轻处罚。2019年7月12日，判处杨某犯强奸罪，处死刑，剥夺政治权利终身。广西壮族自治区高级人民法院二审认为，杨某的父亲规劝陪同杨某到公安机关投案，投案后如实供诉犯罪事实，属自首，杨某的自首行为对案件侦破起至关重要的作用，依法对杨某判处死刑，可不立即执行，并限制减刑。该案引发群情激愤，最高法院已经调卷审查。

这些案件让人想起40年前的姚锦云案。1982年1月10日11时许，北京市出租汽车公司一厂动物园车队女司机姚锦云（23岁），私自驾驶一辆华沙牌出租车，闯入天安门广场，连续撞死5人，撞伤19人，其中11人重伤。姚锦云行凶的原因是因为没有完成12月的调度任务，车队领导决定扣她工资，她对此不满，多次分别找支书、队长和副队长谈话，未能解决问题。车队领导出于安全考虑，暂时不让她出车，让她参加交通规则学习班，她更为不满，导致案发。1982年1月30日，北京市中级人民法院判处姚锦云死刑，立即执行，剥夺政治权利终身。2月3日北京团市委发出《关于围绕姚锦云在天安门广场开车行凶的严重案件在团内展开道德和法纪观念讨论的通知》。案件背后有些细节东西值得深思，1982年1月10日（阴历1981年十二月十六日）案发，1月30日（阴历1982年正月初六）一审宣判死刑，2月17日（阳历1982年正月二十四）执行死刑。正值春节假期，侦查、公诉、审判、执刑速度何其快也。对姚锦云案中刑罚的适用问题，我国刑法学元老高铭暄在其主编的《刑法学原理》第三卷（中国人民大学出版社1994年版，第69页）

中认为：

从特殊预防的角度考虑，即使对姚锦云处较轻的刑罚，她也不会再实施犯罪，因而应判处较轻的刑罚。但从一般预防的角度考虑，其毕竟罪大恶极，致 24 名无辜者死伤，不重判不足以平民愤，不足以威慑那些有可能为了泄愤而迁怒于无辜，铤而走险的“潜在犯罪人”，因而应处以极刑。

法治社会，我们强调“办事依法、遇事找法、化解矛盾靠法、解决问题用法”，把事情“搞大”其实就是“不信法”的表现，这也是另一种“不闹不解决、大闹大解决”。我们的法治讲求权利公平、规则公平、机会公平，让每一个人活得有希望、有信心、有未来，每个人都活得有尊严、有价值，绝对不能用这种不可饶恕之恶来践踏我们的法治底线。生命权是最高人权，任何人没有权力、不经法律途径、不依法律手段、不循法律程序剥夺他人的生命。

潘平后来在媒体的关注下，受到美国热心人士的资助，到美国整容成功，并结婚生子，人生走上了正轨。据说，这个案件发生后，发生了令人啼笑皆非的事：许多先前曾与男友提出分手的女孩子纷纷收回成命，表示愿意与其共度终身。这可能是电视或其他传媒工作者所没想到的后果，也是我们普法没有想到的后果。我们的法治宣传一定要注意分寸，防止暴露无遗的镜头造成社会不良影响。一方面是公众的知情权，另一方面是民众的安全感，这样的难题司法中常遇到。这些年，我一直在从事普法工作，但总是有一个理念：在传播法治思维和方式的同时，一定要考虑负面效应，否则法治就变成了“恐吓”“用法吓人”。

3. 防卫的正当与过当

2020 年 3 月，中国政法大学的“网红”罗翔老师举了一个最经典的案例“粪坑案”，年轻法律人都吃惊，竟然还有这样的案例。这也一下子把我拉回了 30 年前，因为我们当年也讨论过这个案件。

在 20 世纪 80 年代，一个妇女干部，冬天的傍晚骑着车，遇到歹徒要强暴她。这位妇女发现孤立无援、完全没有办法反抗，只能假装就范，她找了一个极其为歹徒考虑的借口："大哥，这个地方不平坦。"精虫上脑的歹徒觉得有理就答应了，两个人找到了一个平坦的地面，女干部劝说歹徒脱衣服。就在歹徒脱衣服双眼被蒙住的瞬间，妇女手疾眼快，一把把他推进了粪坑（那年代化粪池城乡随处可见）。出于一个人基本的求生欲望，这个歹徒往上爬，妇女踩一脚，歹徒第二次往上爬，妇女又踩一脚，第三次往上爬的时候，妇女又踩一脚，这次歹徒彻底掉进了粪坑死亡。

别笑，这可是当年写入刑法教科书的真实案件。问题是：该名妇女的行为是正当防卫，还是防卫过当？

争议自然很大。按罗翔老师的说法，有人给细分了一下，第一脚是正当防卫，第二脚是防卫过当。要区分正当防卫和防卫过当，其中非常重要的一点就是：在判定一个案子是正当防卫还是防卫过当时，要采取事前一般人标准，而不是事后理性人标准。所谓的事前一般人标准，就是把自己代入进去，以当时的情况进行判定，而事后理性人标准，就是事后诸葛亮，用所谓"上帝视角"的态度去评判当事人采取的措施。所以罗老师反问我们：如果你是这个妇女，你踩不踩？踩！砸不砸？砸！这就是一般人。但是一些法律人甚至部分法官，会在评判一个案件时会过于苛求防卫人保持冷静和理性。例如，河北涞源反杀案。

王某于2018年1月寒假期间，到北京其母亲赵印芝打工的餐厅当服务员，与在餐厅打工的王磊相识。王磊多次联系王某请求进一步交往，均被拒绝。2018年4月28日，王某到北京的餐厅找其母亲赵印芝。次日下午王磊将其约出直至第二天凌晨四五点钟，不断纠缠，强行不让其回家。赵印芝等人找到王某将其送回涞源老家，王磊追到涞源要求见面遭拒。同年5月至6月，王磊携带甩棍、刀具上门滋扰，以自杀相威胁，发送含有死亡威胁内容的手机短信，扬言要杀王某兄妹等方式，先后六次到家中、学校对王某及其家人不断骚扰、威胁。王某就读的学校专门制定了应急预案防范王磊。王某及家人先后躲避到县城宾馆、亲戚家居住，并向涞源县、张家口市、北京市等地公安机关报警，公安机关多次出警，对王磊训诫无效。2018 年 6 月底，王某的家人借来两条狗护院，在院中安装了监控设备，在卧室放置了铁锹、菜刀、木棍等，并让王某不定期更换卧室予以防范。

2018 年 7 月 11 日 17 时许，王磊到达涞源县城，购买了两把水果刀和霹雳手套，预约了一辆小轿车，于当晚乘预约车到王某家。23 时许，王磊携带两把水果刀、甩棍翻墙进入王家院中，引起护院的狗叫。王新元在住房内见王磊持凶器进入院中，即让女儿报警，并拿铁锹冲出住房，与王磊打斗。王磊用水果刀（刀身长 11 厘米、宽 2.4 厘米）划伤王新元手臂。随后，赵印芝持菜刀跑出加入打斗，王磊用甩棍（金属材质、全长 51.4 厘米）击打赵印芝头部、手部，赵印芝手中菜刀被打掉。此时王某也从住房内拿出菜刀跑到院中，王磊见到后冲向王某，王某转身往回跑，王磊在后追赶。王新元、赵印芝为保护女儿追打王磊，三人扭打在一起。王某上前拉拽，被王磊划伤腹部。王磊用右臂勒住王某脖子，王新元、赵印芝急忙冲上去，赵印芝上前拉拽王磊，王新元用铁锹从后面猛击王磊。王磊勒着王某脖子躲闪并将王某拉倒在地，王某挣脱起身后回屋拿出菜刀，向王磊砍去。其间，王某回屋用手机报警两次。王新元、赵印芝继续持木棍、菜刀与王磊对打，王磊倒地后两次欲起身。王新元、赵印芝担心其起身实施侵害，就连续先后用菜刀、木棍击打王磊，直至王磊不再动弹。事后，王新元、赵印芝、王某三人在院中等待警察到来。

一部分民众以及涞源县公安局不认为这是正当防卫，将小姑娘的父母羁押在看守所。理由之一是“受害人王某倒地后赵印芝在未确认王某是否死亡的情况下，持菜刀连续数刀砍王某颈部，主观上对自己伤害他人身体的行为持放任态度，具有伤害的故意，可能判处有期徒刑以上刑罚”。这就是事后理性人的态度，忽略王某拿着凶器闯入民宅全家丧命的可能，要求防卫人理性对待行凶者。而法律的意义就在于它划清了我们可以做和不可以做的界限，不论是个人对犯罪嫌疑人的怜悯还是评判，都应该被关进法律的笼子里。不幸中的万幸，这个案子最后改判，最终认定为正当防卫。

这样的经历，在恋爱中也并不少见，中国有句“好汉无好妻，赖汉娶花枝”就来源于此。当遇到了“泼皮牛二”，除了忍受就是杀人，别无其他选择。河北省保定市涞源县人民检察院认为，本案中王新元、赵印芝、王某的行为属于特殊正当防卫，对王磊的暴力侵害行为可以采取无限防卫，不负刑事责任。2019 年 3 月 3 日，涞源县人民检察院决定对王新元、赵印芝不起诉。法不能向不法让步！公民的无限防卫权终于回来了！

河北省保定市人民检察院认为，这样处理有利于制止不法侵害行为，有利于保障公民正当权益，有利于维护公民人身权利和住宅安全。《宪法》第三十九条规定：“中华人民共和国公民的住宅不受侵犯。禁止非法搜查或者非法侵入公民的住宅。”

但宪法虽然有规定，落到实处不容易。通过一个刑事案例来保护公民宪法权利的法益，这值得我们欢呼，因为住宅是时下最重要的公民生活资料！一晃 30 年过去，从粪坑案到河北涞源反杀案，我们看到了法治的进步，但我们感慨的是进步有点儿慢。

> 一个打工女，为了救助自己未来的大姑姐（后来成了她人的大姑姐）而被审判，所幸后被判无罪。对吴金艳来说，看守所中的 10 个月已经改变了她的命运。心爱的男友以为她这辈子不会离开监狱了，于是另娶新娘；内蒙古老家村庄里流传的是她当坐台小姐遭强奸后起意报复杀人。
>
> 正如二审法院判决所认为，吴金艳的防卫行为起因于危及自己

和他人人身安全的暴力侵害的发生，防卫意图明显，防卫时间在不法侵害正在进行过程中，防卫对象得当，且未超过必要限度，属于具有无限防卫权类型的正当防卫。但这样的明显事实，何以被公安机关执行逮捕（前面还有刑拘）、被检察机关公诉（批准逮捕）、一审被判无罪、检察院抗诉，长达十月之久，这是1997刑法鼓励正当防卫和无过当防卫权立法精神的体现吗？现实离我们的理想还有很远，因为我们的法治——永远在路上。(《2005，不要将一个叫吴金艳的女孩忘记》，王学堂著《无法不谈——一个法律人的行与思》，海洋出版社，2009年6月版）

30年过去了，时不时就想起在饭堂就热点案件一起争论法律适用的日子，我的那些同龄人，你们现在还好吗？

路遥先生活到今天也才 70 岁

经常想起路遥先生，因为他是我的人生导师。

1949 年的 12 月 3 日，路遥先生出生在陕北延安黄土高原一个偏僻、贫穷的小村。今天这个村子已经不能称为偏僻了，倒不只是因为那里有路遥先生的故居，更多的是因为那里离著名的“梁家河村”不远。2018 年，我曾经到过梁家河，可惜因行色匆匆，未能拜谒先生故居。

路遥先生的一生总与贫困相伴，这对于他是一种人生的磨难，但对于一个作家来说，又何尝不是一种天赐的机遇。国家不幸诗家幸，生活的艰难让路遥先生无论是在其成名作《人生》，还是代表作《平凡的世界》中，都有着悲天悯人的情怀，这也是他的作品打动了一代又一代无论是北方人还是南方人，无论是否有过他那样经历的读者的根本原因。

正因为如此，今天我们纪念路遥，重读路遥先生的作品，仍然能从中受到启迪，感受到作品永恒的力量。

这让人不由得想起《平凡的世界》中的农村进城女小翠。在包工头胡永州的工地揽工过程中，孙少平无意中发现了胡永州强暴在工地烧火做饭的小女孩小翠，认清了胡永州的真实嘴脸，便决然离去，虽然胡永州待他不薄，但少平内心强烈的正义感驱使他一刻也不能停留。

孙少平找到胡永州，让他给小翠结账，并把胡永州打了一顿。之后，孙少平为小翠买了一张离开黄原的车票，让她回家，同时把自己辛辛苦苦赚到的一百元钱也给了她。可是，令孙少平万万没想到的是，那个小翠后来又回到了包工头胡永州的手下，还是为他煮饭，当然还是要陪着睡觉！电视剧《平凡的世界》有一组镜头：孙少平发疯似的在河边折磨自己，怒吼着。他一定会后悔自己当年救小翠出火坑，后悔自己的钱送错了人，一定会发誓遇到这样的事不再多管闲事。但孙少平再次遇到这样的事，真的会不管吗？不可能，因为他过不了自己的心。

无独有偶。备受关注的海归清华博士、国内 LED 照明第一人孙夕庆案件，在羁押 1277 天、历经 114 次马拉松式庭审之后，山东省潍坊高新区人民检察院下达“不予起诉通知书”。2019 年 11 月 7 日，潍坊市高新区人民法院做出决定：向孙夕庆支付人身自由赔偿金和精神损害抚慰金合计人民币 54 万余元，同时为孙夕庆消除影响、恢复名誉、赔礼道歉。11 月 29 日，潍坊市高新区法院举行公开向孙夕庆赔礼道歉仪式。高新区法院党组副书记、副院长受院长委托，向孙夕庆鞠躬赔礼道歉。这种“领奖是主要领导来领，检讨由次要领导来做”也是我国政治的原生态。

在《平凡的世界》中还有这样一个情节：因旱灾，双水村的村级最高权力机构——党支部（书记田福堂）组织村民到石圪节水坝“偷水”，结果引发人员伤亡的重大事故。处理结果是：党支部副书记金俊山在中央人民广播电台的《各地人民广播电台联播》节目后，在石圪节公社的广播室里，代表双水村党支部，向全公社人民检讨他们村损人利己的不法行为。金俊山在进公社广播室的时候心想：双水村做下成绩，都是田福堂在广播上介绍经验出风头；而这种不光彩的倒霉事，倒轮上他金俊山了。路遥先生 30 多年创作的这个情节与今天的事件多么相似？先生的作品真是一部中国的大百科全书！

每年的 11 月 17 日，“微信朋友圈”都会刷屏纪念路遥先生的文章，因为 1992 年的这一天，42 岁的先生离开了人世间，还记得在新北楼 410 宿舍，我们 7 个大男孩听到噩耗的那一刻，竟然不顾男孩子的脸面和尊严抱头痛哭。

1.16岁那年的相遇

小时候看电影《人生》，知道了有个上进无门的农村知识青年高加林。那种无可奈何、那种人生的落寞撕扯着一颗幼稚的心；看到美丽的村姑刘巧珍与高加林有缘无分，才知道天下有情人并不是都成了眷属，毕竟“悲剧就是把人生有价值的东西毁灭给人看”（鲁迅语）。我在16岁那一年遇到了《平凡的世界》，这本书影响了我的一生。1988年，偶然读到了中国文联出版社的三卷本《平凡的世界》前两卷。自此，《平凡的世界》成了我的人生励志书。1988年，中央人民广播电台播出了这部小说，随后，全国十几个省市电台又陆续重播，引起轰动。

> 中央人民广播电台，播长篇体验古今社会，听长篇品味今古人生。让我们的故事传进千家万户，让每位听众走进我们长篇联播的新天地。听众朋友，请继续欣赏荣获茅盾文学奖的由中国文联出版社出版的路遥的《平凡的世界》，由李野默演播。

每天中午12时30分，听着收音机传来的熟悉声音，那一刻云淡风轻，那一刻物我两忘，心都陶醉了。我趴在收音机前，醉心地听着，孙少平、孙少安、田润叶……一个个名字，一个个故事，在我的脑海中弥漫开来。那时候，觉得人生中只有一件事，一件天大的事，那就是听小说、听广播。每到这个时候，连饭也顾不上吃，大家都敛声屏气，即便是农家院子里的狗，也静伏着，大气不敢出。就这样，小说、人物、情节，连同李野默先生的名字，以及他的声音，一同融进了我的生命。据说电台、出版社和作者共收到听众和读者来信近万封。这里面就有我的不止一封。曾经幻想有一天会播出我对先生的敬仰之情，希望能有一天收到路遥先生的亲笔回信。星期天，独自一个人打听着路，在陕西省作协的大院门口游逛，期待着邂逅先生，那个破落的小院让我肃然起敬，因为最崇敬的路遥先生就在这里，“山不在高，有仙则名”“院不在大，有作家则名”。现在想来多么好笑啊！但你应该知道，每个人都曾或多或少有过一个与文学有关的梦，有梦想才有希望，你绝对不能嘲笑一个年轻人的梦想！没有了梦想，只能证明你老了。

2. 陪伴多年的收音机

一台陪伴了我多年的收音机，现在的年轻人都用随身听、MP4什么的了，但我们那时袖珍收音机是标配。这是宝鸡一家军转民企业的产品，刚刚在网上搜索了竟然还有这个品牌，军工产品就是质量过硬，品牌长久。收音机是“烽火”牌，或许取材于“烽火戏诸侯”的典故，这台收音机是入学时学校推荐购买的物品，它有一个特殊波段可以收听学校自己的调频英语广播。要感谢这台收音机，除了收听《平凡的世界》等文艺作品，还可以收听学校的英语广播练习口语，播音员就是我的英语老师，声音也很甜美，发音也很准确（这主要是与我的“山东外语”相比较），但我更喜欢的是中国国际广播电台（China Radio International）晚上9时的英语节目，记得里面有个人头马广告“Remy Martin open，good nature.”（人头马一开，好事自然来）。一直在暗想人头马到底有多么好喝，这真的是一个穷孩子在坐井观天了。我们那个年龄，已经学着像男人一样交际，开始和老乡、朋友特别是同宿舍的几个哥们一起喝酒，如国庆节、劳动节，犒劳一下自己。我们喝的是七角钱一瓶的城固大曲，超过一元钱的四川沱牌、二锅头，如果有的话，也像今天的茅台一样珍贵了。陕西和我老家山东一样以白酒为主，直到2005年我来到佛山，本地人喜欢喝洋酒，我也就见识到了XO，尽管知道这是好东西，但无奈肠胃不适应，有些东西“可远观而不可亵玩焉”。但我总喜欢把玩一下XO的瓶子，因为这里面有30多年前一个农村孩子的梦想与奢望。

这档节目打开了我的视野，让我知道了国外的世界。1993年，我通过英语四级（CET4）；1994年，我又成为班里少有的几个通过英语六级（CET6）的学生，这档节目真是功不可没，因为我没有购买任何辅导教材，也没有参加任何辅导班。

Almost heaven, West Virginia。Blue Ridge Mountains, Shenandoah River。Life is old there, Older than the trees。Younger than the mountains, Growing like a breeze。Country roads, take me home。To the place, I belong。

当年的节目中喜欢播放一些外语歌曲，如约翰·丹佛（John Denver）的这首成名曲《*Take me Home, Country Roads*》(《乡村之路带我回家》)，今天一听到，还犹如当年。

When I was young, I'd listen to the radio, Waiting for my favorite songs, When they played I'd sing along, It made me smile, Those were such happy times。

每当听到这首卡伦·卡朋特的《*Yesterday Once More*》(《昨日重现》)，我就想起当年在床上听着广播的幸福时光，总是泪眼迷蒙，那是一个年轻人的放荡不羁，更是一个年轻人对域外文明的追求，30年过去，他找到了年轻时的梦吗？那些许下的愿望都实现了吗？

毕业后在社会漂泊，每当痛苦、心酸的时候，就看《平凡的世界》。2005年，我从山东老家来岭南漂泊，带的除了几件衣服就是一本《法规汇编》和一套《平凡的世界》。在夜深人静的时候，总喜欢看这本书。尽管知道每个情节，尽管熟知故事的进展，但自己总是读得热泪盈眶。2013年去陕北路经延安大学，心一阵痛：这是先生求学和人生的归宿！路遥先生的母校是延安大学，他安葬在该校的后山上。2018年4月，我曾专程到先生墓前拜谒，在延安大学一路打听，许多学生只知道后面山上有个路遥墓，但具体方位几乎没有人讲得清楚，现在的年轻人已经不知道先生了，更不可能会知道先生对这个世界、对我们这一代的影响。最终和几位先生的粉丝同行，在暮霭中靠着手机导航，一路摸索才找到。

先生，我来了！看您来了！

我已经很久不看电视剧，包括自己录制的节目看得也不多，因为没有时间。但2015年春节期间基本上看完了56集的电视剧《平凡的世界》。听着熟悉的陕西话，将电视剧情节与小说一一对照，让我想起30年中每次读小说的情景。时光就是杀猪刀，刀刀催人老。好在主人公孙少平、孙少安仍然年轻，庆幸的是我的法治理想还在。太太笑话我："我们看电视剧是堕落，你看就不堕落了。"我确实说过这话，但《平凡的世界》于我有特别的情感，自然不能相提并论的。

> 就是这一溜溜沟沟，就是这一道道坎坎。就是这一片片黄土，就是这一座座秃山。……就恋这一排排窑洞，就恋这一缕缕炊烟。就恋这一把把黄土，就盼有一座座青山。

一般人不知道的是早在1990年中国电视剧制作中心制作并由央视播出14集同名连续剧，有首今天还为人熟记的主题歌曲《就恋这把土》。由于路遥先生生前不是太满意，后来就没有再播出。想想也是，14集怎么能演绎出一部如此波澜壮阔的人生世界，2015年版共56集，还删改了大量的原著情节，这部描写1975—1985年普通人在时代变革中所走过的艰难历程的书，是那个至今让人怀念不已的激情年代的百科全书。

3. 曾经年少爱文学

20世纪90年代的中国还处于文学热潮的后期；后来，文学离我们越来越远。我于1991年入学时，正值文学史上著名的"陕军东征"事件。陈忠实完成了《白鹿原》，贾平凹创作了《废都》，京夫改定了《八里情仇》，程海拿出了《热爱命运》，高建群写就了《最后一个匈奴》，"陕军"一下子打响了文坛。这对自小酷爱文学，历经文学青年、文学中年的我，影响不可谓不大。有一天也会成为文学老年，但文学是我的痴爱。2012年8月16—22日在广州和佛山同时举行的第二届南方国际文学周，主题为"中国光芒"。在佛山图书馆连续享受饕餮大餐的情景似乎就在眼前，包括苏童、马原、蒋方舟等名家在“南风讲坛”连续性地开讲座，换人不换场。连续两天，吃的是简单的牛肉拉面，但精神上享受的却是国家级的文学艺术盛宴。这些年，年龄渐长，许多事、许多人包括一些爱好已经远离，但听人文讲座的热情从来不减。有人会问，听这些有用吗？确实，它不会像听股票、金融那样容易发财，也不像听经济、法治讲座那样实用，但人总得有些精神追求，有些人文讲座总能激发内心深处的那一丝丝情怀，会唤醒人精神深处的内心波澜，这正是人文的价值和意义。人啊，就是这样感性；人文，就是蕴藏在内心深处。那时西安有本发行量过百万的热销杂志《女友》，一度被誉为西安城的代名词。凡有井水处，皆有人看《女友》。路遥先生《平凡的世界》的创作笔谈《早晨从中午开始》，就是在《女友》首发，让杂志一时洛阳纸贵，一纸难求。

怀念路遥先生，回念 30 年前青春飞扬的岁月。我知道，他是我们这一辈子也达不到的高峰，但他总在我们身边，让我感动，让我奋发，激励我前行。流光容易把人抛，仔细回想，如果路遥先生活到今天，也不过 70 岁，他是中华人民共和国的同龄人。如果上天怜悯，能够再给路遥先生 28 年时光，他会在原有基础上能取得多少的成就？可惜，天不假时日，斯人已去经年！我也经常想：假设路遥先生还活着，今天的他是什么样子？最好的假设是他仍然像 30 年前一样，埋头写作，为歌颂伟大的时代、伟大的人民而呕心沥血，然后再创艺术巅峰。他也可能成为专职作协主席，开会、坐主席台成为他的主要工作。每天讲着官话的路遥，会让我们多么伤心！

路遥先生的一生只有短短的 42 年。2016 年，那一年我 44 岁，整个人都感到很焦虑，因为感到了时光的匆匆，好多事有想法甚至有办法，就是没时间落实，人生的无奈莫过于此。一直感激时代，让我在 16 岁那个年纪，遇到了《平凡的世界》，影响我至今，也必将会影响我终生。今天，每次重读先生的经典，总让我想到为什么活，怎么活，才能不负韶华，不负时代！

叫一声“母亲”泪流满面

悲伤和欢乐总是携手而来，像牛奶与饼干，谁也离不开谁。

——尼尔·盖曼

实在不愿意写这件事，因为一写到母亲的突然逝去总是泪流满面，再也难以敲击键盘。这一天是 1991 年 12 月 1 日。这一天也是我父亲的生日，那一年父亲才 42 岁，母亲也不过 44 周岁。这件事对我打击太大了，可以说直到现在都没缓过气来。每到母亲节，看到微信朋友圈在晒“母亲”，一想起自己的母亲已经不在了，自己成了没娘的孩子，立即有一种悲伤不由自主从内心升腾，弥漫全身，顿时感觉所有的人生荣耀、光环甚至生活都毫无意义。30 年了，平时总不敢想起母亲，因为想起了悲痛不已，而且立即会影响到整天的心情。因此，在落笔之前我很犹豫，几番提笔几番放下，考虑到这毕竟是我大学期间一段最重要的经历，最终还是不回避了。

1. 谁的青春不迷茫

30 年前，这件事对我的影响可想而知。你想啊，一个 19 岁的农村孩子，一个年轻人，刚刚考上了大学成为“天之骄子”，刚刚离别父母双亲去远方求学，突然间收到一封“母病速归”的电报（那个年代还有“电报”而今天的年轻人需要自行搜索一下补充点历史资料），一向健康的母亲突然间撒手人寰，母子俩阴阳两隔，让人情何以堪？我不知道也无法估算这件事对我人生的影响，反正相当长一段时间里，都感觉活着没有意思，整个人如行尸走肉。有一段时间，市面上流行香功、气功，还有什么转世之说。我竟然非常相信，但愿有一天母亲能转世到什么人家，然后重续我们19年的母子情缘。当时西安有个易经大师叫邵伟华，据说是邵康节的多少代孙，精通梅花四柱，我曾经想方设法联系，自然无果，那年代求见大师的人太多了，大师怎么可能会接待一个穷学生？

2013年7月22日，《新京报》报道王林与众多高官、名人合影，引发公众关注；7月28日，央视《焦点访谈》揭开了王林的真面目，后以涉嫌非法持有枪支罪被立案调查。2015年7月15日，王林在深圳因涉嫌绑架杀人被江西萍乡警方带走；8月20日，涉嫌非法拘禁罪被执行逮捕。2017年2月10日，王林因患病导致多器官功能衰竭，经抢救无效于看守所中死亡。这就是王林大师的一生。

网民对有些达官贵人、演艺明星竟然相信这些江湖骗子很不理解，我不由得想起30年前自己的所作所为，或许并不是真的相信而是寻求安慰、期待有所寄托。我这一辈子不信任何宗教，但小寨附近有座大兴善寺，据说特别灵验，香火旺盛，我在礼拜天经常跑去祈求。我就是想不通母亲怎么会这么早就扔下我们而去，就是想知道母亲去了哪儿，这是一个孩子对母亲的无尽思念。

当时社会上流行以算命、气功、特异功能为代表的伪科学热。1993年年底，在北京妙峰山出现一群打扮怪异的人：每个人都头顶一口闪亮的大锅，闭目调息。他们都把自家煮饭用的锅扣在头上，似一个"钢盔"，这顶锅被称为"信息锅"，传言该锅可以用来接受宇宙的大气场，达成天人感应。他们的样子会让现在的人想起来就发笑，但这种形象恰是那个疯狂的气功年代标志。在神化气功的年代，诸如此般的怪异场景在全国可见。当年出现了"百家争鸣"的局势，"大师"也在全国遍地出现，如自称"智慧女神"的张香玉女士、"香功"创始人田瑞生等。无论是耳朵识字的超凡功能，还是治病免灾的神奇疗效，今天都已经被人们一件件证伪，并和江湖骗子一道成为笑谈。后来很多大师都坐牢去了，这就是江湖，我们百姓也从当年的“什么都信”变成了现在的“老不信”。

我肯定知道，人死如灯灭，诸如灵魂转世之说不过是虚妄之说，但就是抵御不住对母亲的思念。2015 年 3 月，有天晚上，儿子问我：“爸爸，电视剧《平凡的世界》中有外星人啊？”“是的。”“世界上是不是真的有外星人啊？”“或许有，但目前没有发现。不过是因为田晓霞去世后，男主角孙少平思念成疾，作者路遥想象出了个外星空间，田晓霞生活在那里很幸福，让少平宽心。”儿子似懂非懂地点点头。要是真有外星空间就好了，人死了去到那儿，亲人想念的时候可以超越时空见面，就不用我和逝去的母亲每次梦中才得以相见。

2.19 年的母子情缘

1947 年出生的母亲算是生在中华人民共和国（山东革命老区解放早），长在红旗下。但母亲却一字不识，没有读过一天书。1990 年我高中毕业了，已经具备了上大学的可能，妹妹也初中毕业（她基础相对差一些，没能考入高中），在潍坊当临时工。还记得高考过后的那年夏天，我和娘一边吃午饭，一边看山东电视台的午间新闻节目《正午时光》，娘说：“我已经认得一些字了，你看，正—午—时—光。”娘又说：“我跟着电视学几个字，等你考上大学，以后往家里写信，我就能自己读了。”我说：“没问题，中国常用的汉字也就几百个，你一天认得一个，一年就能认识 300 多个，常用的字就认识了。我写信时字写大一点，用简单的字。”母亲笑笑说：“以后我也可以给你写信了，不用你爹代劳。”父亲是村里少有的文化人，字写得不错，但也有文化人那种常有的毛病，那就是看不起一字不识的娘，时不时说笑揭她的文盲短处。后来我才知道，1991 年的冬天，母亲真的在利用农闲时间开始认字。可惜苍天不悯，这样的美好时光迅速过去了。

1991年9月5日，我到大学报到的当天就买了信封、信纸和邮票，给家里写了第一封信报平安。无非就是路上一路平安，非常顺利，学校非常大、建设得非常好之类的报喜信，我的字写得比较大，用词也很通俗易懂，相信娘是能认得一些。这是我写给娘看的第一封信。

我刚刚到学校时，写信还比较勤快。一则是新鲜，二则是显摆（电视剧《乡村爱情故事》中谢广坤要去上海，让儿子开车围着村子转一圈儿，逢人就说要去上海，我儿子看到这里就说这人有点儿像爸爸，爱显摆），三则就是写给娘看。但即便是按半个月一封，满打满算，娘也就看过我五六封信。因为娘在这一年12月1日就突遭意外离开了我们。

我没有看到娘写给我的信，而且永远都不可能看到了；娘再也看不到我写给她的信，再也看不到了。我们阴阳两隔，19年的母子情缘走到了尽头。今天的我时常想起娘，但思念又有什么用？母亲是卑微的，她来过这个世界，没有活出多么精彩的人生，但却给我们做儿女的留下了最宝贵的人生财富。

> 江畔何人初见月？江月何年初照人？人生代代无穷已，江月年年望相似。（张若虚《春江花月夜》）

1991年12月1日，阴历十月二十六，周日。那一天，西安的天阴沉沉的，我感到不太舒服，就在宿舍床上睡觉，或许就是那一刻母亲已经在去往黄泉的路上，她肯定会想到最亲爱的儿子。母亲对我们兄妹都很好，但她对我更疼爱一些，父亲则对妹妹更偏爱一些。那一年，妹妹初中毕业后在潍坊打临工。那一天，是父亲的生日。父亲到潍坊，在我叔叔家与我五姑、小妹在一起过生日。那一天，也是我五姑的生日。那一天中午，没有任何预感，母亲从村后往村前的家中走时，据说是一位同村村民开着拖拉机经过，她要求搭乘。在村中央的十字大街上，又据说是母亲在车未停的情况自己往车下跳。然后，就是农用拖拉机的车轮从母亲的腿上轧过。这些都与母亲的日常行为方式和习惯大不同，这也是母亲生前留给我们的未解之谜。若有一天地下母子相见，我一定要刨根问底，因为30年了我还是想不明白，母亲生性胆小怕事，怎么会遇上如此无妄之灾？

同族的二叔开着拖拉机将她送往离村8里的孙板医院。因病情严重，简单包扎后被救护车送往益都中心医院。半路上，母亲咽下了最后一口气。12月1日下午我接到“母病故速归”的电报，当晚7时坐上火车，从西安至徐州，从徐州到济南，从济南到青州，一路周折，到家已是3日的清晨。还记得火车上那个忧郁的男孩，忍不住的哀伤与泪水，他怎么也想不明白，3个月前还送他上学、信中总说很好的母亲到底得了什么病，竟然病故身亡？叔叔在青州汽车站接上我，然后一起到了孙板村的大姑妈家，当时已经患病的爷爷和照看他的奶奶住在这儿。仍然还是瞒着他们，说是学校安排到青岛实习从而顺便回家看看。好在农村人不太懂，哪有大一就实习的？爷爷当时身体已经不是太好，但看到他的孙子仍然很高兴，拉着我的手，“你瘦了”！1992年暑假时爷爷也病逝了。等我吃过早饭，赶到8里外的家中时，灵棚已经搭好，正中是母亲的骨灰盒。从此，母亲就被这小小的盒子装在里面。她在里面，我们在外面，留给儿女和亲人的是对她深深的思念。久思成恨，我们兄妹常常“痛恨”母亲，因为她对我们的绝情，她的去世留给我们了无尽的悲痛。

> 一夜思亲泪，天明又复收。恐伤慈母意，暗向枕边流。（周淑媛《元日哭先大人》）

母亲的意外去世，打击了一个年轻人的脆弱的心，让我的四年大学生活暗淡无光，打击了年轻人的自信，总觉得没娘的孩子低人一等，这才是最可怕的。我不敢想象，如果有自信、快乐的大学四年，会带给我多少学习的动力和前行的勇气。

3. 那些失意的时光

2016年5月，因单位需要，借在西南政法学习之机，在该校开展了个小型招聘活动。现在的年轻人找工作不容易，现在的招聘者找人才也很难，因为招聘条件也很苛刻。看着这些30年前和我一样年轻的学子，一个想法突然涌上心头：就现在王学堂的招聘要求和条件看，当年的王学堂也不会被录用。有点儿拗口，反正就是这回事。

当年的王学堂青涩。前些天，在潍坊工作的李国胜表哥从微信上发来一张我1992年前后的照片。传给太太后喝令立即销毁，理由是好丑。但不管太太喜欢不喜欢，这就是当年的我，长长的头发，一张写着不服的、稚嫩的脸。或许这还是当年比较好的一张照片，否则也就不会寄给表哥了。

当年的王学堂自负。也不只是我个人如此，毕竟那个年代大学还是“精英教育”。自己以为学过几天法律，便以为对法律懂得很多。如今，大学毕业25年了，我突然发现，自己真的只懂一点点法律，而且就这一点点也是粗通。或许有人认为我这是在谦虚，毕竟在佛山还算个法律人士，有人也恭称我为“法律专家”。但我深知我的知识和能力，现在的“专家”成了骂人的词语。

当年的王学堂不会沟通。尽管今天的我仍然有这个缺点，但凭良心说已经改好了许多。当年我可是见女生还没说话都脸红的啊，大学毕业20年见面，有位女同学说：“王学堂，当年和你说句话，我们都没脸红，你倒先脸红了，好像我们要那个你一样。”年轻啊，太年轻！难怪在学校4年连个女朋友也没有，谁会喜欢这个天天噘着嘴自以为是，其实没啥料的小男孩啊！

这样的王学堂能被录用吗？肯定不会。所以还是要感谢那时代事实上存在的毕业分配制度。想起了30年前的我，不禁再次泪流满面。说来主要是当年缺少自信，打击一个人最好的方式就是摧毁他的自信心。没有了自信，人生就没有了方向，就不可能成功。今天的我成熟了、自信了，能够沟通了，但30年的青春也慢慢消逝了。如果让我回到30年前，我会怎么样重新度过？答案可能有很多，但有一点我相信不会变，那就是我会更加珍惜时光。

“常相思，在长安”。

这里有我们四年的欢乐和忧愁，有我们四年青春的记忆，更有我们的岁月成长。要感谢我的老师、我同宿舍的同学，还有许许多多关心我的人。是你们，陪同我走过了最艰难、最痛苦的那段时间。让我在这里感谢你们，道一声“好人一生平安”。感谢生活，感谢那段经历，因为经历过了，承受过了，就再也不会因为小小的困难而痛苦。

愿母亲地下有知，您的一双儿女永远思念您！

30年随风荡去

广州，一座散发着无限活力的现代都市。

西安，一座充满着人文历史的千年古都。

1. 念长安

广州到西安，2000多公里的路程。一位唐代的岭南读书人要到当时的都城长安去赶考，按每小时走6公里的正常步行速度，每天走12个小时，理论上要一个月的时间才能见到长安的地标建筑大雁塔、听到钟楼悠扬的钟声，这是多么多么漫长的跋涉！

20世纪90年代，一个西安人要到广州出差，坐着当年最常见、最快速的绿皮火车，要经过一天一夜才能看到“统一祖国、振兴中华”的广州站标语，多么煎熬的旅途！

2015年，我们四位同学从广州乘坐高铁回母校，用了8个小时就朝发夕至，早上从广州荔枝园采摘的荔枝成了同学聚会晚餐上的餐前水果，堪比当年的“一骑红尘妃子笑”！

更多时候，我回母校选择从广州新白云机场飞抵西安咸阳国际机场，只用不到3个小时就实现了两城的时空位移，多么便捷的旅程！

今天的广州和西安两座城，空间距离未曾改变，但时间距离在变。广州和西安两座城其实都在变，但有一种情感始终没有变：那是绿叶对根的情意，那是远行的游子对母亲的眷恋。

有一群人，他们生活在南粤，来自天南地北，操持着不同的方言，从事着不同的工作，有形形色色的个人差异，但他们却有共同一点：曾经与西安有缘。这群人，有男有女，来自祖国的四面八方，怀着共同的法治理想，他们身上有一个共同的标签：曾经的西北政法人，永远的西北政法人。

西北政法，这座位于西安南郊的学校正如昔日的古都一样厚重老成，不显山不露水，但却为我们国家孕育了一批批的法治人才。40 年前的中国开始恢复了高考，开始了选拔人才的良性机制；40 年前的西北政法也开始了她为国家培养法治人才的进程，和中国的法治进程同呼吸共命运。40 年前的广东领中国改革开放之先，成为中国最具活力的地区，开放包容的广州吸纳了一批又一批西北政法人。40 年来，一批又一批西北政法人怀揣着法治的情怀和梦想，在岭南这块创业的沃土上生根发芽茁壮成长，长成为法治建设领域的参天大树。40 年来，他们“一回回梦里回西安，双手搂定政法园”，他们人在岭南心系西安。那里有他们年轻时的欢笑，也有青春的泪水，更有苦读的努力和理想的孕育。40 年来，他们相聚是为了怀念、感恩母校的养育，每一次的分手都是为了下一次的重逢。

聚是一团火，散是满天星。这火是熊熊燃烧的法治之火，这星是岭南法治的耀眼明星。我们感恩西北政法，没有母校，就没有我们；我们感恩岭南，因为我们是生活、工作在岭南的西北政法人。

2. 选择无悔

每到高考放榜，总有许多朋友来问：自家的孩子要不要报法律专业？怎么说呢？在给出答案之前，建议您先去做个 DNA 鉴定，如果是您亲生的，就不建议报考法学专业了。如果是“隔壁老王”的，你看着办。

这自然是开玩笑了。因为我的儿子就选择了学法律，是我家亲生的。我外甥大学选择了医学专业，这是作为舅舅，我力主推荐的。儿子比外甥大一个月，同时面临着高考。外甥学的是理科，儿子则继承我的衣钵，自愿选择了文科。在儿子高考后填报志愿时，我们一家三口思想高度统一，选择法学专业。在我心目中，除了法律，没有别的专业。我对法律爱得太痴狂。

> 法律是人类最伟大的发明，因为别的发明让人类学会了驾驭自然，而法律的发明，则令人类学会如何驾驭自己。（美国法学家博登海默）

在人类所有的发明中，“法律”的发明才是最伟大的。法治是世界文明国家的普通选择，法治是治国理政的基本方式，法治是每一个中国人的生活态度和打开方式。法律是一份既能养家糊口又能帮助到别人，特别是能通过帮助别人、实现自己养家糊口的职业。或许是贫穷限制了我的想象力？儿子学法律是我2018年最大的收获，孩子也超水平发挥，但因为法学专业大热，西北政法的录取线较上年大涨，没能如最初所设想的那样进入西北政法，也就没有实现我们父子校友的愿望。我都一直怀疑分数线大幅提高与我对母校的高调宣传是否有关系。或许正因为我的宣传，西北政法在广东招生的分数才会如此高涨，所以孩子也就没有机会进入母校读书。但我不悔，因为我爱母校，地老天荒。

许多人一说到学法律，就感到太苦了，自己/孩子不能受这份罪。是呀，要背诵那么多的法条，要通过天下第一难的司法考试，还要给人家律师事务所白打一年工（一年的实习期），成了正式律师也缺少案源，连养活自己都难，更别说为社会公众谋求公平正义了。好不容易煎熬多年，也算功成名就了，微信朋友圈时不时传来律师英年早逝的噩耗，真让人伤怀。就算走另一条路，通过公务员考试，成了法官、检察官，不单是入不了“员额”成为“员外郎”，就是入了额似乎也不是最终归宿。要不然怎么那么多法、检的人辞职？

让孩子学法律，是后妈明智的选择？我倒是积极推荐选择法律专业。要说累，现在哪个专业不累，人家那些找矿的专业还天天野外风餐露宿呢？医生忙碌起来连上厕所的时间都没有，何况有时还冒着挨打的风险。时下的中国人学什么不累？做什么不累？哪个人不累？累是我们的必经阶段。熬过去，就好了。说司法考试难，这似乎是实情，毕竟一次要考几十门法律，几千个考点。但这些年通过率明显上升，特别是非法律专业考生（业内称“非法考生”）通过率更高。人家一个不是学法律的都能通过，你学了4年法律的都不能通过？明显说不通嘛。说收入低，这也是实情，但现在的大学毕业，基本上是个生手（甚至连技术工人都不如），你凭什么拿高工资？就我看来，大学刚刚毕业，就买房买车然后抱怨收入低，主要是自己的定位太高啊。

说到成名成家，需要时间锤炼，更重要的是需要人生阅历。我们看到了人家的风光，没有看到人家的努力。现在的中国已经进入了高风险社会，哪个行业似乎都不安全。企业家风光吧，又有多少企业家英年早逝。说到法官、检察官不好当，这也是实情，但你当法官、检察官都这么难，人家做律师、普通老百姓是不是更难？时下的中国，人人都不容易。

选择法律自然选择了艰苦，也就选择了努力和付出。现在的法律越来越多，作为一个法律人要知道或者说要懂得越来越多。我1991年入读大学时也就有限的几部法律法规，屈指可数，所以许多法律条文我都能背诵下来，现在光法律就近280部，不用说条文，有些名字我都背不完整。法律的增长速度比经济增长的速度肯定要高得多。

现在的法律理论越来越丰富，英美、德日、中国及中国台湾、香港，各种学说不一，让法学研究呈现一派繁荣景象，但无疑增加了法律学习的难度，你要大浪淘沙，你要去粗取精，你要有自己的判断和主见。现在的人们观点不一，对刘强东美国被控性侵、昆山刘海龙砍人反被杀这种热点案件，无论是在普通民众还是法学专业人士中都有不同认识，而且很难达成共识，这是个主体多元、文化多元、思想多元的时代。法治思维和法治方式是凝聚共识、形成共识的唯一路径，未来的中国一定会走向法治社会。

学习法律，至少知道自己的行为对错（面对近280部法律、680多部行政法规，8600多部地方性法规和部门规章，普通人想知道合法与否都不容易），一般来说不会犯大的错误。从事法律工作是一份还算正当的职业，至少不会犯大错（罪），而且算一份靠自己的本事能够养家糊口，甚至过上还算体面生活的职业。法治时代，不懂点法律都寸步难行。

选择法学开启了法律人的第一步。许多人认为法学无学问，不过是背诵法条，再说法条似乎每个字都认识。

> 有一句法国谚语，叫作“教鱼游泳”：鱼生来就会游泳。但教过的鱼和未教过的，我们感觉不同。不是因为它们在水里摆动尾巴的姿态看似有别，那不重要；重要的是我们可以感觉到的两点进步：一、有些鱼接受过科学的教导；二、更令人宽慰的是，还有一些鱼即将学习如何游泳（冯象《政法笔记》，江苏人民出版社，2004年1月版，第129页）。

鱼生来会游泳，但学过游泳的鱼不一样。法律人人都懂一点儿，但学过法律的和没学过的人不一样。想到这里，就不由感激带给我法律专业知识的母校。

3. 爱政法，爱西北

我爱西北。尽管我们的母校地处西北内陆，但这里有厚重的黄土文明，有辉煌的华夏文明，更有陕北公学走出的光荣与梦想。我们从全国各地来到了古都长安求学，自此，这里成了我们魂牵梦绕的第二故乡。

我爱西北政法。尽管今天的我们，工作于不同的行业，或公检法司与法为业，或经商办企业以法发家致富。但无论在哪个行业，无论从事哪个岗位，我们都以西北政法为自豪和骄傲。她教给我们了法律知识，让我们有了混迹于社会、扎根于岭南的勇气和能力。她更教给我们了人生知识，让我们从当年的男孩、女孩成长为顶天立地的男人和女人。无论身处何方，我们的一切早就烙上了“西北政法人”的深深烙印：严谨、求实、文明和公正。

西北政法人以其朴实、勤奋、爱岗、敬业成为其显著的标志，这是我们的付出与回报，也是母校的荣光与梦想。岭南没有中原沃土那样深厚的文明，但也少了思想的桎梏，或许是因为得改革开放之先的精神，或许是因为四季温暖如春的适宜气候，或许是因为有我们的爱恋，我们从全国各地相聚于兹，在这里拼搏与创业。尽管对粤语我们许多人都“识听唔识讲”，但这是我们热恋的土地。我们在这里生根，在这里发展，在这里与伟大的时代共呼吸同命运。作为成千上万新南粤人的一分子，我们在奋力谱写更辉煌的篇章。

感谢法治的同时，我们必须承认法律是有缺陷的。法律具有稳定性，而过分的稳定势必陷入僵化，不能完全顺应社会发展变化的需要；法律的普遍性要求对所有人都一视同仁适用一个标准，但是要实现真正的公正就必须考虑每一个个体的具体情况……

我们之所以要坚持依法治国，是因为法律与其他手段相比，具有更多的比较优势，用邓小平同志的话讲就是“更靠得住些”，而不是因为它完美无缺。不能牺牲法律的严肃性、稳定性、权威性和可预见性，这些不良倾向可能会影响人民群众对法律的信赖，减弱公众对法治的信心。

一晃 30 年随风荡去，那个青葱少年依然活在法治理想和情怀中。

法律于我而言

从大学第一天接触法律这门课开始已经30年了，专业从事法律事务也25年了，历经一南一北两家基层法院法官、政府法制人（司法行政人）、政府公职律师等角色转换，总是经常自问，法律到底给了我什么？

一直记得1995年的一件事，那时我刚刚毕业大学。我的一位同学因为一桩经济合同纠纷被带往派出所。接到同学的告急电话，我立即赶过去，见到了所长（不容易，估计现在想见个所长都难了，因为现在的派出所越来越大），我说“这个事应当先理顺法律关系”（暗指是经济纠纷，而不是经济犯罪，应该通过民事途径解决，由法院处理而不是公安机关，因为公安机关不能插手经济纠纷），谁知，那所长一听，勃然大怒，“什么关系？我办案件从来不讲关系，我就讲法律。你们学法律就是学的关系吗？你们那个大学怎么这样，是不是个‘野鸡大学’？”于是不欢而散。后来，还是我这位同学的父亲通过“关系”引荐到所长家去“坐了一坐”，最终这位不讲“关系”的所长很爽快，“我们不管了，去他的！”“要不是那个瓜学生讲什么法律关系，早就给放了！在我这儿还用讲法律——关系？我难道不懂法律？在我这儿，我就是法律。哈——哈。”同学的父亲尴尬地赔着笑。他后来跟我讲，你们这些孩子呵，读书都读傻了！等过了几年，这位所长就进了该进的地方——监狱。

善恶终有报，天道好轮回。不信抬头看，苍天饶过谁？

想起这件往事，为法律而伤悲。好在我们的法律还在，所幸，吾中国亦有法律在。18世纪时，威廉一世在法国巴黎的凡尔赛宫被德意志各邦君主拥立为德国皇帝，深受广大人民群众的爱戴，他的助手是大名鼎鼎的“铁血宰相”俾斯麦。现在德国街头还有他骑着青铜战马的塑像。他在距离柏林不远的波茨坦修建了一座行宫。一天，这位皇帝用伟人们惯有的动作，登高远眺波茨坦市的全景，正欲掐腰感慨“江山如此多娇”，他的视线却被紧挨着宫殿的一座磨坊挡住了。如此不合时宜的“违章建筑”，让这位领袖非常扫兴。但他毕竟还是爱自己的子民的，他想以一种公道的方式来解决，于是派人前去与磨坊的主人协商，希望能够买下这座磨坊。不料，这个磨坊主觉悟非常低，丝毫不顾全大局；心里只有小家，没有大家，一点儿不把“市政规划”和“国家形象”放在眼里，就认一个死理，这座磨坊是从祖上传下来的，不能败在我手里。几次协商，许以高价，晓之以理，动之以利，表示组织的关怀，警告威胁领袖安全，影响伟大祖国形象的严重性。要知道这里可是国家的门面，来这儿的国际友人极多，100多年以后的《波茨坦公告》就是在这里签署的。可这个老汉始终软硬不吃。面对这样不识抬举、不可理喻的“钉子户”，终于威廉一世龙颜震怒，派警卫人员把磨坊给拆了。有趣的是，这个钉子户拆迁时倒很配合，展现了良好的绅士风度，好像一点儿都不担心，既没有哭天喊地，满地打滚，也没有把汽油倒在身上威胁要自焚。他袖手站在一边，嘴里叽叽咕咕：别看你是一国首脑，我德国尚有法院在，待我到法院与你理论。第二天，这个老汉居然就在当地一纸诉讼把国家元首告上了法庭，地方法院居然受理了，判决结果居然是威廉一世败诉。判决皇帝必须恢复原状，重新把那座磨坊盖起来，以赔偿由于拆毁房子造成的损失。威廉一世看了判决书后苦笑着说：“我做皇帝有时也会不冷静，以至于认为自己可以无所不为，幸亏我国有这样的好法官，能刚正不阿公正办案，此真乃国家之幸，寡人之幸也！”

法治情怀。学法律与学习其他学科并无本质不同，甚至有人调侃“教人学法，千刀万剐”。在法治时代，法治人的就业途径和渠道是多元的，但不管你是公检法还是其他行业，如果没有点法治情怀怕是不行。我喜欢法律、学习法律专业、从事法律岗位，将兴趣、爱好、专业与所学统一，这是我人生最大的幸运。我一直是个法治理想主义者，知道自己有些脱离现实的不切实际，或许有天我会在现实面前撞得头破血流，但仍然不后悔，仍然会坚守自己的理想，因为这是活着的希望所在。

法治情怀说易行难。一是真正喜欢法律的人并不多。尽管很多人都从法学院毕业，但平心而论，许多人将法律视为饭碗所系，对法律并不喜欢。我曾经看过不止一位法律人的微信朋友圈，几乎没有一条与法律有关的内容。你说他多么喜欢法律，我真的不相信。即便是有法律内容，也无非是转发的“千万别出借车辆给朋友”“复印身份证一定要加注”等似是而非的内容，这样的法律人与没有法学基础的普通民众有多大差异？二是热爱法治岗位的人不多。现在的法治岗位很累，而且提拔不快（甚至很慢），无论是在政府还是部门包括公检法机关，法治岗位都不是热点部门和岗位。聪明机灵的法律人会审时度势，不愿意坚守在这样的部门。三是敢于信法为真、据法力争的人不多。即使是学过法律，即使是在法治岗位，许多法律人也只是把自己当成普通公务员或职员，没有自己的独立判断，强调领导说的总是对的，总认为服从领导是保身立命之第一选择，总是用自己的法律知识为领导的英明决策做背书。据法力争、倚法自大成为许多人的笑柄，被认为是法律人不识时务。四是献身法律的人不多。不只是我们法制人，就是法院的一些法官也只是把法律当作饭碗，存有当一天和尚撞一天钟的想法。总认为当事人来打官司是麻烦自己，从来没有想过如果没有人打官司自己就会面临失业（在这个意义上，当事人是法律人的衣食父母）。一见案件就烦，搞个案件总想原告撤诉或者找个理由给原告裁定驳回起诉（诉讼请求），说得好好的“案结事了”？他们追求“案了事结”。我当然不只是批评别人，因为我自己也不是纯正的法律人，总认为法律人操着卖白粉的心拿着卖白菜的钱，付出太多收获不多。

法治情商。法律不外乎人情，法律的生命在于经验而不在于逻辑。不止一位朋友包括一些大大小小的领导问我，法律不就是法条嘛，法条不就是一个个字组成的嘛，你干吗说的那么神秘，还动不动就组织或者自己去学习，这不是花国家的钱吗？在他们看来，法律根本不是科学，不过就是一个个法条，而法条不过就是一个个汉字的组合，你何必卖弄那么高深？

2020年新冠病毒肺炎疫情中，除钟南山院士之外，最火的“网红”医生、上海华山医院感染科主任张文宏说：“因为我们读的书不一样，我讲的每一个汉字你都能听明白，但不会知道是什么意思。”

我经常在书店的法律书架前看到一些饥渴的“读书”人。他们抱着法条在认真地研读，我凭直觉相信他们一定是遇到了某种麻烦，明显是遇到了“法律事儿”所以才“平时不用功，临时翻法条”，来寻求法律和正义的帮助。不能说这样的做法没有效果和作用，但我只想说的是功效肯定不大。如果法律只是看看法条，我们这些人为什么要学习30多年，而且仍然在“天天学习，终身学习”呢？而我想问的是：他们即便读了一些相关法条，能解决遇到的问题吗？或者能用这种现学现卖方式打赢官司吗？

我在大学期间专业学习的法律里面有《婚姻法》课程。这门课程相对简单，似乎也没有高深莫测的法律用语，自然就很轻松地考试过关了。但一个20多岁、没有谈过恋爱更不用说婚姻经历的“青葱”少年，对婚姻生活到底理解多少呢？不说您也能猜到。大学毕业分到法院人民法庭工作后，初任法官时接手了一起简单的离婚案件。庭审中，女方当事人问“大兄弟，你结婚了吗？”“你知道婚姻的学问吗？”两句话，吓得我落荒而逃，只得申请庭长易人。这件事过去30年了，但每遇到离婚案件，我总想起这件事。没有婚姻经历，你有什么资格、凭什么能力去审理、去裁判这种案件呢？

法律是一门实践性学科。相信法律科学，你要求助于专业人士，你得敬畏法律，你得为法律支付对价。这让我们形成一个共识：法律是一门科学，法律是一门学科，法律是一门需要专业学习的科学学科。法律涵盖哲学、宗教学、伦理学、政治学、历史学、心理学、经济学、人类学、社会学、文学十大类人文学科。

法治社会，我们追求的法治应该有几点共识：一是当事人相信法律能够解决；二是当事人相信法律能够公正解决；三是当事人相信程序的价值，能够容忍在较长的法定期限内解决；四是当事人相信法律、服从判决的思维，特别是在结果对自己不利的前提下能够“信任法律的公正性”；五是能够不纠缠于法律，摒弃只要于自己不利就是不公正，为了公正哪怕付出一生的代价。反之则不是信仰法律，而是信仰自己、迷信自己一定是对的思维；六是尊重裁判者，对事不对人，不对个人进行人身攻击。

法治情感。我们经常讲，法官绝不是一台适用法律的机器，在这一头输进法律条文另一头产出判决。我们建设法治中国，如果说一栋法治大厦可以靠财力、借助材料建设而成，但一群学富五车、通晓古今、充满着人间大爱的法律人没有几十年甚至上百年的培养，很难形成或者出现。我们中华人民共和国的法治还很稚嫩，而且经历过近30年无法无天带来的法治重创，须知法治的罗马城不是一日建成的，靠目前的施工技术、施工能力或许真的能一夜建造一座城。但法治却不是一日之功，需要几代甚至几十代人的共同努力。法治是世界文明国家的普遍选择，法治的中国才是未来和希望。身为法律人，躬逢法治盛世这无疑是我们的幸运。目前的法治仍然有一些不完善之处，不尽如人意之处，只要我们不失望、不放弃、不懈怠，就一定有美好的法治未来。

为什么我的眼里常含泪水？因为我对这土地爱得深沉。

这些年，无论工作多么忙碌，只要一听到与法律相关的事我就感兴趣；只要一遇到法律疑难问题，我就想钻研，没有个结果出来就寝食难安。无论心情如何不爽，但只要遇到法律问题，我就会心无旁骛，忘掉一切烦恼和忧愁。法律在我眼中，就如同我的“情人”一样，她的一颦一笑、她的一举一动都让我惦念，都让我魂牵梦绕。我始终以一个法律人自居，无他，我只是热爱法律而已。

为何我们仍然执着于法治？我们为什么仍然四处“摇唇鼓舌”，四处宣扬法律的力量？因为这是法律人的责任。我知道法律目前的困境，但如果我们法律人都不为法律呐喊，我们的法律有什么前途？此心安处是吾乡，法治的初心永远安放在我们每个法律人的心中。我也在经常思考，法律于我是什么？

法律对我来说是一个饭碗。我就是个普通人，不过是以法律为业，与街上杀猪的、卖菜的并无两样，我也有一般人的喜怒哀乐，我也会有许多难题，遇到了也是一筹莫展。

法律于我是一种坚守。不管现实如何不如意，但毕竟我们有一种希望，这是我们的精神支柱。如果连这点信念都没有了，我们的生活还有什么色彩？

法律于我而言是一种职业。在法律文凭贱如粪土的今天，由于我毕业较早谋得了一份还算体面的这份职业。我常常想，如果在今天，我能找到一份心仪的法律工作吗？答案怕是否定的，因为我知道自己的能力和水平。所以，我特别羡慕今日的学弟学妹们，他们都比我强。

法律于我是一种信念。我喜欢法律，一方面是“谁抓住了法官的饭碗，谁就抓住了法官的脑袋”这种饭碗决定论；另一方面是幼年那种包青天思想在激励我。不能说自己做到了多少，在职务和能力所及的范围内，给需要帮助的人尽自己的责任。

我深知，法律是有局限性的。司法无法亲近人民，不被人民信任，无法有效打击犯罪，以及司法失去作为正义最后一道防线的功能，这些一定程度上存在。30多岁了，一直在“我不能”和“我不为”之间徘徊和选择。年轻时为自己的人生设计了许多梦想，梦想成名成家，梦想名留史册。30年过去，想起年轻时的张狂，不由得自主脸红，因为终于从“科学家”变成了“坐家”，从“成功人士”变成了“普通劳动者”，有着一份平凡而庸常的工作，过着一份平凡而日常的生活。还记得我们年少时的梦吗？又有多少人真的能够梦想成真？那些吹过的牛、发过的誓、许过的诺都随风荡去！

法律于我而言，就是如此简单。尽管痛苦，尽管劳累，尽管郁闷，但我仍然感激法律，让笨笨的我改变了命运，进了城，有了一份工作，解决了我的生计。

亲亲，我的法律！

曾经年少爱淘书

在微信朋友圈转发了一则旧书店的推文，引来许多爱书人的留言，据说有多位朋友立即去旧书店帮衬生意，这是个充满情谊的爱书人圈子。更有一位大学同学的留言让我感慨好久：还是小寨、八里村的嗜书少年。一语勾起了30年前的回忆。

我入读西北政法时，学校在西安南郊电视塔附近，现称为“雁塔校区”。当时周围都是农田，还是非常荒凉，不像今天，学院已经改名为大学，本科校区也因为市区的拥挤搬到了长安县，连长安县也撤县设区了。

> 骑上车子来到长安县，来上一个大碗的油泼面。长安县那么些年都没变，他们还是努力地耕着田。

《长安县》这首歌红火一时，因为人人都在找寻当年自己心目中的那个“长安县”。这30年真是中国凯歌高奏突飞猛进的30年。母校往北就是声名显赫的八里村，这个著名的城中村据说也要拆迁了。再往北，就是小寨。小寨可不小，周围有西安多所著名的大学，据说南郊有30万大学生，每到休息日（当时只休周日一天），小寨商圈真是人声鼎沸，商贸旺盛。我也挤在其中，但除了少得可怜的几次到小寨的商场购买衣服（主要是鞋子，我脚特别大，也就是传说中的“大手大脚”，要穿46码的鞋子，因此购买特别麻烦），更多时间就在小寨的书店里度过。那些大大小小的书店曾经见证过一个嗜书少年的读书生活。

每到周日，那时学校只开两餐，分别是早上 9 时、下午大约 4 时。那时候的生活是贫寒的，也是枯燥的，更是精彩的。睡懒觉到 9 时，然后起床，简单吃碗面，或乘车更多的是步行到小寨或者再往市里的碑林附近的书店看书。也就在去碑林买书的公交车上，我遇到了小偷。

当年的西安有个全国都知名的“魏振海大案”。魏振海是西安“道北”黑道熟知的“老大”。1986 年 10 月 20 日，他在小寨东路一家属院公然持枪杀人抢劫，1987 年 6 月 30 日被抓获，案件就此侦破。但让人想不到的是，1988 年 3 月 28 日魏振海竟然从死牢里越狱成功，真是彪悍的人生没有做不到，只有想不到。魏振海最经典的一幕，是最后被执行死刑时，还在仰天大笑。简直成了一代“老陕”（包括且不限于）的心理阴影。后公安部以此题材拍摄了纪实片《西安大追捕》，真实还原了这个暴力犯罪团伙被捣毁的始末。这部剧在全国 20 多个卫视频道播放过，也是当年警匪片的扛鼎之作。电视剧播出几年后，演魏振海的演员拍了一则药品的广告在电视上播出，被观众投诉。西安公安局参与案件侦破的三位民警联名在报纸上发文谴责：“西安市民好不容易从杀人魔王的阴影里定下心来，荧屏上却又见了那张恐怖的脸。”最终电视台停播了广告。

除了暴力犯罪，当时的西安还是全国有名的贼城，我毫无幸免地被小偷光顾过一次，这小偷还是个漂亮的女贼。那是在去碑林买书的公交车上，人一如往常的多，发现有个女孩子硬往我身上挤，原以为“公交艳遇”来了，后来才知道是“经济问题”。大约有几元钱被偷，这自然让本来贫穷的我雪上加霜，但或许也让贼人更生气，才几元钱，还不够老娘塞牙缝呢！不时想起此事，因为这是我这么多年来唯一被人偷，只记得那个女孩子脸色特别白，是那种没有血色的白，整张脸像粉底一样没有一点儿人气。仅此而已，真是“卿本佳人，奈何做贼”。

曹鼐为泰和典史，因扑盗，获一妇，甚美，目之心动，辄以片纸书“曹鼐不可”四字火之，如是者数十次，终夕竟不及乱。

为了逃生本能，女贼以美色诱惑司法人员，当时的曹大人也是心猿意马、蠢蠢欲动，那种内心煎熬，男同胞必定是感同身受。实在难以招架，挥笔写了“曹鼐不可”四字贴于墙上。过一会儿，又揭掉烧毁重新再写，写写烧烧连续十几次，最终保持了“清白之身”，留下了一段“英雄终过美人关”的佳话。看来，我不是曹鼐，过不了“女贼美色”这一关啊！好在，几元钱买了个终生教训，让我至今铭记，这钱丢得值！

吃过早餐，大约10时就向小寨出发，学校离小寨大约得有3千米路吧？农村人走路走习惯了，更多的还是为了省钱，舍不得坐公交车的那2角钱。那是一条熟悉的线路啊，又是一条镌刻着情感的路线，今天的我回到母校，都会换上运动鞋，按原来购书的路线跑一圈。正应了那句：心大了，距离就短了，当年少年心目中那段不算近的距离，现在已经不算什么。

到了小寨，一家家书店扫过，自然是看得多，买得少，毕竟那时候还是“吃饭财政”，地主家都没有余粮，哪有那么多钱买书啊！对一个刚刚能解决温饱问题的农村孩子来说，买书更多的是一种奢望，但看书的权利还是有的。无数个周日，穷苦的我徜徉在书的海洋里，沉浸在书的芳香世界里。嗅着散发出浓郁油墨味道的书香，贪婪地阅读着一个年轻人完全不熟悉的世界，这让他忘记了饥饿，忘记了尘世的纷扰，忘记了自己的忧伤。那是个书籍疗伤的年代。

我心里一直都在暗暗设想，天堂应该是图书馆的模样。（博尔赫斯）

直到下午两三点钟，书看得差不多了（一般是先普遍浏览一次，再重点翻阅），人也累了，更多的是饿了。有过购书体验的人应该知道看书除了劳累眼睛，还是个体力活，真是腰酸背痛腿抽筋，特别是站久了有时头晕眼花。

光看不买绝对不是读书人，因为读书人都有一种占有欲望，毕竟在书店看书与将书摆放在自己的床头案边的享受是完全不同的。我经常说，我可以当任何职务，但有个职务除外：图书管理员。因为见书就想据为己有，这是一种病，但我改不了！

每次开始看着这本喜欢、那本也不舍，最后只能看看定价，摸摸自己口袋里的钱，再一本本分别放回原处，恋恋不舍，真有点儿恋人分手再无相会可能的感觉。但每次总会买个一两本，一是真的喜欢，二是觉得这么长时间不买似乎对不起人家书店老板。宁愿饿肚皮也要买下的书总是让人刻骨铭心。反复进行性价比，最终决定买下，但要靠未来的省吃俭用来填补亏空。下午回到学校摸摸瘪瘪的口袋，只能吃碗面片汤来解决饥饿问题。年轻时正处于长身体的时段，这些也就充一时之饥。因此，我的大学时代，最深的记忆就是饿，身材也就苗条异常。当年人穷想吃没钱，今天已经有钱能吃饱了，但却不敢放开吃，因为怕肥胖，好纠结的人生啊！1995年大学毕业，除了日后赖以谋生的那一纸毕业证书，唯一的贵重资产就是一大箱书籍，打包寄回了老家。后来这些书又跟着我到了佛山，可惜今天的我已经没有时间再次阅读，更多的是默默看着它们，回想起当年购书的情景，历历在目。

离开西安30年了，但我仍然嗜书如命，不管生活怎么变化，我都把自己当作一个读书人，书籍是我的终生挚爱，读书更是我终生的追求。何止是我，我们这一代人都有这样的经历，家庭条件或许有差别，但嗜书的爱好大都差不多，这是我们那一代人的共同道经历。曾经游荡在西安小寨街头淘书，无论何时，归来仍是嗜书少年。

尽管现在网络购书越来越方便，在有条件的时候我还是选择逛书店，因为这是一种完全不同的人生享受！现在的书店尽管琳琅满目，但适合阅读的书并不是太多，因为充斥着教辅，我们的书店业已成为教辅专卖店。这既是读书人的悲哀，何尝又不是我们这个民族的悲哀？我们生下来就是为了考试，小升初、中考、高考、公务员考试，职业资格考试，考试真的是人生的终极目标吗？

我这些年去书店的频率远远不及去旧书书摊。每到节假日，只要天气晴朗，我总喜欢去逛旧货市场淘旧书。佛山城区的每个旧书摊于我都是常客，到每个城市出差，我也总是用网络地图搜索一下附近的旧书店，只要时间许可就去逛一逛。说来，逛旧书摊（书店）的习惯养成有30年时间了。读大学期间，每到周末，最快乐的事就是到小寨或者陕西师范大学附近的旧书摊（书店），一个个旧书摊（书店）地走过，每当看到一本心爱的旧书，立即就有了一种占有欲。那个刚刚从农村进城的年轻人从嘴里省下钱，和摊主一角角讨价还价，反复比较，放下又拿起，拿起又放下，最终决定购买的每一本书都如获至宝一般。这是我的宝贝，也是那个年代最快乐、最深刻的记忆。后来是济南英雄山、青州古城、潍坊，再后来是佛山。30年过去了，今天的我买书再也没有当年的那么多幸福与快乐了。或许年龄大了，欲望追求多了，淘书的快乐已经不足以慰藉一个老男人的心灵。今天，买旧书时已经不再和摊主讨价还价，恰恰相反，往往还会在店主给出的价格上面多给几元钱，不是钱多了，更多的是明白了“没有君子不养艺人”的道理。我不知道，如果城市没有了这些经营旧书的人，周末生活还有什么乐趣比得上淘旧书。太太老是笑话我买死人的书。我觉得吧，人总是要死的，但书却是永存的，而书从作者出版到第一手主人再历经转手，才有了流通的价值和传承的意义。买旧书，不是为了淘什么价值连城的书，而是因为旧书中有许多今天已经不会再版，有时很吃惊这种题材的书那时竟然能够出版，不禁感慨许久。今天的文化已经高度繁荣，但书籍的质量却是“与时俱下”，相当部分图书连外包装都没拆封就到了旧书摊。据我观察似乎也没有销量，有些连让人看一看的欲望都没有，这当然不是我们的文化自信。我有时还会买一些曾经读过的旧书，这些书当年曾经认真读过，有些甚至至今还在影响我，我知道现在买下看的可能性并不大，因为世易时移，内容也不一定有多少价值。但抚摸着旧书，想起当年读书的情景，那真是“Yesterday Once More”（《昨日重现》）。这样的书更多的是一种怀旧，怀念那过去的时光。

在一家旧书店，见到了一位年轻人，购买了大量的旧书，与爱书的我有得一比。这让我很感慨，因为这个年代喜欢读书、买书的人已经不多了，更何况年轻人！心头不由涌上了一股爱惜之情。冒昧交流一下，说是佛山一中的高二学生。再问，竟然是学理工科。但细看他所淘的书，有文学、历史，也有哲学，倒绝少考试之类的书。

> 自谓少时用心于学甚劳，是可谓善学者矣！其将归见其亲也，余故道为学之难以告之。（宋濂《送东阳马生序》）

看他选中的版本，知道他还没有掌握淘书的基本知识，告诉他选择正版及淘汰伪历史著作的秘籍，并顺手推荐了一本我很喜欢的吴思先生成名作《潜规则》。孩子比我小约 30 岁的样子，想起了 30 多年前的我也是这般在书店淘书。但孩子不知道也不可能体会的是，那时候的我为买书和吃饭之间的纠结与抉择。30 年过去了，今天的我仍然热爱读书，不知道 30 年后这位爱书少年可会热爱读书一如现在？但愿君心似我心，书是我们的共同朋友。

我一直坚信，这个世界上有和我这样的一群淘书人，我们沉耽于旧书，不管其尘脏，不嫌其味异，因为我们是爱书人。多少年过去，多少岁月流逝，我仍然是那个在西安古城旧书摊前、忍着饥饿的淘书少年！不管日月变化，不管斗转星移，一直喜欢把自己评价、定义为“一个读书人”。尽管在时下，“读书人”被视为不懂时务、迂腐、不懂变通、思想守旧的代名词。说来，我的失败也是“毕竟是个读书人”，但仍然固执地认为“读书人”是别人对我最好的评语。

读书人，是我给自己的终生定位；读书，是我一生的不悔习惯。感谢母校，培养了我淘旧书的习惯，一淘 30 年，愿你出走半生，归来仍是少年。或许 30 年后少年不再，但有一个爱淘旧书的老男人仍然会游逛在书店和旧书摊。

法官，法律人的职业首选

君为学法人，应知法中事。

关于法科学生的人生道路选择，是我经常思考的问题。每年高考招生之时，总会有许多人来询问，孩子学法律以后当法官（检察官）或律师是不是一条好的人生路径或者选择？我往往实话实说，这条路可能与一般人想象的不太一样，而且学四年法律后与合格的律师和法官之间都还有一定的距离。

1. 法官职业

大学毕业后如果选择当法官（检察官），首先要通过公务员考试，现在一家法院一年也就招那么一两个名额，就算是千军万马挤“独木桥”般进了法院，还要通过天下第一难的法律资格考试，然后才可能被任命为法官（只是说可能，因为法院内部有制度，任命助审员也有工作年限限制，这几年因为许多法院法官队伍断层，这一点要求有所放松，不像我等当年要做五年书记员才给任命）。这之中，有个别命特别背的，工作十来年不能通过司考，仍然是老书记的情况也不是没有。近年来因为司法改革，带来了法官的“辞职潮”，作为法律人，真是为司法事业而担忧。法官的压力主要在于责任重大，这些年，法院一直在宣传案多人少，这个调调 20 多年了一直没有变。我相信这是事实，但单纯讲案件多对法官来说意义不大。2017 年 7 月，法律人的朋友圈子都在评论特区某基层法院法官自 2010 年担任法官以来至今已结案逾

2700 宗，其中最近不到三年半时间就结案 2152 宗。他创造了一个上午连开 68 个庭的纪录。我觉得这种宣传只会减损人民对法院法官和司法的尊重。一个上午开 68 个刑事庭，须知刑事案件可是关系到人的人身自由权利的审判，这绝对不是儿戏。1995 年我刚刚进入法院工作，那时的《山东审判》就宣传有位人民法庭庭长年办案 1300 多件。这里有一名审判员 +N 名法官助理 +N 名书记员的队伍配备，有将所有人办案都挂在庭长名下的统计技术操作，更有刻意培养典型、树立办案状元的行政思维。这真的好吗？

就我 12 年法院法官的经历来看，案件多压力大，但更大的压力是在案件的裁判。因为法官的裁断将会非黑即白，决定一个人、一个家庭、一个企业甚至一个行业的生死存亡，这样的责任真是“公堂一言定胜负，朱笔一落命悠关。”这么重的责任，让法官下判之前往往踌躇再三，就怕自己的判决有误，就怕自己的判决不能体现司法的公正，进而影响社会公众对司法正义的认知。

> 一次不公正的审判，其恶果甚至超过十次犯罪。因为犯罪虽是无视法律——好比污染了水流，而不公正的审判则毁坏法律——好比污染了水源。(培根)

从事律师工作，也得通过法律资格考试，还有一年的实习期，才能取得律师证。持证上岗的青年律师境遇也不会好到哪里去，没有人脉、没有案源，就是办案经验也难以“HOLD”住当事人。律师是“受人之托、忠人之事”的职业。在这个意义上，收费高往往意味着责任重，承担更高的法律风险。我个人长期担任政府公职律师，除了行政机关的案件外不能代理其他案件，更不能收取任何费用。但我一直以“操着区长的心”来对待自己的工作，因为这是一份代表政府出庭应诉的职责。作为政府的代理人，自然应该替政府说话，哪怕就是为了这份工资，但我们的政府因人民而设，因此“替人民说话”和“为政府说话”都得兼顾。而且政府的诉讼往往要涉及个部门，要协调许多超越职责和权力范围的事。这也是一种法律人的历练和煎熬。(详见《历练：基层政府法律人成长日志》，中国法制出版社，2019年10月版)

可以考公务员。2013年1月4日，哈尔滨448名事业编环卫工正式上岗。此前招聘共有2954名本科生、29名研究生成功报名。其中22个研究生落选，主要原因是对环卫工作认识不够。落选者之一的王洋称热衷体制内身份不仅因为工作稳定，落户到城市还会带来就业、教育等优势，“就算是死，我也要死在编制里。”(《华商晨报》1月14日)其实，机关也是“围城”，像《一地鸡毛》中的主人公小林这种大机关的公务员都有太多的无奈，何况小地方的基层公务员？公务员的主要压力在领导、群众、同事三满意。公务员这份工作，内部来说主要是讲服从，领导让干啥就干啥，领导叫怎么干就怎么干。下级服从上级是行政首长负责制的必然要求。因此，许多公务员都在唯上司命令是从，这自然没有错。但相当部分公务员要接触老百姓，或者其工作与老百姓的利益相关，他们在服务领导的同时偏偏忘记了其根本使命是为老百姓服务，忘记了服务意识，还有同级以及上下级机关内部的服务和协同，这是公务员的必修课。2020年5月，北京一男子因内急想去就近的丰台区民政局上厕所被拒，男子去其他地方解决问题后再次返回民政局和工作人员理论。随后，丰台区民政局发布通告：“对当事保安批评教育，同时加强对窗口工作人员的管理教育，并深表歉意！”

2020年年初，一部《精英律师》让网络掀起了一场对国产剧“职场精英”的集中吐槽。国产剧中的职场精英为什么如此令人反感？情节设置是一方面，呈现的深度则是另一方面。那些衣着光鲜的职场精英，在编剧设置的家长里短的情节中，总是缺了点“人味儿”，我们看不到职场人的真实的工作苦恼，也看不到有关精英主义更深的思考。千万别以为学了法律就能成“大法官”“大律师”，也别以为因此就成了“人上人”。因为事实告诉我们，学习了法律你就可能选择了一条坎坷之路，一条“专业选得好，天天像高考”的攻读之路。但这条路，总得有人走啊。无论是法官、检察官、公务员、律师，作为法律人的我们都在实践着法律，追求着公平和正义，为法治而努力。

张汤，杜陵人也。父为长安丞，出，汤为儿守舍。还，鼠盗肉，父怒，笞汤。汤掘熏得鼠及余肉，劾鼠掠治，传爰书，讯鞫论报，并取鼠与肉，具狱磔堂下。父见之，视文辞如老狱吏状，大惊，遂使书狱。(《汉书·张汤传》)

2002年，母校在建设南校区（长安校区）时发掘出了张汤墓，在专业培养法律人才的政法学院挖掘出了古代的法官墓，冥冥之中的巧合，让人感慨在此处建造政法校区似大有天意！不过，今天的我们看张汤不是个好法官，因为他是酷吏。用法严苛，并以《春秋》古义文饰，以君主意志为准则，权势显赫一时，后为朱买臣等排陷而自杀。《史记》将张汤列于《酷吏传》。司马迁对张汤极为厌恶，《平准书》有“汤死，而民不思”之语。班固则说：“汤虽酷烈，及身蒙咎，其推贤扬善，固宜有后。”这正是：剃人头者人亦剃其头，上天可曾饶过谁？老鼠偷盗有罪，但罪不该死，即便是死罪，也不能残忍施刑，这些法律常识或许只有具备现代司法理念的人才懂得。

2. 法官的职责

2014年，党的十八届四中全会《中共中央关于全面推进依法治国若干重大问题的决定》中，提出了“推进以审判为中心的诉讼制度改革”这一重大改革命题。一时间法律人对“以审判为中心”争议颇多，想起当年我们不就是“以审判为中心”来学习法律、选择工作的吗？我和我的同学们相当大部分进了法院，现在有一部分仍然在法院担任一定职务、从事审判工作，更多的人离开法院，追寻新的法治梦想。但必须要承认，法院、法官是我们最难忘的人生经历和职业选择。因为学校的课程设置就是以司法审判为中心，自然毕业后就认为法官是最心仪的职业选择了。汪翔同学说：“当年认为学法律的人只有进法院才是正路，其他都是旁门邪道。”我们佛山法律人众口尊称的“安哥”（安建须），当年西北政法毕业研究生舍弃了去大学任教的机会，而选择了佛山中级人民法院。每个法律人都有一个法官梦!

说到法官，我不由想起卡多佐，这是对我影响至深的一位法官。21岁的他还未等到取得法学学位就获得了律师资格，42岁任纽约州立法院法官，62岁那年进入联邦法院，在出色工作六年后不幸逝世。在卡多佐担任纽约州最高法庭助理法官和首席法官期间，他取得了非常辉煌的成绩，使这个法庭成为全美最繁忙、最有名的受理上诉的州法庭，在他的判词中体现了对法律问题与众不同的观点以及巧妙的表达风格。作为一个法官，他一生中没有那么多叱咤风云、荡气回肠的故事，但他对后世法官的影响之大却绝无仅有。卡氏深居简出，终身未婚，始终与俗世保持着一定的距离，被誉为具有圣人般的个性（Saintly character），但他同时又在文学方面有着极高的造诣，这为他成为一个艺匠般的法官（artist）创造了条件，如同一个仁慈的上帝，高高在上却又悲悯地注视着人群。

法官的职责太重了，因为事关人的生死和自由与权利。安徽农民张高平、张辉系叔侄关系，因涉及2003年发生在杭州的一起强奸杀人案，张辉、张高平分别被判死刑、缓期二年执行和有期徒刑15年。2013年3月26日，浙江省高级人民法院依法对张辉、张高平案再审，宣告张辉、张高平无罪。至此，此案两名被告人被错误羁押已近10年。随着冤案得以平反昭雪，当年侦办此案的杭州市公安局刑侦支队预审大队长聂海芬成为舆论关注的焦点。杭州市公安局网站上2006年刊载的《杭州市公安局刑侦支队聂海芬同志荣获全国“三八红旗手”称号》一文称，聂海芬“近五年来牵头主办的重特大案件达350余起，准确率达到100%……经她审核把关的重特大恶性案件，移送起诉后无一起冤假错案”。2006年4月13日，电视台播出题为《无懈可击——聂海芬》的报道，作为《浙江神探》系列报道之一。该片的脚本至今网上可查，片中用来证明聂海芬“无懈可击”的，恰恰就是她主办的“张高平、张辉叔侄强奸冤案”。

这在今天看来，颇有讽刺的味道。2013年3月28日晚，浙江省公安厅向当事人及家属致歉，并表示要调查相关执法问题。2013年4月，浙江省政法委成立调查组，彻查侦查、起诉、审判该冤案的聂海芬等涉案人员。但这一查就是泥牛入海、杳无音信。中国的事大家都知道，新闻热点总是太多，一个热点总被新的热点替代，然后就没有人过问旧闻了。另外，说到好事，人人都愿意表明自己有一份功，至于说坏事，人人都不承认自己是主谋，不得已，最后推出的“替罪羊”，往往也是协调、平衡的结果。这就是我们目前的司法现状或者说社会现实。

就像“张高平、张辉叔侄强奸冤案”吧，表功时司法者人人争说自己的功劳，说到冤狱责任，相信这位女警官也委屈，又不是我一个人的责任，凭什么让我自己承担？公安机关也有委屈，因为命案必破，在破案率的压力下自然就有冤案。至于检察官、法官，他们更委屈，因为大家都知道现在审的不判，判的不审，又不是那些在判决书上署名的人最终决定了案件的结果。这就是中国司法的怪现象，人人担责结果却是人人没责。因此，到目前为止，没有一名司法人员自己出来愿意为冤案承担责任，甚至连道歉的话都没有一句。

我国古代在今天的法律人看来不是法治社会。但那个时代的司法者、法律人也有道德底线。李离是春秋时期晋文公的狱官，他听取了下级错误的汇报而判人死罪。这事李离有责任，但更多原因是下属的误报。但善于自责的李离却把自己关押起来定了死罪。文公曰：“官有贵贱，罚有轻重。下吏有过，非子之罪也。”毕竟是皇帝，圣明！李离曰：“臣居官为长，不与吏让位；受禄为多，不与下分利。今过听杀人，傅其罪下吏，非所闻也。”李离的话翻译成大白话，就是说：“我担任的官职是长官，并不让位给下级官吏；享受俸禄多，不和下属平分利益，现在我错误地听从了下级汇报而判人死罪，却把罪转嫁到下级官吏身上，是没有听说过的。”于是辞不受令。这话今天的官员肯定不想听，因为他们做的与之正好相反。这下文公也不高兴了：“子则自以为有罪，寡人亦有罪邪？”这完全是皇帝大人给下属解脱。不想较真的李离不理解皇帝的苦心一片：“理有法，失刑当刑，失死当死。公以臣能听微决疑，故使为理。今过听杀人，罪当死。”

大约两千年后，有位英国法学家和政治思想家爱德华·柯克爵士，他于1613年被任命为王座法院首席法官后，就一直被称作“柯克大法官”。柯克大法官身上的光环很多：普通法的福音、活着的普通法、法学之源及1628年《权利请愿书》的一名起草者。但最出名的恐怕还是发生于400年前他与国王詹姆斯一世的那场争执。1618年11月6日，英国国王詹姆斯一世召集普通法院的大法官们来到自己面前，要他们讨论一下并允许自己来审理案件。他以为法官不过是“国王的影子和仆人”，只要国王愿意，他就可以在威斯特敏斯特大厅主持任何法庭的审判。然而令他没有想到的是，首席大法官柯克代众法官回禀国王说“NO”。柯克大法官说了一段经典：“国王虽居于万民之上，却在上帝和法律之下。”这就是“法律是国王”的著名论断。400年来，这个故事不断地被演绎，以至于让我们分不清真假。但“国王是法律，还是法律是国王”的争论一直在延续……“法治国”与“人治国”的最大区别不是有没有法律（人治国也会有法律），而是“谁是国王”：在“法治国”里，法律是“国王”；在“人治国”里，则“国王”是法律。

3. 法官的荣辱观

我们中国人大都熟悉一个叫培根的英国人。习总书记在关于《中共中央关于全面推进依法治国若干重大问题的决定》的说明中提道：

> 司法是维护社会公平正义的最后一道防线。我曾经引用过英国哲学家培根的一段话，他说：“一次不公正的审判，其恶果甚至超过十次犯罪。因为犯罪虽是无视法律——好比污染了水流，而不公正的审判则毁坏法律——好比污染了水源。”这其中的道理是深刻的。如果司法这道防线缺乏公信力，社会公正就会受到普遍质疑，社会和谐稳定就难以保障。因此全会决定指出，公正是法治的生命线；司法公正对社会公正具有重要引领作用，司法不公对社会公正具有

致命破坏作用。

习近平主席引用的是培根在我们法律界耳熟能详的一句格言。作者弗朗西斯·培根曾是英国的一名大法官，但是，众多老百姓甚至法律人不知道的是他言行不一，因受贿而作出不公正的判决，成为英国历史上一位极不光彩的败坏水源的大法官。

1621 年，培根被国会指控贪污受贿，培根身为法官，收受当事人的贿赂，自然是知法犯法。虽然声称自己一向不关心家政，尤其不关心家庭财务，而且，两个当事人也并未由于行贿法官而胜诉，但他还是承认了错误，决定悔过认罪，以求从轻处理。但对他的处罚仍是严厉的：罚款 4 万英镑（在 16 世纪末，那可是一笔不小的数目！），他还被关入伦敦塔，不得再担任公职，不得担任议员，不得涉足王室所在地方圆 12 英里以内的地盘。

在议会对培根起诉的罪名中，最主要的一项是他担任法官时曾接受委托人的礼品——用我们今天的话讲，就是“开后门”。这在培根的时代，实际上是弥漫整个官场的一种腐败风气。所以培根在议会中曾这样说：“诸位请注意，犯下这一罪的不仅是我，而是这个时代。”但不管怎么说，就这一点而论，培根的确是不算清白。所以他当时也做过以下陈述：“我意志软弱，所以也沾染了时代的恶习。”

大多数学法律的人都有从事法官职业的憧憬。因为在法学院，所有的教学都是以审判为中心的，甚至可以说中国的法学院致力于培养的是“判官”（“定分止争，裁断是非”），而律师、公诉人、警察等不过是作为审判的辅助需要而存在。这样的教学体系以及“包青天”的法律人思维，使大多数学生的就业首选法院。我也不例外。30 年前选择法律为自己的报考志向时，最想进的单位是法院；26 年前选择自己的职业生涯时，首选的仍然是法院。当时的信箱和网络名使用至今，曾经认为自己会在老家的这家法院工作一辈子。我会像那些一辈子都工作、生活在法院的老法官们一样，最终从法院光荣退休。所以，我努力严格约束自己，战战兢兢，绝对不敢自毁前程。虽然在法院工作 12 年后调离，因偶然的机缘进入行政机关，但我从来没有想到有一天会离开法院和放弃法官职业，我的最高职业规划是能够在法院当个副院长，而梦想是从事法院工作满 30 年能够获得最高法院授予的荣誉纪念勋章。而今，俱往矣！

4. 我的法律职业人生涯

那些一毕业就进了省高院、最高院的人，往往看不起基层法院，更不用说基层人民法庭（我们自称“最低人民法院”）的法官了。不用说民事没有大标的案件了，就是刑事案件，最高判决刑期也不过是 20 年（现在已经提高到 25 年了）。而我连时称“刀把子”的刑事审判都没有从事过，但须知民事审判责任也重啊。因为你判决书一出，可能就是非黑即白，一方获胜一方败诉。更怕的是因为判决不公、颠倒是非，导致公众对法律的不信任，甚至影响当事人的一生命运。这责任重不重？你的学识能够担当此重任吗？须知对同一法律事物，学者观点不一属正常，但最高司法机关的不同审判庭甚至同一庭室的不同审判人员观点又不同，而且哪个都有一定道理，你何去何从？

我举个简单的例子。现在网上经常有一些涉第三者的民事案件。往往是有钱的男方与未婚的年轻女性同居，然后给女方买房买车。这样金屋藏娇过了几年，或许是男方心疼钱财，或许是女方逼男方结婚，或许是男方“金盆洗手”，总之男方是“幡然醒悟”，于是怂恿鼓动妻子将自己和第三者一起告上法庭，理由是“夫妻共同财产个人单独处分无效”。这样案件判决结果往往有三种：一是全案照准的，理由同上；二是部分支持的，理由是丈夫处分共有财产中属于妻子的部分属于无权处分；三是全案裁决驳回的，理由是丈夫的处分无效并不影响善意第三人，丈夫的侵权与第三者无关。目前，全国法院系统都有这三种判决方法。哪个更正确一些？不可能三种都正确吧？没有人告诉你。当法官，自然知道第三者的不道德性，那与男方虚度多年大好时光然后分文不得的结果，怎么配得上女方“明明白白的青春”？须知第三者也是人，合法权益也受法律保护啊！

黄永彬和蒋伦芳于 1964 年结婚，双方抱养一子名黄勇。黄勇 2001 年已经 31 岁。由于蒋伦芳未生育，夫妻关系不好。黄永彬与张学英以夫妻名义公开同居。2001 年 4 月，黄永彬被查出肝癌晚期。他在临死前立下遗嘱："本人将属于自己的抚恤金、公积金及房屋销售款 4 万赠送给朋友张学英。"该遗嘱经公证处公证。

黄永彬去世后，张学英要求蒋伦芳按照遗嘱将黄永彬的遗产赠送给自己。蒋伦芳坚决不同意。于是，张学英向四川省泸州市纳溪区人民法院提起诉讼，要求得到黄永彬的遗产。

法院在审理该案的时候，有两种观点：

第一种观点，根据继承法的规定，公民可以立遗嘱将自己的财产赠送给其他人。遗嘱只要没有违反相关规定，就是有效的。继承法没有明确规定，将遗产赠送给婚外同居对象是无效的。因此，根据继承法的规则，张学英有权得到遗产。

第二种观点，尽管继承法对于黄永彬遗赠财产给张学英没有明文禁止，但根据《民法通则》规定，法律行为不得违背公序良俗原则。黄永彬将财产遗赠给自己婚外同居对象，与社会公德违背，因此，黄永彬的遗赠无效，张学英无权得到遗产。

泸州市纳溪区法院第一审和泸州市中级人民法院第二审，采纳了第二种观点，判决黄永彬遗赠行为无效，驳回张学英的诉讼请求。

这就是目前在我们法律界仍然观点不一的"泸州二奶遗赠案"。一晃快 20 年了，仍然学说不一，争论很大！

在法院工作了 12 年（1995—2007 年），我经常警醒自己，后来越感觉为司法者不易，正好有个机会，就调离了法院，走上了政府机关的法制公务员之路。我总是在极力追求完美。原因或许有很多，但我想最重要的是责任。法律是一份事关公平和正义的工作。这些年，常常想起当年办过的案件，总感觉有一些不尽完美。如果当时再耐心一点儿，如果当年经验再丰富一点儿，可能效果会好很多。可惜我们再也回不去了。

回顾过去的25年，自己认为还算是个基本合格的法官、政府法制工作人员、公职律师、法治工作者，但总不敢理直气壮地说，自己从来没有办过错案，做过错事。我做的错事多了。这么重的责任，除了坚持就只有逃避了。我选择了从法院调离到了法制办，一转眼间又是一个12年（2007—2019年），在我的《历练：基层政府法律人成长日志》一书中对这段岁月和经历进行了回忆。2019年机构改革，我又偶然当了一段司法局局长、党组书记，为司法局、依法治区办、法制办三个单位的重组，我殚精竭虑，半年头发白了一半。再后来我又主动从这个别人看来光宗耀祖的位置上退下来，因为这些非我愿，我为浪费宝贵的人生时光在无聊的会议、应酬上而心痛。我痴爱法律，30年过去，我的职业或许会变动，但内心深处的司法梦仍在，毕竟大法官是每个法律人的职业梦想！

心若在，梦就在，天地之间还有真爱。

人去楼空，人生渺渺在其中

终于熬到毕业了。1995 年 7 月，当我茫然走出西北政法的大门时，却没有一丝的留恋。这一年，我 23 岁，一个充满信心、充满活力、充满希望的年龄。对一个心比天高、心事当拏云的张狂年轻人来说，母校算什么？母校更多是一种束缚，是一种制约。而未来不可知的广阔天地才是年轻人的舞台。我甚至暗自许下誓言，有朝一日不功成名就，绝对不返回母校。30 年时光飞逝，我没有想到的是，这个当年恨不能迅速逃离的地方，竟然成了我 30 年来魂牵梦萦的地方。这里有我的四年青春，这里见证了我的悲伤和忧愁，这里有我的成长历程，这里有我 20 年以来以及今后生活的源泉。

终于要大学毕业了。那时大学毕业，不只是有工作单位给安排（不挑不拣就会到基层公检法单位，所以那几年我们青州法院一下子进了一大批法学科班生）；那时大学生还算稀缺人才，因此一到分配的单位，自然就会有好心的大姐及领导给介绍婚姻（不过，当时城乡二元制差别比较大，如果农村家庭出身能找到个城市工人出身的子女那简直是高攀了，我就是因此找了个门当户对的农村考学进城女青年，而且我就是在谈恋爱时还犯下了一个可怕的错误，而且一影响我就是好几年，那是下一本书中的内容了，如果想知道我犯了什么样的错，敬请期待）；我们这一批人参加工作后还享受到了最后一次福利分房，尽管房子往往偏旧，但“你耕田来我织布，我挑水来你浇园。寒窑虽破能避风雨，夫妻恩爱苦也甜”，一个农村人进城有个遮风挡雨的地方已经很满足了；还有每月 460 元钱的固定工资（当年的法院有经济案件，有诉讼费等收费项目，于是每月有和工资大体相同数额的奖金，算得上个好单位）；然后再生孩子。可以说，当时大学一毕业，有了城市户口，人的一辈子就算有所依靠，票子、房子、妻子、孩子，还有后来的车子（20 世纪 90 年代私家车还是奢侈品），算得上是“五子登科”。于是年轻人一门心思干好工作就行啦，因为那年代也不提倡换工作，更不能像今天这样频繁、自由跳槽。直到 2012 年的十八大报告才提出：加紧建设对保障社会公平正义具有重大作用的制度，逐步建立以权利公平、机会公平、规则公平为主要内容的社会公平保障体系。这就是社会的进步。

一直以为我会在老家的法院工作，书记员、助理审判员、审判员、副庭长、庭长，最后搞个副院长当当，这就是我给自己规划的人生道路。不承想，2005 年，我的人生航程出现了异动，调到了离家五千里的岭南的一家法院，2007 年又从法院到了政府法制局，这就彻底改变了我的人生规划，法院副院长从梦想最终变成了空想。

但我十分感谢那个年代，因为我们这代人充满着法治理想，一直向着法治理想而进发，30 年了从来没有改变。这不像今天的年轻人，大学毕业后就面临着巨大的经济压力，供房供车，结婚后就是“车奴”“房奴”和“孩奴”，他们总是静不下心来，总想赚快钱，总想一夜暴富，人生哪有那么容易啊！更让人伤心的是，说好的法治理想呢？

1995 年的 7 月，我们从西安出发，怀着对法治的理想，抱着对未来的憧憬，像蒲公英的种了一样分散到祖国的四面八方，走上了不同的工作岗位。还记得当年同宿舍 4 年又是山东同乡的统民送我去西安火车站，我们挥手泪别。2020 年 5 月 27 日，一条“西安火车站前建筑正在拆除”的视频在网络热传。网友们纷纷议论，承载着西安人记忆的地标——西安火车站是不是要拆除了？好在只是虚惊一场，据说是外立面装修。

火车站里有火车，火车里面有旅客。旅客手里提包裹，不是上车就是下车。（白）大实话。今天咱们不把别的唱，唱的就是山东快书名叫《紧急停车》。

西安火车站，留下了我们多少青春的记忆。

> 别管以后将如何结束，至少我们曾经相聚过。不必费心地彼此约束，更不需要言语的承诺。只要我们曾经拥有过，对你我来讲已经足够。人的一生有许多回忆，只愿你的追忆有个我。

我向来缺少音乐细胞，但这 30 年，这首歌我经常吟唱，这首《萍聚》曾经在毕业晚会上被演唱，台上台下一齐唱和，一遍又一遍，让我们泪流满面。自此，这首歌留在了我的记忆深处，也留在了同学们的记忆深处。我们不会想到一别就是 30 年，想不到 30 年竟然如此转眼即逝，更想不到的是：这 30 年间，对母校、对老师、对同学的思念越来越深、越来越醇！这 30 年，我们的联系方式从原来的信件到后来的长途电话、BBS、论坛、博客、QQ、微博，直到今天的微信（公众号），我们这一代人见证了中国信息化的 30 年巨变。借助于现代工具，我们建立了“经九一同学”微信群。一时间黄海之滨、天山脚下、冰封黑土、无雪岭南，“到处都是我们的人”。

> 有一个来自国内的少女留学生独自一人来到了美国的大都会城市纽约，最初她自己还很胆怯，但后来当她看到曼哈顿街上讲中国话的华人随处可见，顿时胆量就大了很多。她的父亲在北京还非常担心，打电话过来问道：“女儿，你那情况怎么样？”女孩子回答说：“爸爸，放心吧，到处都是我们的人！”几年前，我回国工作旅行，打算到一个外地城市办件不大不小的事。临行前，给一个老同学打了电话。老同学在电话里说：“来吧，没问题。这里从政府人大政协到公检法工商税务海关外贸，师兄师妹师姐师弟，到处都是我们的人！”（周大伟《“到处都是我们的人！”——谈谈中国法律职业

群体中的关系网》)

分别的那一刻，我与许多同学一样，借用毛主席的“孩儿立志出乡关，学不成名誓不还。埋骨何须桑梓地，人生无处不青山”的名言，暗自发誓：“不混出个人模狗样绝不再回母校”。而今，30年过去了，用30年挫折和经历明白了一个早就应该明白的事实：我们只是芸芸众生中最普通的一员。30年前，我们跨越高考这座“独木桥”，来到了这所政法学院；四年中，我们平等地接受老师的法律熏陶；25年前，我们拿着同样的一纸文凭，唱着同一首《毕业歌》走出了校门，如种子般随风撒落天南地北。我们靠自己的努力成就了自己的事业，丰富着自己的人生。

巨浪，巨浪，不断地增长！同学们！同学们！快拿出力量，担负起天下的兴亡！（田汉《毕业歌》）

有一个1992级师弟，当年常来我们宿舍聊天，谈话间他经常夸赞他的姐夫。他姐夫是我们的师兄，高我们几级毕业，后分配到华山脚下的一处法庭，用了五年时间，就提拔成了人民法庭的副庭长。师弟每提及此事，总是得意之情溢于言表，“你看，我姐夫不简单吧？等你爬华山时，让我姐夫好好请你吃一顿”。我们口头上连声附和，但我的内心深处却很不以为然，“毕竟是专科毕业生，五年了才混成个副庭长，还有脸说，我们毕业后……”尽管同宿舍的同学也是佯装答应，但我知道他们的想法，毕竟在一个宿舍里待了四年，谁那点小九九都清楚。

毕业后的五年，我还是一家基层法院的书记员，连法官都不是，遑论副庭长？再过五年，也就是毕业十年后，承蒙领导赏识和同志们的提携，我终于成了法院的副中层干部，与副庭长享受一样的待遇。我从人称“小王”开始有人称自己的职务“王主任”，尽管嘴上说一点儿也不在乎，但我内心深处还是很看重这个称呼。但这职务来得容易，去得也很快，2005年我调动了工作，来到了一家新的基层法院，十年间所获得的一切再次归零，我又从最低级的法官重新做起。想起年少时的张狂，常常为此脸红不已。我拿什么来弥补当年的过失，挽救自己的无知？

这些年，我偶然成了一家基层区政府法制办主任，在区级层面，大小也算个领导干部。但我总把自己当作一个爱好法律的人，坐在办公室，最大的伤感就是身为一个法制办主任，不懂的东西太多了。我甚至忌妒同事们，因为他们比我学习法律知识的时间更多一些。许多人想不通，你怎么就那么喜欢法律？那是因为一份痴爱。不管风云怎么变幻，不管多少寒来暑往，我仍然在坚守，我一直把自己当作法律人，法律是我的终生追求。这是一种信仰，一种法律的信仰。

这些年参加了毕业后的每一次同学大型聚会。

同学聚会是一种交流和沟通。法律是一种实践科学，法律人更需要交流和沟通。每次同学聚会，我都受益匪浅，因为尽管同时从法学院毕业，但30年来从事不同的行业，而且专业分工各不相同。同学交流也是一个学习的机会，我很珍惜。

同学聚会是一种追忆和回味。在不知道珍惜的年龄，我们成为同学。在年过不惑时，我们相聚。30年，社会上风风雨雨，30年，职场上磕磕绊绊。我们终于发现，最亲近的人，除了家人竟然是30年前的同窗。正如郑智化的一首歌曲所唱的“骄傲无知的现代人不知道珍惜，那一片被文明糟蹋过的海洋和天地！”在追忆中我们感受到了时光的匆匆，在回味中我们感受到同窗情谊的深沉！

同学聚会是一种珍惜与分享。每次聚会活动使用的背景音乐都是大学期间常听的歌曲，《恋曲1990》《同桌的你》《冬季到台北来看雨》等，勾起我们对大学时光的流连忘返。这可是三十年的古董音乐了。如果不是特意安排，策划公司的年轻人不会想到和使用的。来自全国各地的同学，分享30年的成长历程，回忆师生之谊、同窗之情、思念之苦，回味这30年的中国法治进程。大家倍加珍惜这得来不易的生活，更加对法治中国的前景充满了信心和力量。

再过二十年我们重相会，法治的中国该有多么美！天也新地也新，法治更明媚！城市乡村处处增光辉！

30年就这样随风荡去。“青春少年是样样红，你是主人翁！要雨得雨，要风得风，鱼跃龙门就不同！青春少年是样样红，可是太匆匆。流金岁月，人去楼空，人生渺渺在其中”，一曲《样样红》总让我想起30年前，想起30年前的校园。

这是我们曾经的青春。

轻轻的我走了，正如我轻轻的来。我轻轻的招手，作别西天的云彩。悄悄的我走了，正如我悄悄的来。我挥一挥衣袖，不带走一个姑娘（一片云彩）。

西安，我的第二故乡。

世人谓我恋长安，其实只恋长安某（后记）

经过四年寒来暑往，1995年我得到了西北政法的一纸毕业文凭，回到了山东老家，开始了至今二十五年而且永远也不可能改变的法律职业人生涯。2005年，33岁的我背井离乡，开始在岭南异乡漂泊。

三十三年的故乡生活（其中4年在母校度过），在我生命中刻下了深深的烙印，33岁以前的我以老家县城为圆点，围着青州小城转圈。自从离开小城，自此这里不只有我的牵挂，也有许多牵挂我的人。漂泊在外如我，对故乡的关注，就像家人关注在外流浪的游子。这让我每每感动，也总激励我努力前行。谁言寸草心，报得三春晖，只能奋进。

> 人言落日是天涯，望极天涯不见家。已恨碧山相阻隔，碧山还被暮云遮。（李觏《乡思》）

从山东昌潍平原上的那个叫邵市的小村出发，一个普通农家子弟由于学习、喜欢、从事法律收获了人生的最大财富，那就是经历和阅历，今天的我仍无时不在折腾自我，善待生活，丰富人生。这些，我已经写在读大学前19年（1972—1991年）的回忆文集《围着老家转圈》里。这本薄薄的册子记录了20世纪70年代至20世纪90年代我所经历的山东农村生活和求学路程。

> 来往烟波，十年自号西湖长。轻风小桨，荡出芦花港。得意高

歌，夜静声偏朗。无人赏，自家拍掌，唱彻千山响。

这首慧远禅师的《点绛唇》，是我最为喜欢的一首词，也是我努力追求的人生意境。《围着老家转圈》出版后，据说市面反响还可以，其实这更多源于我的敝帚自珍，毕竟只是一个普通人的平凡事。于是借着2020年的春节假期，我开始回忆自己的大学四年（1991—1995年）时光“我的政法在西北”。本来，我想以“法律是怎么炼不成的”为主书名，但因为各种原因不得不最艰难舍弃。我知道，读书时我不是好学生，但这里开启了我的法律职业人生涯航程；我清楚，工作中我不是劳模英杰，但这里给予了我闯荡职场江湖的敲门砖；我晓得，生活中我更不是文人骚客，但这里赋给了我写作的人生积淀。这就是我魂牵梦绕的母校，是我成长为法律人梦想起航的地方。

2015年热播的电视剧《平凡的世界》中，主人公孙少平和田晓霞一起去爬古塔山，约定两年后还是这一天，还是这个地方，还是这个时刻，两人再相逢。奈何命运多舛，两年后的约会终于未能如愿，少平肝肠寸断……但他还是按照约定的时间到了约定的地点……

这一幕，让我泪流满面，这是一场终生不渝的人生约定，也是人与人最真挚的情感境界。尽管只在西安生活了四年，但每想到这个地方，总让我心潮澎湃。尽管只在这里读书四年，但每次独自徘徊在熟悉的校园小路上，总让我情难自禁。尽管只是同窗四载，但每当想到将与同学相逢的消息，总让我激动难眠。这是我的母校，这里有我的青春记忆。尽管母校熟悉的授业恩师越来越少，但他们对我的影响终身永志。尽管老校区越来越成为明日黄花，但这里见证了我的青春时光。尽管母校的排名距当年“政法五院四系”的荣光有一定差距，但这里是我们西北政法人的家。

郁孤台下清江水，中间多少行人泪？西北望长安，可怜无数山。

古都与岭南关山千重隔，但我和西北有个今生不渝的约定。亲爱的母校啊，你可曾记得30年前入校的那个农家少年？他像刘姥姥进大观园一样，人生第一次走进了古城西安，走进了位于南郊的西北政法。第一次见到母校，他有些农村人的慌张、有点儿惊讶、颇感神秘，这是母校留给他至今也未磨灭的记忆。后来，他曾多次回到母校。每次都像1991年的入学一样，“近乡情更怯，不敢问来人”！一别30年，母校应是旧貌新颜？亲爱的母校，我来了。

> 我亦好歌亦好酒，唱与佳人饮与友。歌宜关西铜绰板，酒当直进十八斗。
>
> ……
>
> 红衣佳人白衣友，朝与同歌暮同酒。世人谓我恋长安，其实只恋长安某。(殊同《我亦好歌亦好酒》)

长安，于我，岂止是某，是某某和某某们，是在西安四年中结下的终生情缘。

回顾我的近五十年人生岁月，与中国的改革开放几乎完全同步。感恩改革开放，让一个农家子弟进了城，过上了城里人的生活，更重要的是有了自己的选择和自由。感恩时代，写作这本书既是对我三十年前西北政法学习生活的追忆，更是我三十年法律人职业生涯的总结，中国法治历史进程的一个自我视角记录!

中学课本里一句话，对我影响至深，那就是出自《孟子·梁惠王上》的“挟太山以超北海，语人曰‘我不能’，是诚不能也。为长者折枝，语人曰‘我不能’，是不为也，非不能也”。从事着法律工作三十多年了，一直在“我不能”和“我不为”之间徘徊和选择，我知道有时头破血流，我知道应该随波逐流，但是我就是不能、不容许自己这样做，因为就怕对不起自己的法律良知。作家韩石山曾说：“最大的痛苦嘛，就是看见别人不怎么费劲，也能吃香的、喝辣的，觉得自己这一辈子实在是太窝囊了。”我也常常发此感慨。但你有什么办法？你就是个普通人，不过是喜欢写点儿东西而已。这个爱好给我带来了很多痛苦，更多的是让我感受到幸福。正是基于此，借着2020年新型冠状病毒肺炎疫情的“坐家”这段特殊经历，我开始了对三十年前西安求学路的追根溯源，回忆起那点滴、斑驳的青春，幸福着人生那么多的第一次，痛苦着与母亲的生死离别，都过去了，三十年就这样随风荡去。

三十年是一个时代的缩影，又是一个时代的视界。但我的记录只是缘于我的观察视角，因为种种原因不能对同学、老师做过多的感谢和描述，尽管我内心无比感激。同学情、朋友谊，于我们这一代人特别重要，因为我们尽管不是独生子女，但我们父母那代人为国家解忧，主动实行计划生育，因此我们这代人兄弟姐妹不多，而有了同学，我们就组成了相亲相爱的大家庭。饶是如此，将这段情感写出来确实不易，特别是正值壮年的同学都在各行各业奋斗和拼搏，书写着人生的辉煌。写同学的好，其实都差不多，但会与书的主旨不同，这本书不是英模传记。写同学的糗事，一是年代久远，难免记忆有不确之处，会误伤同学感情；二是同学们都还在工作岗位上打拼，怕对同学的前途、仕途发展产生某些不利影响，这是我绝对不想看到的。原谅我，忍痛、不得不放弃了关于同学情谊的那些章节，但我会把同学情谊永远记在心里。

这次写作是个漫长的旅程，历经2018年和2019年的两个国庆节，2019年和2020年的两个春节，写写停停，停停写写。2020年新型冠状病毒肺炎疫情让我加剧了对生命和时间的珍视，于是书稿初成。后我自己核校了三稿，但毕竟“身在此山中”，错漏难以发现。知道每个人都忙碌，知道时间于我们这些同龄人的宝贵，但仍然试探性询问了王敏琴师妹、朋友伍光玉先生还有一位不愿意具名的女同学，没想到他们非常爽快，这让老王倍觉“有面子”。敏琴师妹是“青春都在西北政法”的公众号编辑，因推送我的文章而成为微信好友，除了她作为编辑的职业素养外，还因为低我4级的同专业师妹之故，她的课程设置、师资安排和我的大致相同，于是在校对之余帮助我回忆了许多往事，为写作提供了佐证素材。光玉先生是我在佛山旧书摊上相识的朋友，因为共同的淘书爱好而成为微信好友。作为文学爱好者，他对我的前六部作品进行了认真“圈阅”，提出了不少语病，让人感慨真是“无错不成书”。这次他热心对这部书稿进行校对，适逢他工作任务繁重，经常在加班之后还校对至深夜。一位不愿意具名的女同学与我同级，在校有几面之缘，毕业后一直未曾谋面，是公众号“法律学堂”让我们重新拾起了30年前的同窗之情，因为她时常对公众号文章挑出一些错漏，于是联系日多。后来才知，她因工作原因导致视力下降严重（这是真正的工伤啊），但仍坚持以每天一篇的速度，帮助我“挑刺”，这让我的心理负担更重，但愿此书不负她的这份心血，也祝她早日恢复视力。这些同窗、朋友、学友情谊，无以言表。他们的付出，给本书增添了价值，也让写作更有了动力，致谢。

少年听雨歌楼上，红烛昏罗帐。壮年听雨客舟中，江阔云低、断雁叫西风。

而今听雨僧庐下，鬓已星星也。悲欢离合总无情，一任阶前、点滴到天明。（蒋捷《虞美人·听雨》）

与诸位共飨，敬祈指正。

王学堂

于岭南佛山恒福居

二〇二〇年十二月一日

时值母亲去世二十九周年